AKAGAWA Jiro

Meurtres pour tuer le temps

Roman policier traduit du japonais
par Aude Bellenger-Sugai

Éditions Picquier

DU MÊME AUTEUR
AUX ÉDITIONS PICQUIER

Le Piège de la marionnette

Titre original : *Himatsubushi no satsujin*

Mas de Vert
B.P. 150
13631 Arles cedex

www.editions-picquier.com

En couverture : © ULTRA.F/GettyImages

Conception graphique : Picquier & Protière

ISBN : 978-2-87730-387-3
ISSN : 1251-6007

L'automne de la famille Hayakawa

1

— L'eau, quand il y a un creux, elle coule vers le creux !

Keisuke était arrivé en bas de l'escalier et il entendait la voix de sa mère. Il soupira: voilà qu'elle était de nouveau partie dans une de ses leçons de morale matinales...

— Bonjour !

En entrant dans la salle à manger il s'aperçut, chose extraordinaire, que toute la famille était réunie.

— Mais regardez-le: il a l'air surpris... Aujourd'hui, c'est un joyeux non-anniversaire !

— Ne dis pas de bêtises. On passe simplement un bon moment ensemble, toute la famille se retrouve. Attention, tu renverses l'eau ! (Sa mère, Kayoko, était intervenue.) Tu veux des œufs au bacon ?

Que Keisuke ait voulu cela ou autre chose, de toute façon ils étaient déjà prêts. Il s'empara de la cafetière fumante au milieu de la table et se versa un bol entier de café léger.

— Alors, cher maître, quel célèbre gangster allez-vous défendre aujourd'hui ? plaisanta sa jeune sœur Mika. Le pull d'homme qu'elle avait enfilé sur son pyjama aurait dû lui donner un air négligé, mais la jeunesse de ses vingt-quatre ans et l'harmonie de sa beauté s'en trouvaient plutôt accentuées. La grâce des belles !

— Aujourd'hui, c'est l'affaire d'une jeune femme qui a empoisonné son mari, lui répondit Keisuke qui s'acharnait à couper du pain français. La croûte s'émiettait sur la table.

— Oh ! C'est terrible ! remarqua Mika en hochant la tête.

— Pour qui ?

— Ça ne te paraît pas évident ? Mais pour la femme, voyons ! ajouta-t-elle, tout en buvant son café tiède à petites gorgées. Elle n'aimait pas se brûler la langue.

— Il y a certainement des raisons, ajouta Kayoko, sa mère.

— Le mari, la victime, était homosexuel. En cinq ans de mariage, il n'avait pas touché sa femme. Cela avait fini par se savoir dans le voisinage, et il semble qu'elle n'osait même plus aller chez les commerçants.

— Il aurait été si simple de divorcer ! s'insurgea Mika en reposant brutalement sa tasse.

— Oui, mais lui était le fils du directeur d'une grande société ; quant à la famille de la jeune femme, elle gérait une entreprise de sous-traitance qui en dépendait. Le divorce aurait entraîné la fin des relations commerciales et la faillite. Le divorce n'était pas envisageable – et en plus, le mari amenait ses conquêtes masculines à la maison ; alors, un jour, c'en a été trop, et elle a versé de l'arsenic dans le café de son mari.

— Allons donc, soupira Kayoko. Avant, les maris ne vous causaient du souci qu'avec l'alcool, le jeu ou les femmes, mais maintenant, en voilà du nouveau !

— Elle a manqué de cran en le tuant à l'arsenic, dit Mika en arrachant un bout de croissant. Moi, je lui aurais coupé les choses !

— Quelles que soient ses raisons, un meurtrier est un meurtrier ! intervint Masami, le benjamin de la famille. Il doit être puni sévèrement.

Il avait fini son petit déjeuner et nettoyé son assiette jusqu'à la dernière miette. Il était vêtu d'un costume strict et sa chemise amidonnée était éblouissante de blancheur. Masami se tenait droit et, même assis sur une chaise, il semblait toujours aussi tendu, comme s'il était lui-même amidonné.

Mika protesta :

— C'est plutôt ce genre de mari qui mérite la peine de mort ! Tu ne comprends donc pas les sentiments de l'épouse ?

— Mais la loi, c'est la loi ! Si les gens se laissent influencer par leurs sentiments, on finira par se retrouver dans une société sans aucune morale !

— Quelle tête de mule tu fais ! dit Mika en cassant la coquille d'un œuf dur sur le bord de sa tasse.

— Si on veut mon avis, cette femme est stupide.

Mika jeta un œil perçant à Katsumi, l'aîné de la famille.

— Stupide en quoi ?

Katsumi, qui jusqu'ici avait siroté son lait froid en silence, s'essuya légèrement les lèvres.

— S'il fallait absolument qu'elle tue, elle aurait dû tuer de façon à ne pas se faire prendre. Ceux qui sont pris sont des imbéciles.

— Alors quoi ? Tu veux dire que du moment qu'on ne se fait pas prendre, on peut assassiner les gens ? s'insurgea Masami.

— Parfaitement, et chacun d'entre nous tue sans le savoir. Toi aussi, Masami.

— Moi ?

— Par exemple, tu demandes ton chemin à un passant. Après t'avoir quitté, il se fait renverser par une voiture et en meurt. Il est mort simplement parce que tu l'as arrêté. N'est-ce pas un assassinat indirect ?

— Mais ce n'est pas la même chose, ce n'est pas honnête ! répondit Masami avec colère.

— Allons, allons, arrêtez de vous disputer, intervint hâtivement Keisuke. Cette affaire va être plaidée, mais pas par moi. Je suis encore en formation, et je me contenterai d'être assis à côté de maître Ikeo.

— Mais...

Keisuke se tourna vers Masami qui semblait vouloir poursuivre la conversation et changea de sujet :

— Au fait, que disait maman tout à l'heure ?

— Qu'est-ce que c'était déjà ?

Kayoko ne semblait pas comprendre ; il se tourna vers elle :

— N'as-tu pas parlé d'« eau qui coule » ou quelque chose comme ça ?

Mika répondit à la place de sa mère en passant le journal à son frère.

— C'est ça : *Le retour au pays du roi du pétrole !*

— Le roi du pétrole ?

Il regarda les gros titres du journal – *Le roi du pétrole revient au pays – Il possède une des plus belles collections de diamants du monde*. Sous le titre, il put voir la photo d'un homme brun, d'un certain âge, encerclé par un bataillon de journalistes, dans ce qui semblait être le hall d'un aéroport.

— C'est Ichiro Tachibanagen. Tu ne trouves pas qu'il est assez séduisant dans le genre homme mûr ? Mika, tout excitée, lisait par-dessus l'épaule de Keisuke : Il a trois Rolls-Royce ! Il paraît qu'il arrive avec cinq femmes qui prennent soin de lui.

— Quel genre de soins, dis-moi ? dit Keisuke en posant le journal sur la table.

Bien sûr, Keisuke savait qui était Ichiro Tachibanagen : *L'énigmatique roi du pétrole – Un passé entouré de mystère – Un harem dans sa résidence*. Cela faisait bientôt cinq ans que de tels articles alimentaient les magazines féminins. Qui était donc ce « Tachibana », apparu soudain dans un pays du Moyen-Orient pour y exploiter de vastes champs de pétrole et faire fortune sans coup férir ? Les médias japonais s'étaient mis en quête d'informations avec avidité, mais en vain : il leur fut impossible de retracer clairement le parcours du personnage. Ce qu'on savait, c'était que le Japonais nommé Ichiro Tachibanagen – encore eût-il fallu prouver qu'il ne s'agissait pas d'un faux nom – approchait les soixante ans. Célibataire, il se confinait dans son vaste domaine. Quant à sa richesse, le fait qu'il collectionnait les diamants célèbres du monde entier pouvait déjà en donner une idée.

— La valeur de sa collection de diamants, même approximativement, ne pourrait pas être estimée ! Incroyable ! s'écria Mika, les mains jointes comme en prière.

— Eh bien ! (Keisuke jeta un coup d'œil à sa montre ; il avait encore du temps.) Mais comment êtes-vous donc passés du pétrole à l'eau ?

Tout en sauçant le reste d'œuf dans son assiette avec du pain, Kayoko reprit :

— Je disais ceci : De même que l'eau coule vers les creux et les remplit, il faudrait que l'argent coule vers les pauvres.

— En fait c'est l'inverse, dit froidement Katsumi. L'argent remonte vers les riches, même si c'est une insulte à Newton.

Kayoko tendit le doigt vers le plafond.

— Dans cet immeuble, le réservoir d'eau est sur le toit, mais c'est pour approvisionner les pièces qui se situent en dessous.

— Qu'est-ce que tu veux dire, maman ? Keisuke n'avait toujours pas bien saisi de quoi il s'agissait. Ce type a fait un don ou quelque chose comme ça ?

— Voyons ! Est-ce que ce genre de parvenu en est capable ? lança Katsumi en finissant de boire son lait.

— Je ne veux rien dire de particulier, dénia Kayoko de la main. Simplement, c'est injuste pour les pauvres malheureux comme nous qu'il n'y ait que quelques riches à être favorisés.

— Est-ce qu'on est si pauvres ?

— Bien sûr, maintenant que vous êtes tous devenus des jeunes gens accomplis et que vous m'aidez avec votre travail, nous pouvons vivre dans ce style de résidence, mais les années qui ont suivi la mort de votre père... Allez, ne parlons plus de ça...

Une ombre soucieuse traversa le visage de Keisuke.

— Ce type, ce nouveau riche, est parfaitement répugnant. Pour la première fois le visage de Katsumi, habituellement impassible, exprima du dégoût : Ce genre d'individu ne mérite pas de vivre. On devrait les exécuter en vitesse et distribuer leurs biens aux organisations charitables.

— Katsumi ! (C'était encore Masami qui s'indignait.) Est-ce que tu serais anarchiste ?

— Laisse tomber, je ne sais même pas ce qu'est un anarchiste.

— Mais l'ordre de la société doit être préservé ! Même s'il y a des injustices, la protection de la propriété privée est le fondement de la société...

— Masami, l'interrompit Kayoko, n'est-il pas l'heure... ?

— Euh... oui. Masami se leva précipitamment. A ce soir !

— Fais attention ! Et bonjour de ma part aux grands criminels ! lança Katsumi à Masami qui quittait la salle à manger.

Il se retourna avec raideur, prêt à répliquer, mais, jugeant peut-être que c'était peine perdue, il y renonça et partit d'un pas pressé. Le léger cliquetis de la porte d'entrée fut immédiatement suivi du bruit d'une lourde chute.

— Il a encore réussi ! ricana Katsumi.

La porte se referma, et l'on entendit des pas précipités s'éloigner du palier.

— Si seulement il finissait d'enfiler ses chaussures avant de sortir, il ne raterait pas la marche, soupira Kayoko. Je le lui ai répété cent fois !

— Il est débordé, le pauvre ! dit Mika en repoussant paresseusement une feuille de salade.

— Forcément, dans la police, dit Keisuke, comme pour l'excuser.

— C'est vraiment sa vocation, à cet enfant.

— Aucune faculté d'adaptation, rien que des principes, il a toujours les nerfs à vif !

— Tu exagères, Katsumi ; il a aussi des bons côtés, et l'un dans l'autre...

— Toi aussi, c'est ton domaine, Keisuke, la justice et le bon droit.

Mika avait relancé l'offensive contre lui.

— Quoi ?

— Les avocats luttent bien pour le droit... tout comme les policiers.

— Foutaises ! Katsumi secoua la tête. Ils ne sont pas tous des Perry Mason ; et puis, les avocats et la police, c'est comme les mouchoirs en papier et les dictionnaires : du papier, toujours et encore du papier, mais ça ne sert pas à la même chose.

— Il te dit ça et tu ne réponds rien ? dit Mika.

Keisuke ne répondait rien ; il buvait son café en souriant.

— D'ailleurs, Keisuke voulait devenir médecin, reprit Kayoko. Je n'ai jamais compris pourquoi il avait changé d'avis pour devenir avocat.

— C'est vrai, pourquoi n'es-tu pas devenu médecin ?

Keisuke haussa les épaules. Ils feraient mieux de se taire. A qui la faute s'il avait renoncé à la médecine...

— Eh bien, il va falloir que j'y aille.

— C'est tout de même terrible d'avoir des horaires fixes ! dit Mika d'un air guère compatissant. Moi, cela me rendrait folle !

— Mais c'est pourtant le sort d'une bonne partie de l'humanité.

Mika était décoratrice d'intérieur et possédait même son propre bureau ; mais il était rare qu'elle commence à travailler dès le matin. Quand elle avait des commandes, elle se rendait souvent directement chez ses clients.

— J'ai un tempérament paresseux. Il faudrait que j'épouse un milliardaire, et je vivrais sans rien faire.

— Un magnat du pétrole, par exemple ?

— C'est ça ! approuva vigoureusement Mika. Est-ce que ça ne fait pas rêver, cette collection de diamants ? Je me marierais bien à ce Tachibana si cela me permettait d'en profiter...

— Foutaises, marmonna Katsumi.

— C'est parce que tu es un nihiliste, bien sûr !

— Tu sais simplement qu'il a de l'argent ; mais ces gens-là sont avares, insensibles, sans honneur...

— Celui-là est un vrai gentleman.

— Un vrai gentleman...

— Bon, j'y vais.

Keisuke se leva. Il enfila la veste de son costume et prit l'attaché-case qui contenait ses dossiers. Il se dirigeait vers la porte, quand la sonnerie du téléphone retentit dans le couloir. Il saisit le récepteur à portée de sa main :

— Oui, ici Hayakawa.

— Ici Nakatani, de l'Association amicale des beaux-arts.

La voix était sèche et coupante.

— C'est pour maman ? Veuillez patientez quelques instants. L'écouteur à la main, Keisuke cria dans la direction de la salle à manger : Maman ! Téléphone !

Kayoko arriva.

— C'est pour toi, M. Nakatani.

— Ah bien, merci.

— Bon, j'y vais.

— C'est ça, à ce soir.

Keisuke enfila rapidement ses chaussures et sortit sur le palier. De la main, il retint légèrement la porte avant qu'elle ne se referme.

« ... Oui, c'est une occasion extraordinaire ! » La voix de Kayoko parvenait jusqu'à lui. « Il faut absolument réunir les membres de l'association ; qu'il n'en manque pas un ! Je vous expliquerai sur place... »

— Eh, monsieur Hayakawa !

Keisuke sursauta et referma la porte.

— Bonjour ! s'exclama leur voisin Tsunoda, un vendeur de voitures.

— Oh bonjour ! Keisuke s'efforça de sourire.

— Je vous dépose ? J'ai ma voiture.

— C'est très aimable à vous !

Tsunoda avait environ trente-cinq ans. Il n'aurait jamais pu se payer ce genre d'appartement avec un salaire normal, mais comme il était un vendeur de voitures hors pair, son salaire augmenté de ses commissions surpassait celui d'un directeur. Il portait bien sûr un complet cravate, mais assez curieusement ses vêtements étaient de qualité modeste. Keisuke l'interrogea à ce sujet dans l'ascenseur qui les conduisait aux parkings souterrains.

— On vous imaginerait plutôt avec un costume *made in England*.

Tsunoda sourit. C'était un sourire professionnellement irréprochable, sans agressivité, et qui n'éveillait pas la moindre méfiance.

— Monsieur Hayakawa, les gens à qui je vends des voitures ne sont pas tous riches. En fait, presque tous doivent faire un emprunt à long terme pour pouvoir acheter quoi que ce soit. Si je me présente chez eux en costume Fintex, en chaussures Testoni et cravate Dior, je n'arriverai qu'à m'attirer leur hostilité.

— Evidemment !

Keisuke apprécia la nuance subtile entre avoir et pouvoir. Une fois dans le parking, il ouvrit des yeux ronds :

— Monsieur Tsunoda, cette voiture !...

— C'est le dernier modèle de Porsche. Vous aimez ?

— Mais...

Tsunoda qui ouvrait la portière devança la pensée de Keisuke.

— Bien sûr, j'utilise une voiture de la marque de notre société pour mes tournées ; mais pour me rendre au travail, rien ne m'y oblige.

— Ha ! Keisuke s'enfonça dans le siège ultra-moderne avec le sentiment de rêver.

— Et puis, ajouta Tsunoda en démarrant, je n'aime pas le design de nos voitures.

2

— Arrête-moi ici, c'est parfait, merci.

Katsumi s'arrêta le long du trottoir et Mika descendit de la voiture.

— Salut !

Katsumi lui répondit d'un signe de main. Quand la silhouette de sa sœur eut disparu dans l'escalier du passage souterrain, il redémarra lentement.

Il déboucha sur la grand-place à l'ouest de la gare de Shinjuku, le quartier des gratte-ciel. On était déjà aux environs de onze heures et le travailleur moyen posait son crayon et jetait un œil furtif à sa montre pour voir s'il n'était pas par hasard déjà midi. Katsumi roulait doucement le long des rues bordées de gratte-ciel. Il se livrait à un manège bizarre, tournant tantôt à gauche, tantôt à droite, pour reprendre finalement le chemin qu'il suivait auparavant. Il recommença deux ou trois fois.

Katsumi Hayakawa avait trente-six ans. Il n'était pas spécialement grand, mais solidement bâti avec des épaules larges. Son visage bronzé au menton un peu fort lui donnait une expression de dureté, d'insensibilité. A la froideur inquiétante qui filtrait de ses yeux minces, on comprenait qu'il y avait autre chose en lui qu'une simple énergie virile.

Enfant, Katsumi était un vrai garnement. A la mort de son père, il changea brusquement de caractère, et devint plus introverti. Il avait alors treize ans, et Kayoko était tout juste enceinte de Masami.

Tetsuo Hayakawa, le mari de Kayoko, était capitaine de cargo ; il avait de l'avenir et un salaire important. Son travail ne lui permettait pas de passer plus qu'un mois par an chez lui, et de ce fait, Katsumi avait du mal à se souvenir clairement de son visage, et ses frères et sa sœur s'en souvenaient encore moins.

Tetsuo Hayakawa avait trouvé la mort sur l'océan Indien ; son cargo avait pris feu et coulé, et il n'y avait eu que peu de survivants. Kayoko s'était précipitée à l'endroit où ils avaient été recueillis, mais, n'y trouvant pas son mari, elle avait compris qu'il avait coulé avec son navire. Il s'avéra par la suite que le naufrage avait été manigancé par le propriétaire du fret pour toucher l'assurance, et la situation empira : un marin impliqué dans la combine affirma que le capitaine avait participé à la fraude, et la famille Hayakawa fut rejetée par son entourage, tandis que l'entreprise suspendait le paiement de la rente d'assurance. Kayoko, avec ses quatre enfants à charge, dont Masami qui venait de naître, dut faire face à toute cette hostilité.

Curieusement, le marin qui avait témoigné devint ensuite introuvable, et un beau jour, dix années plus tard, leur père fut réhabilité. Il avait été prouvé que le témoignage du marin était un mensonge destiné à amoindrir sa propre responsabilité. Comment la vérité avait-elle été rétablie ? Où le marin avait-il disparu ? Autant de points qui demeurèrent obscurs, et il en subsista quelque temps une rumeur selon laquelle d'importants intérêts avaient joué dans l'ombre...

Kayoko prit toutes sortes d'emplois pour pouvoir élever ses enfants. Et lorsque, dix ans plus tard, un dirigeant de l'entreprise se présenta pour reconduire le versement de la rente, elle le renvoya avec pertes et fracas.

Katsumi avait grandi dans cette tourmente. Il fut l'enfant le plus proche de sa mère, témoin de ses peines.

Aujourd'hui, il était journaliste indépendant. Il lui arrivait de traîner quinze jours à la maison sans but apparent, et aussi de partir brusquement en voyage pour ne réapparaître que plus d'un mois plus tard. Même Kayoko s'en agaçait : « Qu'est-ce que ça veut dire, un travail pareil ? » ronchonnait-elle.

Cependant il gagnait très bien sa vie, et c'était en partie par jalousie que des gens comme son jeune frère Masami lui conseillaient de chercher un travail plus régulier.

Katsumi se contentait alors de sourire.

Katsumi remarqua un homme qui semblait attendre un taxi, il ralentit un peu. L'homme était jeune et tenait un attaché-case ; il ressemblait assez aux hommes d'affaires du quartier. Il regardait autour de lui, mais n'accorda pas un coup d'œil à la voiture de Katsumi. Quand ce dernier passa devant lui, l'homme sortit son mouchoir et s'essuya la bouche. Katsumi reprit de la vitesse, fit encore une fois le tour du pâté de gratte-ciel et revint au même endroit.

L'homme était encore là ; Katsumi se rangea le long du trottoir. Avant qu'il n'ait arrêté sa voiture, l'autre monta vivement à l'intérieur et se laissa tomber sur le siège du passager. La voiture s'éloigna du quartier des gratte-ciel.

— L'endroit ? demanda Katsumi.

— Akasaka. Direction le carrefour d'Akasaka-Mitsuke ; je vous dirigerai après. L'homme avait posé l'attaché-case sur ses genoux. Il regarda sa montre : Faites vite, l'emploi du temps du patron est réglé pour cinq minutes.

— C'est bon, on y sera. Katsumi reprit d'un ton sec : La discussion sera réglée en cinq minutes ?

— Sinon, il raterait son déjeuner ; le patron prend toujours son déjeuner au même endroit.

Katsumi eut un sourire amer : une discussion sur un projet de meurtre, voilà qui ouvre l'appétit.

— Bonjour ! dit Mika souriante en entrant dans le bureau.

— Bonjour, mademoiselle Mika, répondit Kyôko Kôno.

L'unique employée de Mika Décoration avait relevé la tête de derrière le bureau de réception. En fait, elle était plus âgée que Mika : environ trente ans, mince, avec de gracieux mouvements agiles, elle avait tout à fait le style d'une secrétaire. Son visage aux traits sévères mais expressifs n'était pratiquement pas maquillé.

— Y a-t-il eu des coups de téléphone ?

Mika s'assit à moitié sur le bureau moderne du fond et alluma une cigarette. Une broche d'ivoire rehaussait sa robe bleu foncé. C'était une tenue très « dame » qui la vieillissait un peu ; paraître trop jeune pouvait inquiéter les clients qui venaient confier leur intérieur à un décorateur.

— Comme ça vous va bien, mademoiselle Mika !

Kyôko Kôno poussa un soupir. Elle appelait toujours Mika « mademoiselle Mika ».

— Merci, Kyôko.

— Ah, les appels : M. Kuramoto, de Kawasaki, et M. Itô, de Fuchu, ont demandé que vous leur envoyiez votre facture. Ils m'ont priée de vous exprimer leur satisfaction pour la réussite de votre travail.

— Mm... M. Itô a des vues sur moi. Il n'a pas dit qu'il envisageait de m'inviter à dîner ?

— Si, il le souhaite absolument...

— Tiens, vous voyez ! A part ça ?

— Une personne, M. Kaneko, de la part de M. Hanaoka, d'Aoyama, veut absolument que vous vous occupiez de sa décoration.

— Ah ? Tout en approuvant de la tête, Mika laissa un instant errer son regard au loin puis, tournant vers Kyôko un visage souriant : J'étais en train de penser que je partirais bien quelques jours en voyage.

— Ah, et où donc ?

— Eh bien, je ne sais pas encore...

— La saison est agréable pour voyager.

— N'est-ce pas ? Voyons mon programme ; il faudrait peut-être demander à ce M. Kaneko de bien vouloir patienter quelques jours.

— Bien.

Mika écrasa sa cigarette dans le cendrier du bureau.

— Je sors.

— Où cela ?

— Dans un musée. Il faut que je m'exerce régulièrement à voir de belles choses.

— Oh, c'est vrai !

— Bon, je vous laisse.

— A tout à l'heure.

Quand elle fut sortie, Kyôko Kôno se posta à la fenêtre et observa la rue. Quelques instants plus tard, Mika sortit de l'immeuble et héla un taxi. Kyôko Kôno retourna à son bureau et composa rapidement un numéro de téléphone.

— Allô, c'est bien le cabinet d'avocat Ikeo ? Pourriez-vous me passer M. Keisuke Hayakawa ?... Monsieur Hayakawa ? C'est moi. Oui, Mlle Mika vient de passer, mais elle est à nouveau sortie. Elle a dit qu'elle se rendait à un musée. Eh bien, comme elle m'a dit qu'elle envisageait de partir bientôt en voyage... Pardon ? Non, je ne sais pas où. Aviez-vous connaissance de ce projet ?... Ah bon ? Oui, j'étais un peu préoccupée et j'ai pensé qu'il était préférable de vous en parler... Non.

Keisuke reposa le combiné. Un voyage ? Mika partirait en voyage ? Ce matin, au petit déjeuner, elle n'en avait pas touché mot.

— C'est louche, marmonna Keisuke en réfléchissant.

— Hé ! Hayakawa ! s'entendit-il interpeller. Il revint à lui-même.

— Euh, oui maître.

— Nous partons. Vous avez préparé le dossier ?

— Il est dans cette serviette.

— Prenez-la et venez.

Rond comme un petit ballon, maître Ikeo prit les devants et quitta la pièce. Keisuke se dépêcha d'attraper la serviette et partit à sa suite.

« Ah oui, il n'avait pas encore versé sa mensualité à Kyôko. »

Mika descendit du taxi et avança de quelques pas dans une rue par derrière. Elle entra dans un hôtel à la façade criarde, de ceux qu'on appelle *love hotels*.

Le réceptionniste en smoking leva un œil.

— Bienvenue.

— Bonjour. La chambre habituelle.

— Oui.

— Et donnez-moi ma valise bleue.

L'homme au smoking disparut derrière le rideau tendu dans son dos et revint quelques instants plus tard avec une valise bleu clair, de taille moyenne.

— Merci.

Mika reçut la clef, prit la valise et monta dans l'ascenseur. Elle sortit au cinquième étage et ouvrit la porte de la chambre 501.

Papier rose aux murs, couvre-lit doré brillant, au plafond un miroir à peu près aussi grand que le lit : on avait l'impression d'atteindre des sommets dans le mauvais goût.

Elle entra dans la salle de bains et commença à faire couler un bain. De retour dans la chambre, elle se déchaussa, dégrafa sa robe et la jeta sur le lit. Du téléphone posé sur la table de nuit, elle appela une ligne extérieure.

— Allô, M. Shimano, du service Informations générales, s'il vous plaît. Et quelques instants plus tard : Monsieur Shimano ? C'est moi, vous me reconnaissez ? dit-elle d'une voix agréable et un peu gauche. Oui, bravo ! Voilà, je voudrais vous demander... Pendant la pause de midi, est-ce que je pourrais vous rencontrer ? Je vous en supplie, c'est terriblement important... Vrai ? Merci ! Je vous adore ! Alors à tout à l'heure, à une heure. Tchao !

Elle reposa le combiné du téléphone et jeta un coup d'œil à sa montre. Il n'était pas question de traîner. Elle ôta ses sous-vêtements et, complètement nue, se dirigea vers la salle de bain. Son corps ferme se refléta dans la grande glace : aucun signe d'affaissement ; avec ses seins menus, elle donnait une impression plus jeune encore, presque adolescente.

Après dix minutes de bain, elle s'enveloppa dans une serviette éponge de l'hôtel, retourna à la chambre, sortit un porte-clefs de son sac à main. Elle y choisit une petite clef et ouvrit la valise bleu clair. Elle en sortit de nouveaux sous-vêtements qu'elle enfila, encore chaude du bain. Assise devant la glace, elle examina son visage démaquillé. Elle se maquillait peu habituellement, et son visage, même nu, conservait lui aussi une fraîcheur juvénile.

— Comme ça, ça ira.

Après avoir soigneusement brossé ses cheveux, elle s'éloigna du miroir et sortit une marinière fraîchement lavée de la valise.

... Et devant la glace apparut une jeune lycéenne qui souriait, dans un éblouissant contraste de bleu marine et de blanc : le tailleur marin, le foulard de soie en cravate, les chaussettes blanches, les chaussures noires, le cartable de cuir noir[1]...

— Bon... murmura la jeune fille, Hiroko Ishida est prête !

— Tout est perdu, c'est la fin...

Masami contempla son bureau. Les épais procès-verbaux, une pile de dossiers, des stylos à bille à l'écriture pâle, un cendrier de réclame offert lors de son arrivée ici

1. C'est l'uniforme des lycéennes au Japon. (*N.d.T.*)

par un collègue mort en service depuis, un petit bric-à-brac de matériel usagé, une autre pile de dossiers...

Un jour, connu sous le nom de « l'inspecteur Cœur de lion », le simple nom de Hayakawa ferait trembler les *yakuza* ; Masami Hayakawa avait tant rêvé ce jour.

Enfant, il n'était certes pas un garnement. Il était plutôt un enfant sage, malingre, timide. Persécuté par ses camarades, il rentrait chaque fois à la maison en larmes. Il lui était même arrivé, pendant un temps, de faire un détour d'une demi-heure avant de rejoindre l'école, pour éviter les tracasseries des autres enfants. C'est à cette époque qu'avait surgi en lui une virulente aversion à l'égard de la violence et de l'oppression. Elle avait fondé sa passion militante pour le juste droit et c'est ainsi que, quelques années plus tard, il était devenu inspecteur, après avoir vaincu l'opposition de sa mère, anéantie par un tel choix.

Mais le travail d'un inspecteur débutant était bien loin de l'image que l'on se faisait de la lutte contre le mal. Il fallait recueillir des témoignages à s'en user les pieds, manier la poussière de tas de vieux dossiers et, pour une somme importante de travail, la récompense ou plutôt le salaire était des plus maigres. Cependant, à la pensée du futur inspecteur au Cœur de lion, Masami travaillait de toutes ses forces.

Et voilà que...

— Tout est fini...

Il posa ses coudes sur le bureau, l'air complètement anéanti.

— Oh, Hayakawa, quelle tête vous faites !

— Ah, monsieur Horita, bonjour.

L'inspecteur Horita était le supérieur direct de Hayakawa. Il avait la quarantaine et quand il discutait avec des *yakuza*, on se demandait qui était le *yakuza*...

Mais il était un supérieur au bon cœur et sur qui on pouvait compter.

— Comment ça s'est passé avec votre témoin ?

— Rien à en tirer. Il ne sait ni le jour ni l'heure. Il se souvient seulement que c'était peut-être bien vers le soir. Du boulot pour rien.

Masami sortit des cigarettes et aussitôt Horita en prit une qu'il alluma au briquet de Masami. Masami ne fumait pas et c'était pour Horita qu'il avait toujours cigarettes et briquet sur lui.

— Il s'est passé quelque chose ? demanda Horita.

— Oui...

— Qu'est-ce que c'est, racontez !

Masami soupira et se leva ; face à Horita, il prit une attitude respectueuse et baissa la tête.

— Monsieur Horita, je n'ai pas été bien longtemps avec vous, mais je vous suis très reconnaissant de tout ce que vous avez fait pour moi.

— Mais qu'est-ce qui vous prend ? Horita avait des yeux ronds. Est-ce qu'on vous a donné l'ordre d'aller arrêter tout seul un chef *yakuza* ?

— Si tel était le cas, j'irais avec joie ! (Masami sourit avec enthousiasme.) Même s'il fallait mourir, ce serait mon vœu le plus cher !

— Eh ! Respectez votre vie ! Vous prenez tout trop au sérieux. Que s'est-il donc passé ?

— Eh bien, en fait...

— Asseyez-vous et dites-moi tout.

— Oui, voilà : depuis ce matin, une rumeur circule.

— Quelle rumeur ?

— On doit muter quelqu'un de notre service pour un travail de bureau.

— Mm ? C'est bizarre... Et vous, vous savez qu'il s'agit de vous ?

— Disons que je l'ai compris… Comme je m'apprêtais à sortir pour l'affaire de la femme assassinée à Setagaya, le chef de service m'a demandé de passer l'affaire à Michita.

— Vraiment ?

— Et ce n'est pas tout ! Il m'a demandé de rassembler pour aujourd'hui tous mes dossiers en cours…

— Ce type, quand il s'y met, il ne fait pas dans la dentelle !

— Je vous crois ! Monsieur Horita, quelle bêtise ai-je commise ?

— Eh bien… Horita se gratta la tête.

— J'ai essayé de faire de mon mieux, dans la mesure de mes moyens. C'est vrai que je suis plus lent d'esprit que la moyenne, que je n'ai pas le sens de l'orientation… et puis je suis étourdi, je ne cours pas vite, j'ai de mauvaises dents, je tombe facilement malade, je fais de l'urticaire dès que je mange des maquereaux…

Pas de doute, aucune jeune fille, après une telle description, n'aurait eu envie d'approcher Masami. Son véritable défaut était son excessive dureté envers lui-même, l'obsession de ses points faibles qui le menait à ne ressentir que du dégoût pour lui-même.

— Hayakawa ! l'interpella le chef de service.

— Oui, oui ! répondit Hayakawa qui se leva avec l'air d'un chien battu.

— Je voudrais vous parler, venez !

— Oui.

Tandis qu'il se dirigeait d'un pas faible vers le bureau du chef de service, Masami comprit l'état d'esprit du condamné à mort et pour la première fois éprouva de la compassion pour les assassins.

Kayoko descendit du taxi devant l'hôtel S. *de Ginza*, et pénétra d'une démarche légère dans le hall d'accueil. Le portier lui adressa un sourire.

— Bonjour, madame Hayakawa.

— Ah ! Ishikawa ! Votre rhume va mieux ?

— Oui, c'est fini.

— Très bien.

Dans le grand hall, elle fit un petit signe de la main à l'attention de l'accueil.

Kayoko possédait une petite boutique de bibelots anciens au rez-de-chaussée de l'hôtel. Elle avait eu l'occasion de racheter le bail à une amie désireuse de le céder. Elle tenait seule le magasin de quinze mètres carrés, ouvert de midi à six heures. Il passait quatre ou cinq clients par jour. Quand un client étranger se présentait, elle courait affolée à la réception pour demander de l'aide.

Elle était petite et rondelette, avait de la dignité mais aussi du charme. Dans son visage au teint frais qui ne trahissait pas sa soixantaine proche, on lisait un air d'ingénuité, et ses grands yeux de poupée souriaient.

Avant de se rendre dans sa boutique, elle se dirigea vers le salon de thé. C'était toujours là qu'elle prenait son déjeuner.

— Bonjour, madame !

Le patron lui-même venait la saluer.

— Bonjour ! La même chose que d'habitude, s'il vous plaît.

— Très bien.

— Comment va votre épouse ?

— Bien, je vous remercie.

Kayoko opina en souriant. Tandis qu'elle mangeait son sandwich accompagné de jus de fruit, les gens qui passaient la saluaient. Elle était visiblement un personnage célèbre dans l'hôtel, ou tout au moins, elle était connue de presque tout le personnel. Elle avait un caractère aimable qui lui attirait les sympathies. Et puis, peut-être était-ce parce que son magasin toujours vide lui donnait l'air esseulée. Souvent, au moment des pauses, des employés passaient et racontaient leurs petites récriminations. Kayoko prêtait une oreille compatissante. Mais elle ne se contentait pas d'écouter distraitement, longtemps après on pouvait constater qu'elle y avait songé.

Alors qu'elle était en train de dire à la nouvelle serveuse, qui lui apportait son thé, que si elle rencontrait un quelconque problème, elle pouvait venir lui en parler à la boutique quand elle le désirait, le garçon d'ascenseur arriva en courant.

— Madame Hayakawa, il y a des clients qui attendent devant la boutique !

— Ah bon, merci, dit-elle sans s'affoler, et, se tournant vers la jeune serveuse : Je peux ? Une jolie enfant comme vous, il faut faire attention. N'acceptez pas tout de suite les rendez-vous, il vaut mieux d'abord demander l'avis d'une autre employée, si possible plus âgée…

— Devant votre boutique…, lui rappela la serveuse, l'air un peu contraint.

— Ne vous inquiétez pas, il n'est pas mauvais de faire attendre un peu les clients.

Kayoko repoussa le problème de la main ; puis, tout en terminant tranquillement son thé, elle continua à donner deux ou trois conseils maternels avant de se lever. Lorsqu'elle signa sa note à la caisse, le patron avait un air amusé.

— J'ai une miette sur le menton ? demanda Kayoko.

— Non, mais voyez-vous, la nouvelle serveuse – il fit une pause pour ménager l'effet de ses paroles –, cette enfant n'a que dix-neuf ans, mais elle est déjà mariée.

Kayoko n'était pas femme à se démonter pour si peu.

— Ah bon ! Puis, prenant l'air d'une personne à qui on ne la fait pas : Je m'en doutais bien un peu à sa façon d'écouter distraitement mon bavardage.

Deux hommes étaient plantés devant le magasin. L'un grand et maigre, l'autre petit et rebondi : ils auraient pu faire une belle paire de comiques.

— Excusez-moi de vous avoir fait attendre.

Ce disant, Kayoko sortit la clef de son sac et ouvrit la boutique. Elle y fit entrer les deux hommes.

— Asseyez-vous !

Les deux hommes s'assirent du bout des fesses sur les fauteuils disposés dans un coin du magasin aménagé pour les transactions.

— De quoi s'agit-il ? demanda l'échalas d'une voix basse et coupante, qui était M. Nakatani de l'Association amicale des beaux-arts. D'après ce que vous m'avez dit au téléphone, ce doit être une énorme affaire !

— Tout juste, c'est un très gros morceau. Kayoko s'assit en face d'eux et poursuivit : J'ai pensé que nous pourrions mettre la main sur les diamants de ce parvenu du pétrole, Ichiro Tachibanagen.

3

— M. le directeur va vous recevoir.

La voix neutre était celle d'un secrétaire absolument impeccable, du sommet de sa tête lissée où pas un cheveu ne dépassait à la pointe de ses souliers cirés à la perfection.

Katsumi se leva du canapé où il attendait et suivit le secrétaire jusqu'au bureau du directeur. Face à lui, dans l'immense pièce tapissée d'une moquette profonde, se trouvait un immense bureau rectangulaire et derrière, un homme au teint légèrement hâlé, proche de la cinquantaine, à ce qu'il lui sembla.

Il jeta rapidement un œil dans la pièce. Une jeune femme était en train de travailler. Quand il entra, elle lui jeta un regard curieux derrière ses lunettes cerclées d'argent. Elle était menue et mignonne, du genre peu farouche: le style de secrétaire dont les talents se limitent à verser le thé et à sourire aux clients. Katsumi aimait ce type de femme. Il fut rassuré qu'elle l'eût regardé quand il était entré. Si elle avait été de la police, elle n'aurait sûrement pas fait mine de le voir.

Katsumi se tint devant le bureau du directeur. Son nom était Tazukô Kunimiya.

— Je me présente, Kunimiya, dit-il sur le ton d'un homme d'affaires ; et, se levant, il indiqua des sièges disposés un peu plus loin: Asseyez-vous donc.

Puis il fit lentement le tour de son bureau pour le rejoindre.

— Pourriez-vous nous laisser un instant, c'est une affaire personnelle, dit-il au secrétaire qui avait introduit Katsumi.

Le secrétaire salua et sortit. La fille à lunettes sortit à son tour par la porte du fond.

— Il ne reste que cinq minutes avant le déjeuner. (Kunimiya s'installa sur le canapé.) Les femmes ont le droit de partir cinq minutes plus tôt. Alors, excusez-moi, je ne puis rien vous offrir à boire.

— Ça ira. (Katsumi s'assit en vis-à-vis sur l'autre canapé.) Il faut bien cinq minutes aux secrétaires pour redevenir des femmes.

— Tout juste !

Kunimiya rit. Son bronzage était sans doute dû au golf. Sa moustache lui donnait une allure peu courante pour un Japonais.

— Bon, si nous parlions travail ? dit-il tout en sortant de la poche de sa veste une coupure de journal qu'il déplia sur la table qui les séparait.

— Voilà l'homme que vous devrez éliminer.

Katsumi avait d'habitude un visage impassible, mais là, il leva légèrement les sourcils.

— Je suppose que vous le connaissez ?

S'il le connaissait ! Ichiro Tachibanagen, le parvenu du pétrole, avait été le sujet de la conversation le matin même !

Kunimiya poursuivit :

— Vous vous organiserez à votre convenance : je vous laisse le choix de la méthode et du lieu. Inutile de vous dire d'éviter les endroits que je fréquente et leurs alentours.

— Attendez ! l'arrêta Katsumi. A mon grand regret, je ne puis accepter cette affaire.

— Et pourquoi ?

— Il semble qu'il y ait un malentendu : je suis peut-être un rapace, mais je ne tue pas n'importe qui. Mes activités se bornent aux types qui ont doublé leur organisation ou mouchardé : c'est ma règle.

— C'est bien ce que j'avais compris.

— C'est-à-dire ?

— Tachibana a été membre de mon organisation. Le visage de Kunimiya se contracta. Il a disparu en emportant la caisse. Bien sûr, Tachibana n'est pas son vrai nom... J'étais directement responsable de lui et j'ai bien failli y laisser ma peau. Maintenant, le mystérieux magnat ne se souvient plus de l'organisation, mais moi, j'ai la mémoire longue. Un jour, il faut rembourser ses dettes.

— Ce qui explique le mystère autour de son passé, approuva Katsumi. Mais maintenant, il est devenu honnête et d'après ce que j'ai compris, ce serait une vengeance personnelle... J'ai besoin d'un délai de réflexion.

— D'accord, mais pas trop longtemps...

— Ce ne sera pas long.

— Bien.

Katsumi se leva.

— Je ne discuterai pas vos honoraires. Je souhaite vraiment que vous acceptiez, dit Kunimiya en raccompagnant Katsumi à la porte. D'ailleurs, éliminer ce type, c'est aider la justice par la même occasion.

— Comment ça ?

— C'est une vieille histoire. Il a fait couler un navire pour en toucher l'assurance ; et de plus, il a fait porter le chapeau au capitaine mort dans le naufrage. Mais quand on s'est rendu compte qu'il mentait, l'oiseau s'était envolé ! C'est un malin !

Katsumi jeta un regard perçant à Kunimiya.

— Quand cela s'est-il produit ?

— Oh, ça doit bien faire vingt ans maintenant !

— C'était l'affaire du cargo coulé ?

— Oui. Vous vous souvenez ?

— Alors, le marin Tamura qui avait disparu, c'était Tachibana ?

— C'est ça ; vous avez bonne mémoire !

Katsumi blêmit légèrement.

— Bon, j'espère que vous accepterez, dit Kunimiya en lui ouvrant la porte. Katsumi lui arrêta la main.

— Je vous donne ma réponse tout de suite : j'accepte l'affaire !

Midi sonnait quand il se retrouva dans le couloir de l'immeuble où un groupe d'employés attendait l'ascenseur. Il se tourna vers le mur en attendant que l'ascenseur soit vide.

Il réussit enfin à contrôler son excitation. Tamura – un nom que jamais il ne pourrait oublier, même s'il s'y efforçait –, celui-là même qui avait tué son père et précipité sa famille dans le malheur… Et, ironie du sort, ce même Tamura était devenu ce roi du pétrole. « A ce stade, l'ironie frôle le chef-d'œuvre », marmonna Katsumi.

— Oh, c'est vous ?

Il se retourna en entendant la voix : une fille qu'il ne connaissait pas lui adressait un sourire. Comme il semblait hésiter, elle sortit de son sac une paire de lunettes à monture d'argent qu'elle plaça sur son nez.

— Ah ! C'est vous !

— Je ne vous ai même pas apporté de thé, tout à l'heure ; excusez-moi.

— Je vous en prie, ce n'est rien... Katsumi réfléchit rapidement : Qu'en pensez-vous, nous pourrions déjeuner ensemble ?

— Oh, mais...

— C'est un peu cavalier ?

La fille approuva de la tête.

— Alors, laissez-moi vous convaincre.

Katsumi lui fit un peu de charme, et tous deux entrèrent dans l'ascenseur qui avait enfin commencé à se vider.

Shimano s'engouffra dans le salon de thé au sous-sol de l'immeuble du journal A..., et en fit rapidement le tour des yeux.

— Monsieur Shimano, ici, ici !

Une main blanche lui faisait signe du fond de la salle.

— J'arrive ! claironna Shimano en se précipitant vers Hiroko Ishida, vêtue de son costume marin.

Il n'accourait pas pour l'impressionner ; il se comportait simplement comme un journaliste obligé de courir pendant des journées de quarante-six heures.

— Vous êtes en retard ! bouda Hiroko. Vous m'avez oubliée ?

— Mais non ! Est-ce qu'on peut vous oublier ? Juste quand j'allais partir, j'ai été appelé d'urgence à la rédaction. Puis, hélant la serveuse : Un café, merci. Allons, je suis vraiment désolé, ne boudez pas comme ça !

— Mais je suis fâchée ! Elle fusilla Shimano du regard – puis soudain gloussa de rire. Ça va, je vous pardonne ; d'ailleurs, c'est moi qui vous ai demandé de venir.

— Ah, j'aime mieux ça. Je ne le ferai plus.

— Vous dites toujours ça, mais vous recommencez à chaque fois.

— Il faut être indulgent, avec mon métier, il n'y a ni nuit ni jour.

A trente ans, Fumui Shimano était un excellent journaliste. Encore célibataire, il employait une énergie débordante à faire son travail et à boire. Quoi qu'il entreprît, il terminait toujours deux fois plus vite qu'un autre : marcher, fumer, manger... Il frôlait le mètre quatre-vingts. Forci par le rugby qu'il avait pratiqué étudiant, il était robuste sans être lourd.

— Et l'école ?

— Auto-abstinence !

— Cours séchés ?

— En quelque sorte, oui.

— Quelle fille dévergondée ! s'exclama Shimano. Il avait rencontré la jeune fille pour la première fois un an auparavant, lorsque Hiroko avait eu à traiter en sujet de rédaction « Comment réaliser un article ». Elle était venue recueillir des informations. Toujours occupé, Shimano n'acceptait pas d'habitude de recevoir ce genre d'étudiante, mais il s'était justement trouvé qu'un rendez-vous avait été annulé, et qu'il avait du temps libre.

Il avait suffi à Shimano d'un coup d'œil pour tomber complètement amoureux de Hiroko : de son entrain juvénile, de la superbe régularité de son visage de madone, de ses joues pâles et fraîches où naissait par moments un sourire innocent. Hiroko était l'archétype de la jeune fille dont on rêve : une étrange et fascinante harmonie entre l'enfance et la féminité, l'audace et la timidité, l'énergie débordante et la gravité songeuse.

Avec les femmes, Shimano était également plutôt expéditif. Quand il s'entichait d'une hôtesse de bar, il l'entraînait sur-le-champ dans un taxi, sans même attendre l'heure de la fermeture. Sa virilité débordante lui permettait, malgré une succession de nuits blanches, de donner toute satisfaction à l'élue.

Mais Hiroko, elle, faisait exception: Shimano n'y portait pas la main. Bien que journaliste, et donc moderne et prosaïque, il s'était découvert un esprit chevaleresque, protecteur de jolie princesse...

— Mais au fait, de quoi s'agit-il ? demanda Shimano en la regardant attaquer son parfait au café comme une citadelle ennemie.

— Je voudrais que vous vous renseigniez sur quelque chose.

— Sur quoi ?

Hiroko ouvrit son cartable et sortit de ses cahiers une coupure de journal.

— Là-dessus.

— Voyons ça... Ça ne vient pas de chez nous ! C'est du journal M..., dit Shimano à la vue des caractères d'imprimerie.

— J'aurais dû m'attendre à cette remarque: ah ! on est dévoué à son entreprise ! ironisa Hiroko.

— Mais c'est un article sur ce parvenu du pétrole, Ichiro Tachibanagen ; vous voulez des renseignements sur ce type ?

— C'est ça, je suis maintenant chargée de la rubrique « Société » dans le journal de l'école.

— Il y a une rubrique « Société » dans le journal de l'école ?

— Si on n'écrit que sur l'école, personne ne lit le journal ; il va directement à la corbeille.

— Ça se défend.

— Mais les filles de l'école s'intéressent aux grandes fortunes, alors j'ai décidé d'écrire un article sur M. Tachibana.

— M. Tachibana ? Vous n'avez pas froid aux yeux !

— Non. Je voudrais l'approcher suffisamment pour pouvoir lui parler.

Shimano fronça le nez.

— Il n'est pas facile d'accès ; les plus malins chez nous se prennent la tête parce qu'ils ne parviennent pas à le joindre.

— Il ne s'agit pas de me présenter ni de m'y emmener. Si seulement je savais ce qu'il compte faire, où il séjourne, où il a l'intention d'aller, après ça, je me débrouillerais.

— Mm... ça devrait pouvoir se faire. Puis, un peu mal à l'aise : Mais vous, comment comptez-vous l'approcher ?

— Je verrai bien. Je vous en prie. Qui ne tente rien...

— ... N'a rien. Juste. Bon, d'accord, je vais voir ce que je peux tirer du type chargé du sujet.

— *Sankyou...!* Que je suis contente ! Monsieur Shimano, je vous adore !

Chose surprenante, Shimano sentit ses oreilles s'enflammer et se mit à rougir.

— Bon, comment vous tiendrai-je au courant ?

— Je vous téléphonerai demain.

— Ça devrait aller... Alors, téléphonez-moi vers onze heures, dit Shimano en consultant son agenda. Je serai justement en conférence.

— Oh, mais je vous dérangerai ?

— C'est une réunion sans importance. Je suis content d'avoir trouvé un moyen de me défiler. Pouvez-vous dire que vous êtes mon « oreille » ? Comme ça, vous pouvez m'appeler en pleine réunion.

— Votre oreille ?

— Ça veut dire « informateur ».

— Ah bon.

— Euh, Hiroko…

— Quoi ?

— Ça ne serait pas plus simple que moi, je vous tienne au courant… chez vous ?

Hiroko baissa les yeux puis glissa un regard à Shimano.

— Il faut me pardonner, papa et maman sont très stricts ; je suis vraiment confuse…

— Non, non, ce n'est pas grave. Shimano prit un air un peu trop dégagé pour balayer la question : Je comprends, pas de problème.

— Un de ces jours, sûrement…

— Mm… Shimano rit jaune et but cul sec le café qu'on lui avait apporté : Il est toujours aussi lavasse, ce café !

— Moi, il va falloir que je rentre.

— Ah bon ? Alors, j'attends votre coup de fil, demain ?

— Merci. Elle prit le cartable à côté d'elle.

— Un de ces jours, nous pourrions faire une balade en voiture…

— Ce serait formidable !

— Sûr, je m'arrangerai pour me libérer.

— J'ai déjà entendu ça… sur ce…

— Au revoir, Hiroko.

Elle avait déjà fait quelques pas vers la sortie lorsqu'elle se retourna et revint vers lui.

— Dites, la joue, ça va ?

— Quoi ? Non, si ce n'est pas « l'oreille », ils ne comprendront pas.

— Mais non, pas ça ! Et Hiroko se pencha et déposa un léger baiser sur la joue de Shimano. *Bye bye !*

Shimano resta coi pendant trois bonnes minutes après que Hiroko eut disparu, puis il bondit. « Wouah ! » bramat-il soudain. La serveuse en lâcha son plateau, mais le tintamarre des tasses brisées ne parvint pas jusqu'à ses tympans et il sortit en trombe du salon de thé.

— Je pense vous confier une mission un peu particulière.

— Oui... (On y était donc. Masami baissa la tête, vidé de ses forces.) Une mission particulière... (Cela sonnait bien, mais signifiait clairement un envoi au placard.)

— Qu'est-ce qu'il y a, Hayakawa ? Vous n'avez pas l'air dans votre assiette ?

— Si, si.

— Vous avez un malaise ?

Semblable à un acteur de théâtre au jeu sobre, le chef de service Ômori scrutait le visage de Masami, effondré.

— Non... rien de spécial.

— Ah bon, tant mieux. Le chef de service jeta un coup d'œil au dossier sur son bureau : C'est Michita qui suivra vos affaires pendant ce temps. Terminez-en au plus vite, puis vous pourrez rentrer chez vous.

Masami fit des yeux ronds. Rentrer chez lui, pourquoi ? Il était à peine midi, cela signifiait donc...

— Euh, monsieur... ânonna Masami.

— Quoi ?

— S'il vous plaît, en quoi ai-je failli ?

— Failli ? Qu'est-ce que vous voulez dire ?

— Il ne me viendrait certainement pas à l'idée de m'élever contre mon... mon renvoi. J'ai moi-même suffisamment conscience de mon incapacité.

— Hé ! Hayakawa !

— Mais est-ce une bévue particulière ? Puis-je me permettre de le demander ? Ce n'est certes pas pour abuser de votre patience. Mais pour l'avenir... Cela me permettrait de me corriger...

— Hayakawa, un instant... Le chef de service l'interrompit. Est-ce que vous ne vous seriez pas fait des idées ? Quelqu'un vous a dit que vous alliez être renvoyé ?

— Mais à l'instant... Je pourrais rentrer chez moi...

— Pour faire vos préparatifs. Vous allez passer quelque temps au lac S.

— Au lac S. ?

— Ichiro Tachibanagen, le magnat du pétrole, va passer quelques jours à partir de dimanche à l'hôtel vip qui est situé au bord du lac.

— Tachibanagen ?

Masami avait déjà entendu ce nom...

— Bien sûr, vous en avez entendu parler, poursuivit le chef de service. (C'est là un trait de tout responsable de service de tenir pour acquis que tout leur service est au courant de ce que eux savent.) Tachibana possède une collection de diamants qui défie l'imagination. Il va passer quelque temps à l'hôtel vip et, profitant de son séjour, l'hôtel souhaiterait faire une exposition de ses diamants. On peut concevoir que cela fera de la publicité à l'hôtel. Mais voilà, on nous a demandé d'assurer la sécurité des diamants. Ce n'est pas vraiment la mission de la police, vous le savez, mais le propriétaire de l'hôtel vip est Kenkichi Nakamura, le député. Vous saisissez ?

— Il y a quelque chose à saisir ?

Le chef de service soupira :

— Essayez de vous souvenir du nom du dernier préfet de police...

— Ah, mais oui !... coupa Masami, se souvenant enfin que c'était le matin même, au petit déjeuner, qu'il avait entendu parler de Tachibana.

— Vu ? C'est comme ça que nous est parvenue la demande d'envoyer quelqu'un sur place. Nous sommes débordés, mais il est difficile de refuser.

Croyant que Masami avait compris la situation, Ômori continuait.

— Et donc, cette mission ne peut pas avoir un caractère officiel. Il faudra que vous preniez un congé pour vous rendre à l'hôtel vip où vous serez employé temporaire.

— Un travail temporaire ?

— Et vous serez donc payé par l'hôtel.

— Quel est le salaire ?

— Je ne sais pas. Vous le leur demanderez.

— Ah... Mais si je prends un congé spécial, cela n'aura pas d'influence sur ma prime de fin d'année ?

C'était là un trait du caractère pointilleux de Masami : il poussait le sérieux jusqu'à ce genre de détails.

— Je réglerai moi-même au mieux cette histoire de vacances.

— Merci, monsieur.

— Le service de sécurité de l'hôtel se compose de sept ou huit gardes. Vous, en tant que représentant du bureau de la sécurité, vous serez chargé de les diriger. Vu ?

— Oui... Les diriger ? reprit Masami après une hésitation. Les diriger pour quoi faire ?

— Est-ce que ce n'est pas évident ? Pas pour en faire une chorale ! Il s'agit de diriger la sécurité de l'exposition de diamants.

— Euh... Et sous les ordres de qui devrai-je me mettre ?

— C'est vous qui donnerez les ordres ; c'est vous qui êtes chargé de l'affaire.

Masami se mit à pâlir. Lui qui se tenait déjà droit se redressa. Ses mâchoires se serrèrent à en trembler, ses yeux s'écarquillèrent. Il était tendu à faire peur. Le voyant aussi blanc, le chef de service s'inquiéta.

— Eh ! Hayakawa, ça va ?

— Ce... ce, ça va !

Il commençait maintenant à s'empourprer, au point d'atteindre la couleur qui caractérise d'habitude les écrevisses.

— Vos directives et ce dont vous avez besoin se trouvent dans cette enveloppe.

Masami prit la grande enveloppe avec des mains tremblantes et la serra contre son cœur.

— Bon. Je compte sur vous.

— Au... au revoir, monsieur !

Ômori, vaguement inquiet, regarda Masami partir d'une démarche empruntée. Quelques minutes plus tard, c'était l'inspecteur Horita qui entrait dans son bureau :

— Mais, monsieur, qu'avez-vous donc fait à ce pauvre Hayakawa ?

Même après avoir entendu les explications du chef de service, il semblait encore très inquiet.

— Est-ce bien prudent, avec lui ?...

— Comment ? Il ne s'agit que d'ouvrir l'œil ! Il n'a pas besoin de faire fonctionner ses méninges, il suffit comme chien de garde !

Dans ce genre d'occasion, les chefs de service ont parfois des cris du cœur.

— Il y aura certainement un service de sécurité renforcé, soupira le petit gros.

— Bah, il y a toujours un chemin pour le voleur avisé, rétorqua l'échalas, optimiste.

— C'est une idée que je viens d'avoir, je n'ai pas encore étudié les détails, dit Kayoko en examinant une statuette de Bouddha qu'elle venait d'acquérir. Mais je ne peux pas sentir ce genre de nouveau riche. Il a forcément vécu du malheur des autres.

— Où est-il, en ce moment ?

— A l'hôtel T. Mais tant qu'il n'a pas décidé où il s'installerait, il a dû déposer sa collection de diamants dans un coffre à la banque.

— Il faudrait attaquer la banque ?... L'échalas envisageait la question sérieusement : Il nous faudrait une mitrailleuse, un bazooka...

— Hé ! Moi je ne suis pas un violent !

Le petit gros avait blêmi.

— Il n'en est pas question, que vous êtes sots !

Kayoko avait suivi leurs réactions avec une condescendance amusée. Ces deux-là ne paraissaient pas mériter une confiance absolue à première vue, mais en fait ils étaient des professionnels confirmés, chacun dans son domaine.

L'échalas s'appelait Jôkichi Koban (Louis d'or). Ce n'était pas un surnom mais un respectable nom de famille. Il avait été acrobate et étoile du trapèze volant dans un cirque. Maintenant qu'il abordait la quarantaine, il pouvait compter sur son extrême souplesse pour s'introduire sans peine dans n'importe quelle maison.

— Jadis, j'aurais été *ninja* ! plaisantait-il volontiers.

Mais il n'avait pas voulu trahir son nom, et il avait préféré à une vie de gagne-petit ses activités actuelles. Il était connu sous son diminutif de « Jo ».

Le petit gros s'appelait Shôichi Hijikata. On devinait difficilement son âge – la quarantaine –, si ce n'est à un début de calvitie, peut-être lié à son caractère anxieux. On aurait pu le croire craintif, mais il était en fait circonspect et soigneux. En présence d'un coffre-fort, son visage poupin prenait l'expression gourmande d'un chat devant une sardine. C'était tout juste s'il ne se mettait pas à ronronner. Il avait un tel talent pour ouvrir les coffres-forts que l'extrémité de ses doigts boudinés devait receler quelques ramifications nerveuses aux dons exceptionnels. Et bien sûr, ses capacités ne se limitaient pas aux coffres-forts : les serrures, les fenêtres, les systèmes de sécurité faisaient aussi bien ses délices.

Hijikata avait été horloger. Un jour, un client inconnu était venu lui demander s'il voulait bien l'aider à ouvrir sa valise dont il avait perdu la clef. D'un naturel serviable, Hijikata pensa que sa passion pour les serrures pourrait être utile à quelqu'un et il força la serrure en un tournemain. C'est alors que la police débarqua, et il se retrouva impliqué comme complice du voleur de la recette d'un grand magasin. Le voleur espérait-il alléger ses propres charges ? Il déclara que Hijikata était le cerveau de l'affaire. Les dénégations maladroites de Hijikata n'y firent rien, et il se retrouva condamné.

Relâché en liberté conditionnelle trois ans plus tard, avec pour seules perspectives le chômage et la vie de clochard, Hijikata avait opté pour une nouvelle voie.

— Comme d'habitude, je vais faire les recherches nécessaires et mettre au point notre plan, poursuivit Kayoko. Seulement, la marchandise est un peu différente ; elle sera plus délicate à écouler que nos objets d'art habituels.

— On pourrait les retailler ? suggéra Jôkichi.

— Mais ils perdraient énormément de valeur !

L'âme de l'ancien horloger un tantinet bijoutier qu'avait été Hijikata s'insurgeait.

— Bah, j'y réfléchirai. Vous deux, préparez-vous pour être en forme. Vous aurez bientôt à passer à l'action.

Les deux acolytes opinèrent.

Kayoko, pensive, posa son menton sur ses mains jointes.

— C'est bien aimable à lui de prévoir des voyages, voilà qui arrange nos affaires. Il irait donc se reposer dans un hôtel au bord d'un lac… Mais où ?

4

Cela ne peut que mal se terminer…

Keisuke avait un mauvais pressentiment. Dans le passé, il avait déjà aperçu cette expression particulière sur le visage de sa mère, cette expression qu'elle avait eue le matin au petit déjeuner. Elle cachait un projet... Et puis, ce coup de téléphone au moment où il s'apprêtait à partir : le Nakatani de l'Association amicale des beaux-arts était à n'en pas douter un homme de main de sa mère...

Il leva la tête pour voir où en était le procès. En fait de procès, celui-ci ne ressemblait guère aux scénarios bien huilés de *Maître Preston* ou de *Perry Mason*. Ici, la procédure tatillonne, le défilé interminable de policiers livrant leurs constatations dans un langage administratif portaient plutôt à l'ennui. Keisuke pria pour qu'un jour sa mère, son frère aîné ou sa jeune sœur ne se retrouvent pas au banc des accusés.

Keisuke avait commencé à découvrir les secrets de sa famille au cours de l'été qui suivit son entrée en faculté. Il se trouvait dans un café où il avait rendez-vous avec des amis lorsque son frère Katsumi, supposé parti en voyage d'affaires, fit son apparition. Keisuke allait l'appeler, mais il ravala ses mots lorsqu'il vit l'expression de son frère. Son visage, habituellement paisible, sur lequel flottait toujours un sourire, et légèrement teinté d'ironie, s'était transformé en un masque glacé, méconnaissable. Il émanait de lui une impression qui ôtait toute envie de l'aborder. Malgré la chaleur étouffante de l'été, il avait revêtu un complet gris foncé.

Katsumi ne remarqua pas Keisuke et se dirigea directement vers une table, au fond du café. Un quart d'heure plus tard environ, un gros homme rougeaud entra en tamponnant la sueur qui lui coulait du front, et vint s'asseoir à la table de Katsumi. De sa place, Keisuke les voyait parfaitement. Il constata que le gros rougeaud faisait tous les frais de la conversation, tandis que Katsumi restait de marbre ; il était impossible de savoir s'il l'écoutait. Puis il y eut soudain un petit « Pop ! » et le gros homme s'arrêta de parler. Aucun autre client n'y prêta attention mais Keisuke, qui les observait, remarqua que le gros s'était endormi profondément, d'un seul coup. Il vit alors sous la table Katsumi qui mettait quelque chose de brillant dans sa poche. Katsumi se leva ensuite en laissant le gros sur place, alla payer à la caisse et sortit du café.

Ce ne fut que quelques minutes plus tard, lorsque la serveuse essaya de réveiller le gros, que Keisuke comprit ce qui s'était passé. Le hurlement de la serveuse résonna dans tout le café.

Profitant du désordre, Keisuke sortit en chancelant. Ce n'était pas possible ! Ce qu'il avait vu n'avait pas pu arriver ! « C'est mon frère qui a tué cet homme ! »

Il avait tiré sous la table avec un revolver muni d'un silencieux et s'en était allé tranquillement. Le choc qu'avait subi Keisuke ébranla toutes ses certitudes. Son frère aîné qui, après la mort de son père, avait tenu auprès de lui le rôle de père, était un assassin.

Et le pire, c'était qu'il n'avait pas tué l'autre par haine ou par colère, mais l'avait visiblement exécuté, avec dextérité, comme un professionnel.

Une fois chez lui, Keisuke s'évertua à ne pas montrer son trouble. Katsumi revint trois jours plus tard, les bras chargés de souvenirs d'Osaka...

Keisuke se débattait dans un dilemme. Fallait-il en parler à sa mère ? Non, il fallait discuter franchement avec Katsumi. S'il en parlait d'emblée à sa mère, elle qui était ennemie de toute compromission, il serait absolument impossible de revenir en arrière.

Keisuke se débattait toujours avec son problème de conscience lorsqu'un jour de grasse matinée il descendit plus tard que d'habitude, et surprit sa mère en train d'emballer une statuette. Il n'y avait là rien de surprenant puisque sa mère faisait le négoce d'objets d'art, mais il fut un peu étonné par la gêne qu'elle ne réussit pas à cacher quand il entra dans la pièce. La statuette entrevue lui rappela exactement celle qui illustrait l'affiche d'une exposition d'art antique parrainée par un grand magasin de la capitale. Ce devait être une copie, et il n'y prêta plus d'attention.

Mais le lendemain, un gros titre de journal lui coupa le souffle : la statuette en question avait été volée ; la direction de l'exposition avait négocié la statuette contre une rançon de dix millions de yen. Pendant la durée des transactions, une copie qu'avait fait parvenir le pays d'origine avait été présentée au public. Les organisateurs, qui avaient d'abord nié l'information, en avaient finalement reconnu la véracité. L'article fit sur Keisuke l'effet d'un coup de massue : quand il avait vu la statuette, elle était encore entre les mains des voleurs... La seule copie disponible avait été envoyée du pays d'origine... Donc il avait vu l'original !

On ne put retrouver les malfaiteurs...

Keisuke avait perdu toute confiance. Sa mère était une voleuse, son frère aîné un assassin. Il ne restait plus personne à qui se confier, à qui demander conseil. Il n'y avait plus qu'à regarder les choses en face : il renonça à approfondir le problème, et l'enterra tel quel au plus profond de lui-même. Même voleuse, même tueur, il aimait sa mère et son frère... et il fallait penser aux deux autres enfants. Il semblait bien également que sa mère et son frère ignoraient chacun le secret de l'autre. Il lui fallait donc se montrer discret s'il voulait conserver la paix dans la famille...

Ce fut à l'occasion de cette décision que Keisuke renonça aux études de médecine pour se lancer dans la carrière juridique. Peut-être un jour sa mère ou son frère auraient-ils besoin d'un avocat... Les années passèrent et, en possession de son diplôme, il entra dans un cabinet d'avocat en tant que stagiaire.

Lorsque, fraîche émoulue d'une université féminine, Mika déclara qu'elle allait fonder sa propre entreprise de décoration d'intérieur, Keisuke eut le sentiment qu'il se tramait quelque chose de louche. Aussi douée fût-elle, une jeune fille sans expérience ne pouvait envisager de se mettre à son compte. Mika avait aisément rassuré sa mère en lui confiant que des amis participaient au capital, mais Keisuke ne fut pas dupe. Une enquête discrète lui apprit qu'elle seule avait fait les versements nécessaires à la location du bureau : où s'était-elle procuré cette somme ? Compte tenu de son physique, il lui avait sûrement été facile de se trouver un protecteur...

Ce n'était pas vraiment un crime. Keisuke envisagea bien de lui faire un peu la morale mais, réflexion faite, il estima préférable de se renseigner sur ce protecteur. Et, conformément aux règles de toute enquête de mœurs, il se mit à filer Mika...

Trois jours plus tard, il rentra chez lui et se prit la tête entre les mains : Mika exerçait ses talents en tant qu'escroc ! Il lui avait déjà découvert quatre identités différentes, de la jeune lycéenne à la ménagère (!) fatiguée de la vie. Et bien sûr, chacun de ces personnages avait attiré des soupirants à qui Mika tenait la dragée haute, et dont elle tirait divers profits. Pas uniquement directs, d'ailleurs ; l'intelligence dont elle était dotée s'exprimait ici aussi : elle ne leur tournait pas la tête au point de ruiner leur vie, mais se contentait de leur soutirer des secrets d'entreprise pour les revendre à la concurrence, ou de réussir sans faillir des coups en Bourse grâce aux informations recueillies sur des projets de transactions. En poursuivant son enquête, Keisuke découvrit peu à peu la teneur de ses activités.

Il décida donc de garder le secret de Mika. Certes, cela pouvait ressembler à de l'escroquerie, mais Mika se tenait avec dextérité en deçà de la limite du délit caractérisé. Et aurait-il été judicieux d'intervenir maladroitement et de tout dévoiler ? Il estima préférable de verser une mensualité à la secrétaire du bureau, Kyôko Kôno, pour être tenu informé des mouvements de Mika. Il laissa entendre à Kyôko qu'il était le genre de frère aîné à surveiller jalousement les fréquentations de sa sœur.

Mais tout de même : quelles histoires !

Une mère voleuse, un frère assassin, une sœur escroc, quelle famille !

— C'est de la folie ! souffla Keisuke malgré lui quand il apprit que le petit dernier et le seul sérieux, Masami, avait manifesté l'intention d'entrer dans la police : c'était la goutte d'eau qui faisait déborder le vase. Naturellement, il s'y opposa de toutes ses forces, mais Masami était déterminé et obstiné, et il parvint à imposer sa volonté. Keisuke fut poursuivi quelque temps par un cauchemar dans lequel Masami passait les menottes à sa mère et à Katsumi. Mais on connaît la puissance de l'habitude ; et comme chacun ignorait les activités des autres, la paix familiale continua de régner.

Keisuke décida alors de cesser de se tourmenter et de prendre les choses comme elles viendraient. On pouvait leur faire confiance (?), aucun d'entre eux ne se laisserait attraper, se rassura le jeune avocat. Il lui restait certes quelques scrupules de conscience, mais la paix familiale primait tout.

Et voilà que cette affaire de parvenu du pétrole surgissait tout à coup et venait troubler le cours tranquille de la vie familiale. Cet événement avait réveillé les instincts de sa mère, ce qui n'était pas pour plaire à Keisuke. Un mauvais pressentiment le rongeait et il ne parvenait pas à se raisonner...

Vêtue de son costume marin, Mika entra dans l'hôtel et demanda sa clef.

— Quelqu'un vous attend là-haut, lui dit l'employé.

— Oh !

Mika se rendit rapidement dans sa chambre. Lorsqu'elle ouvrit la porte, un homme assis sur le canapé étudiait un dossier ; il se leva.

— Tiens, la petite Hiroko Ishida est de retour !

— Tu es en avance !

— Je me trouvais dans le coin.

— Tu as le temps ?

— Un avantage de mon métier est de pouvoir organiser son emploi du temps.

L'homme était Tsunoda, le vendeur de voitures et voisin de la famille Hayakawa.

— Mais pourquoi m'as-tu demandé de venir ?

— Pour affaires. (Mika posa son cartable.) C'est un gros morceau, mais j'aimerais tenter le coup.

— Ichiro Tachibanagen ?

Mika resta bouche bée. Puis :

— Comment as-tu deviné ?

— Depuis que nous sommes associés, j'ai quand même une idée de ta façon de penser ! sourit Tsunoda.

— Je viens de voir un journaliste, M. Shimano. Il va s'informer pour moi sur ses projets de déplacement.

— Et comment vas-tu l'approcher ?

— Je m'arrangerai plus tard. Tu veux bien, rien qu'un peu...

— Avec toi, plus que ça...

Mika commença à défaire les boutons de sa marinière. Tsunoda l'arrêta : « Non, laisse-moi faire ! »

Enlacés, ils s'approchèrent du lit en échangeant un long baiser.

— Vous partez déjà ?

Du lit, la voix s'adressait à Katsumi qui nouait sa cravate devant la glace.

— Je dîne en famille.

— Votre douce épouse vous attend ?

— Je suis célibataire.

Katsumi s'approcha du lit en enfilant sa veste. La secrétaire de Kunimiya était étendue nue sur les draps en désordre. Après leur déjeuner, il ne lui avait pas fallu beaucoup insister pour qu'elle monte avec lui.

— Vous êtes super ! Saori, c'était son nom, effleura de la main la joue de Katsumi qui s'était assis sur le bord du lit : On pourra se revoir ?

— Qui sait ?

— Vous allez travailler pour M. le directeur ?

— Pour une affaire personnelle.

— Vous êtes d'une agence de détectives ?

— En quelque sorte.

— Ah, je m'en doutais un peu depuis le début. Une enquête de mœurs sur sa femme ?

— Secret professionnel.

— Je suis au courant, avança-t-elle. D'ailleurs, il a fait appel à je ne sais combien d'autres comme vous aussi.

— Je ne sais combien d'autres ?

— Oui, il discute souvent avec eux au téléphone. Je le sais parce que je reste sur la ligne.

Katsumi resta pensif. Qu'est-ce que ça signifiait « je ne sais combien d'autres » ? S'était-elle trompée ? Non, les femmes repèrent bien ce genre de choses. Kunimiya devait être en contact avec des hommes comme lui, pas des hommes d'affaires ordinaires. Il était tout à fait possible qu'un client fasse appel à deux tueurs différents pour une meilleure garantie de résultat. Mais trois ou quatre, c'était différent. Financièrement, l'investissement devenait excessif, et puis il fallait parer aux risques de fuites. Alors, qui étaient ces « je ne sais combien » d'hommes ?

— Dites, j'aurais quelque chose à vous demander.

— Oui ?

— Pourriez-vous prêter l'oreille aux rapports que ces autres hommes font au patron, et me dire ce que vous avez entendu ?

— D'accord.

— Je suis désolé d'avoir à vous demander cela, mais ce sont des rivaux en affaire. Dans notre domaine, la concurrence est terrible.

— D'accord, mais en échange...

— Quoi ?

— Nous nous reverrons ?

— Bien sûr !

Katsumi déposa un baiser sur les lèvres entrouvertes de Saori.

— Quoi ?

— Hein ! C'est vrai ?

— Pas possible !

Autour de la table du dîner, tous avaient été foudroyés. Masami, fort content de lui, contemplait les visages stupéfaits.

— C'est vrai, je vous assure !

— Alors – Kayoko avait les yeux braqués sur Masami –, tu seras de la sécurité des diamants de Tachibanagen ?

— Plus précisément, je serai le responsable de la sécurité, ajouta-t-il en rougissant.

— Alors Tachibanagen aussi sera à l'hôtel du lac S., dit Katsumi.

— Oui, il devrait venir pour s'y reposer.

— Tiens donc, approuva lentement Mika.

Keisuke seul était resté muet. Quelle histoire ! Ça ne devrait pas être permis ! Voilà que Masami avait été chargé de la sécurité des diamants que sa mère voulait voler !

Probablement loin de se douter des pensées des autres, Masami se rengorgeait tellement que sa chaise, en équilibre sur deux pieds, était sur le point de tomber. Le pauvre ! songea Keisuke, s'il savait ce que pense maman, il en tomberait par terre !

— Dis-moi, Masami – Keisuke s'éclaircit la gorge –, je pense qu'il vaudrait mieux que tu renonces à cette mission.

Masami semblait ne pas en croire ses oreilles :

— Pardon, qu'est-ce que tu as dit ?

— Eh bien, voilà... Cette mission, je pense que tu devrais y renoncer...

Masami, interloqué, restait bouche bée. Keisuke continua précipitamment :

— Tu vois, malgré tout, tu es encore très jeune ; cette mission est une responsabilité trop lourde...

— C'est... c'est-à-dire que tu penses que je suis incapable de la remplir ? s'insurgea Masami, hors de lui.

— Mais non, je ne veux pas dire...

— On m'a confié cette mission ! Je suis un policier. Quand on me donne un ordre, même si c'est au péril de ma vie, je l'exécute. C'est la moindre des choses !

— Mais, Masami, ces diamants, ils ont une valeur inestimable. Si ça se trouve, un gang va arriver avec des mitrailleuses et des grenades. Tu ne cherches pas encore à mourir ?

— Si ça arrivait, je ne reculerais pas d'un pas ! Même seul, je me battrais !

— Ça ne te fait rien de mourir ? Pense à maman !

Mika intervint, l'air scandalisé par leur altercation.

— Mais qu'est-ce qui te prend, Keisuke ? Qu'est-ce que tu vas chercher, des gangs qui débarquent...

— Eh bien oui, mais... on ne sait jamais...

— Moi je souhaite que tout le monde se réjouisse, intervint gentiment Kayoko, c'est magnifique pour Masami. C'est la preuve qu'on reconnaît ta valeur.

— Merci, maman ! s'écria Masami, qui se retint pour ne pas se précipiter dans ses bras.

— L'imbécile ! marmonna entre ses dents Keisuke ; s'il savait le fond de sa pensée...

— Alors, quand pars-tu ?

— Demain, M. Tachibana devrait arriver dans trois jours, mais moi, il faut que j'y aille avant pour inspecter les lieux de l'exposition et contrôler les systèmes de sécurité antivol.

— C'est très important, approuva vivement Kayoko.

— Fais de ton mieux, Masami ! Même Mika l'encourageait de bon cœur, elle qui ne cessait d'habitude de se moquer de lui. Keisuke se sentait vraiment mal à l'aise.

— C'est au bord du lac S. ? Ce doit être merveilleux en cette saison, dit Kayoko en picorant des pickles. Ce serait une bonne occasion, j'irais bien moi aussi.

Keisuke se figea :

— Aller... où ?

— A cet hôtel, bien sûr, comment s'appelle-t-il déjà, Masami ?

— L'hôtel vip.

— C'est un joli nom, ajouta Mika.

— Ce doit être plein de snobs, jeta Katsumi.

— Mais maman, tu n'y penses pas ! s'inquiéta Keisuke.

— Et pourquoi pas ?

— Masami y va pour une mission difficile : tu risques de le gêner !

— Absolument pas, rétorqua Masami. Je suis capable de faire la part entre ma vie privée et mon travail.

— Mais quand même : supposons par exemple que les gangsters prennent maman en otage ? Quel dilemme entre ton devoir et ton amour filial !

Mika hocha la tête :

— Quelle imagination débordante, tout d'un coup, Keisuke !

— Tu as raté ta vocation, tu devrais écrire des bandes dessinées plutôt que d'être avocat !

Même Masami faisait preuve d'une ironie inhabituelle. Il ne pouvait pas comprendre ce qui se tramait ! Keisuke lutta contre la colère qui montait en lui. Le responsable de la sécurité allait être un instrument dans la main des voleurs. C'était rocambolesque !

— J'irai moi aussi après-demain, je pense, conclut Kayoko.

— Alors, je te réserve une chambre demain, dès mon arrivée.

C'était bien la prévenance de Masami pour sa mère : il réservait une chambre pour son voleur !

Mika renchérit :

— Oui, maman aussi a bien besoin de se reposer un peu.

Keisuke soupira à la réflexion de Mika. Lui aussi, il allait être obligé de prendre quelques jours de vacances. Il ne pouvait quand même pas laisser Masami passer les menottes à sa propre mère.

Que de soucis ils lui donnaient... Keisuke désespéré engloutit le reste de son riz.

Arriva ce qui devait arriver

A l'hôtel vip

1

Pas tout à fait éveillée, plus vraiment endormie, et on se retourne un peu dans son lit, on relève ses cheveux, on s'étire... quel moment délicieux...

— Mmm... Michiko s'étira longuement dans un soupir de contentement, puis s'assit dans son lit ; la couverture glissa et découvrit une poitrine pigeonnante. Elle soupira un peu, secoua la tête pour s'éclaircir les idées, attrapa dans la semi-obscurité le réveil digital sur la table de nuit.

— Six heures six ? Si tôt que ça ? Elle fronça les sourcils : ce n'était pas son genre de se réveiller si tôt. Elle examina quelque temps les chiffres de son réveil : 6-0-6.

— Ah, bien sûr, marmonna-t-elle en retournant le réveil. Il était neuf heures neuf. Là, tout redevenait normal. Elle avait dû reposer le réveil à l'envers la veille au soir.

— Courage... Michiko se leva et inspira profondément. Les rideaux épais empêchaient la lumière matinale d'entrer, et il ne régnait qu'une faible clarté dans la chambre d'hôtel. Mais la pâleur de son corps nu, debout, semblait irradier dans la pénombre. Il ne fallait pas croire qu'elle avait dormi nue parce qu'elle n'était pas seule dans son lit. Non, tel était simplement son goût – et sans même porter de Chanel n° 5 ; en ce sens, elle était plus audacieuse que Marilyn Monroe !

Elle entra dans la salle de bains, alluma et fit couler la douche. Fouetté par la cascade d'eau froide, tout son corps se contracta. De dormir nue, sa peau s'imprégnait d'une moiteur que le courant froid chassait. Elle fit ensuite couler l'eau chaude. Ah ! Que c'était bon ! Dormir nue valait la peine, rien que pour goûter cet instant...

Après s'être essuyée et enroulée dans le drap de bain, elle retourna dans la chambre et ouvrit les rideaux. La lumière éclatante du soleil déjà haut entra à flots dans la chambre.

De la fenêtre du douzième étage, on pouvait voir l'autre aile du bâtiment, en forme de U, et au milieu le parking. La rampe d'accès à l'hôtel se trouvait juste en face, et Michiko pouvait découvrir d'un coup d'œil les nouveaux clients.

Derrière, à moitié caché par le bâtiment, le lac d'un bleu lumineux reflétait la clarté du soleil.

— Quel beau temps !

La jeune fille ouvrit la fenêtre et la brise fraîche, venue du lac, fit danser ses cheveux encore humides. Elle jouissait de cet instant, lorsque soudain un reflet de lumière l'éblouit.

— Encore !

Michiko retourna au pied du lit et composa un numéro de téléphone.

— Allô, la réception ? Pouvez-vous me passer M. Fukuchi de l'accueil ?

Puis, posant le combiné à côté de l'appareil, elle commença à se vêtir. Elle enfila un frais pantalon orange et un léger pull-over blanc. Tandis qu'elle s'habillait, elle pouvait entendre une voix au téléphone qui répétait : « Allô, allô ? » Quand elle eut fini, elle saisit tranquillement l'écouteur. « Allô ? Monsieur Fukuchi ? Ne vaudrait-il pas mieux que vous vous contentiez de faire correctement et sérieusement votre travail à l'accueil ? » Et elle raccrocha sans attendre de réponse.

Fukuchi était responsable de l'accueil. Il cachait une paire de jumelles pliantes dans sa poche, et dès que Michiko ouvrait sa fenêtre, il les sortait discrètement pour la contempler dans l'intimité. L'éclat de lumière qu'avait reçu Michiko dans les yeux provenait des lentilles de ses jumelles.

Michiko s'assit devant la coiffeuse et commença à brosser ses longs cheveux.

Michiko Asari avait vingt-deux ans. Confrontée comme tout le monde au problème de l'emploi à la sortie de l'université, elle avait rapidement renoncé à courir les petites annonces des journaux pour s'adresser à des intermédiaires non professionnels – c'est-à-dire ses relations – et c'est ainsi qu'elle avait été parachutée à l'hôtel vip que possédait son oncle, Kenichi Nakamura. La comptabilité et même les chiffres lui étaient parfaitement étrangers, mais l'hôtel n'avait pas jugé souhaitable que la nièce du propriétaire fût simplement serveuse. Aussi lui avait-on attribué cette chambre et un salaire aux motifs mal définis. Il arrivait parfois qu'à la demande de son oncle, on l'envoie accueillir un client important.

Des jambes longues, la taille fine, une poitrine généreuse pour son âge... Son visage n'était pas d'une beauté régulière mais, rond et mignon, il ne manquait pas de charme, et on remarquait particulièrement ses grands yeux humides.

Michiko se maquilla légèrement, prit son sac et sortit : elle mourait de faim. Elle suivit rapidement le couloir un peu sombre pour arriver aux ascenseurs. Comme l'heure de restitution des chambres était fixée à dix heures trente, les clients en partance sortaient de leur chambre avec de lourdes valises. Mais Michiko se moquait de ces clients qui quittaient l'hôtel ; elle accordait toute son attention aux nouveaux arrivants : parmi eux se trouvaient des clients quelque peu étranges, d'autres au comportement insolite, ou encore d'autres aux bagages suspects... Son principal travail consistait à les surveiller. Sur ses cartes de visite figurait son titre : *Michiko Asari – détective attaché à l'hôtel vip*. En vérité, elle avait fait faire ces cartes... de sa propre initiative.

Elle entra dans l'ascenseur. Elle appuyait sur le bouton du rez-de-chaussée – où se trouvait la cafétéria – lorsqu'un homme se précipita à l'intérieur en la bousculant dans son élan.

Il s'exclama aussitôt :

— Oh, excusez-moi ! Je vous demande pardon.

Il semblait terriblement gêné et poursuivit :

— Vous êtes sûre que ça va ? Vous n'êtes pas blessée ?

— Non, non, ça va.

— Bon... bon. Vraiment, je suis désolé.

Entre-temps, l'ascenseur avait commencé à descendre.

— A quel étage descendez-vous ? lui demanda Michiko.

— Euh..., lui répondit-il, l'air perdu.

— L'ascenseur va au rez-de-chaussée. Ça vous convient ?

— Ah oui, le rez-de-chaussée, c'est parfait. Excusez-moi.

L'homme ne cessait de s'excuser. Il semblait extrêmement nerveux et intimidé. Michiko s'en inquiéta un peu.

Bien que l'hôtel fût un hôtel de vacances, il portait un costume bleu foncé et une cravate sombre, comme s'il se rendait à son bureau. On devinait, à son visage, qu'il était très jeune. La moustache d'un noir de jais qu'il laissait peut-être pousser afin de se donner de l'assurance lui donnait plutôt une expression comique. Etait-ce une fausse moustache, Cette idée traversa l'esprit de Michiko : on aurait dit qu'elle était collée. Et les lunettes... L'homme portait des lunettes cerclées de noir, mais les verres n'étaient pas correcteurs. Voilà qui était étrange... Michika jeta un coup d'œil rapide à la clef qu'il tenait à la main : 1207. Bien, on serait bientôt renseigné.

— Ah bon ?

Dans la cafétéria, le gérant de l'hôtel hocha la tête quand Michiko lui raconta son histoire.

— Mais moi, je trouve que c'est vraiment louche ! insista la jeune fille.

— Bon... Eh bien, gardez l'œil ouvert.

— Mais on pourrait... Michiko n'était pas satisfaite : Il faudrait faire quelque chose !

Natsuki était un homme grand et bien en chair : le nœud papillon qu'il portait semblait ridiculement petit. Il demanda, d'un air excédé :

— Que voulez-vous donc que nous fassions ?

— Laissez-moi fouiller la chambre de ce client !

La colère monta au visage de Natsuki. Michiko ajouta hâtivement :

— Je ne laisserai aucune trace derrière moi ; il ne saura absolument rien : il s'agit juste d'inspecter ses bagages.

— Tant que vous y êtes, pourquoi ne pas me demander l'autorisation de le tuer ?

— Monsieur...

— Non ! Supposons qu'il porte une fausse moustache, est-ce interdit ? Il s'agit peut-être d'une vedette qui ne veut pas être reconnue ! Ou d'un play-boy poursuivi par une meute d'admiratrices. Ou tout simplement, cet homme aime les fausses moustaches. Et le port des fausses moustaches n'est pas interdit pas la loi.

— Oui, bien sûr, mais...

— Vous m'avez compris? En revanche, s'introduire dans la chambre des clients est interdit par la loi! Si par malheur le client s'en apercevait et portait plainte, ce serait la fin de cet hôtel. J'ai été clair?

— Oui, monsieur, répondit Michiko, dépitée.

— Et je vais vous dire quelle est votre mission.

— Oui?

Le gérant détacha chacun de ses mots:

— Vous touchez un salaire? Alors veuillez vous abstenir de faire quoi que ce soit.

Interloquée, Michiko le regarda se lever et partir. Elle demanda au serveur qui apportait du café:

— Qu'est-ce qui lui arrive, au gérant?

— Il est sur les nerfs. C'est aujourd'hui que doit arriver le roi du pétrole dont on parle tant.

— Ichiro Tachibanagen? Il arrive aujourd'hui?

— Oui, on dit qu'il sera là d'un moment à l'autre.

Michiko but lentement son café. Avec ce client, l'hôtel vip jouait sa réputation. Il n'était pas étonnant que le gérant fût aussi nerveux. Sa collection de diamants avait précédé Ichiro Tachibanagen et on finissait de l'installer au premier étage, dans le salon Fuji. L'ouverture au public aurait lieu le surlendemain, et une présentation privée devait réunir auparavant des personnalités du monde entier et de la ville. C'était l'occasion pour l'hôtel récemment ouvert de s'assurer de la publicité. Le gérant n'avait sûrement pas envie de donner le spectacle de problèmes relatifs aux clients ou à l'hôtel.

Mais Michiko se disait que justement, lors de ces événements, il ne fallait surtout pas quitter de l'œil les clients suspects.

Son petit déjeuner terminé, elle se dirigea vers le hall d'accueil. Dans l'immense salle, des lustres somptueux pendaient du plafond haut de trois étages ; il y avait des statues de bronze, et les pieds s'enfonçaient dans la profondeur des tapis. La direction ne s'était pas laissée influencer par l'abstraction moderne et avait résolument opté pour le style classique.

Le même Fukuchi qui le matin l'avait observée avec ses jumelles lui dit, l'air dégagé :

— Bonjour, mademoiselle.

— Bonjour.

— Vous vous êtes bien réveillée,

— Comme vous avez pu le constater.

L'ironie de Michiko glissa sur le visage de joueur de poker de Fukuchi.

— Vous allez être sur le qui-vive, ces deux prochains jours...

— Quel qu'il soit, un client est un client. Pour moi, il n'y a pas de différence.

Il exprima cette remarque quelque peu sentencieuse avec naturel.

— Dites, pourriez-vous me montrer la fiche de la chambre 1207 ?

— Qu'est-ce qu'il y a ?

— Quelque chose me préoccupe un peu.

— D'accord. Attendez... la voilà.

Michiko consulta la fiche que chaque client remplit à son arrivée à l'hôtel : *Eisuke Yamakawa – 40 ans – Profession libérale*.

Profession libérale... c'était à voir ! Cette silhouette falote en veston... Difficile de croire qu'il s'agissait de quelqu'un établi à son compte. Voilà qui était de plus en plus étrange. Les soupçons de Michiko se confirmaient. Oui, elle allait procéder à quelques discrètes investigations.

— Monsieur Fukuchi, s'il vous plaît !

— Oui ?

— Ces jumelles que vous utilisez constamment pour épier ma chambre, vous pourriez me les prêter deux ou trois jours ?

— Je serai ravi de vous les confier, répondit Fukuchi sans rougir le moins du monde. Mais…

— Mais quoi ?

— Pouvez-vous me faire une promesse ?

— Laquelle ?

— Ne les utilisez pas pour épier les chambre des jeunes hommes…

Et il sortit de sa poche les jumelles pliées et les tendit à Michiko.

— Chef !

A cet instant, un groom arriva en courant de la porte d'entrée.

— Appelez le gérant, s'il vous plaît ! M. Tachibana arrive !

Michiko s'éloigna du bureau et observa ce qui se passait devant la porte d'entrée. Une Rolls-Royce gris métallisé s'était garée devant le perron. Le chauffeur se précipita et ouvrit la portière. Un homme d'âge mur en descendit.

La Rolls-Royce de Tachibana avait eu un petit accident quelques minutes avant d'arriver à l'hôtel vip, ceci juste après avoir quitté la nationale, le long de la route qui contournait le lac S. Des villas et des bungalows de location vivement colorés se succédaient autour du lac. Soudain, une jeune fille à bicyclette avait surgi de derrière l'un des bungalows. Le chauffeur avait aussitôt réagi et n'avait touché que légèrement la roue arrière du vélo ;

cependant l'engin avait culbuté et s'était couché sur le côté. La jeune fille fut éjectée.

Ichiro Tachibanagen se tourna alors vers le jeune secrétaire assis à côté du chauffeur :

— Est-elle blessée ? Voulez-vous aller jeter un œil ?

— Oui, tout de suite ! répondit ce dernier.

Il bondit hors de la voiture et se précipita vers la jeune fille qui se relevait.

— Heu... Comment vous sentez-vous ?

Elle portait une tenue sportive : un sweat-shirt et un pantalon de survêtement blanc ; elle était chaussée de tennis.

— Non, je n'ai rien...

Elle se tenait debout et brossait de la main la terre sur son sweat-shirt.

— Vraiment ? Vous n'avez rien ?

— Oui, ça va ; je vous demande de m'excuser.

A cet instant, la portière de la voiture s'ouvrit, et Tachibana en personne s'approcha.

— Mademoiselle, je suis vraiment désolé.

— Non, c'est moi ! J'étais dans mon tort ; débouler comme ça sans faire attention...

— Allons, allons, vous n'avez vraiment rien ?

— Non, je me suis juste un peu éraflé la main.

— Et vous avez abîmé vos vêtements. Je vous assure, laissez-moi vous dédommager.

— Mais il n'est pas question de...

— Vous habitez ce pavillon ?

— Oui, pour la fin des vacances.

— Vous êtes écolière ?

— Etudiante.

— Vous êtes avec des amis ?

— Des amis vont me rejoindre, mais pour le moment, je suis seule. Je viens d'arriver et j'avais enfilé cette tenue pour faire un peu de ménage.

— Bien sûr !

L'homme d'un certain âge sourit. La jeune fille sembla se détendre et ébaucha un sourire, puis, prenant conscience de sa tenue un peu simple, elle rougit, gênée. Il émanait une telle jeunesse de cette jolie fille !

— Ma conscience n'est pas libérée, dit l'homme. Ne voulez-vous pas venir dîner ce soir à l'hôtel ? Je pense que vous connaissez l'hôtel vip ?

— Oh, mais je serais intimidée, un tel hôtel...

— Je vais y séjourner quelque temps. La voiture viendra vous chercher ici à sept heures. Surtout, ne refusez pas. Je tiens absolument à m'excuser...

— Mais... commença la jeune fille. Elle hésitait, mais finalement céda : Très bien, j'accepte.

— Bravo ! Alors, à sept heures.

L'homme dit encore quelques mots puis retourna à sa voiture. Le jeune secrétaire s'empressa de le suivre. La jeune fille regarda la voiture s'éloigner et poussa un soupir de soulagement.

Voilà qui avait été risqué, mais c'était le seul moyen qui s'était présenté. Si Ichiro Tachibanagen s'était tant excusé, tandis que tous les torts étaient du côté de la jeune fille, c'était bien évidemment parce qu'il lui portait un certain intérêt.

Mika était donc satisfaite du déroulement des événements.

— Veuillez vous donner la peine d'entrer. Je suis le gérant de cet établissement. Votre présence est pour nous un honneur et une joie.

Ichiro Tachibanagen répondit distraitement aux mots de bienvenue du gérant surexcité, et se dirigea rapidement vers l'accueil pour expédier les formalités d'enregistrement. Contrairement à Natsuki, Fukuchi fut calme et traita Tachibana comme tout autre client. Michiko, qui les observait de loin, sentit le jugement qu'elle portait à l'égard de Fukuchi se modifier quelque peu.

Il travaillait dans cet hôtel depuis trois mois seulement. Il avait la quarantaine et une certaine tendance à l'oublier. Son calme laissait deviner qu'il avait accumulé une longue expérience dans d'autres hôtels, et il maintenait bien son personnel. En tout cas, il est moins sot que Natsuki ! pensa Michiko. Quand Tachibana et sa suite eurent disparu dans l'ascenseur, elle s'engouffra dans l'escalier attenant ; elle tenait à jeter un œil sur le salon Fuji, pour vérifier où en étaient les préparatifs de l'exposition.

Une fois au premier étage, elle eut un choc : le salon Fuji, au fond d'un large couloir, se trouvait maintenant bloqué par une barricade de tables et de chaises. Plantés devant, se tenaient deux gardes de l'hôtel qu'elle avait déjà aperçus. Elle les apostropha :

— Que signifie ce chantier ?

— Eh bien, mademoiselle...

— Il n'y a pas de « Eh bien » qui tienne ! Que faites-vous là ?

— Nous contrôlons.

— Contrôler ?

— Il est interdit d'entrer sans être d'abord fouillé.

— Fouillé ! Même moi ?

— Oui, il y a une femme dans la petite pièce à côté.

— Et vous trouvez ça drôle ! explosa Michiko. C'est un hôtel ici, on n'est pas au Pentagone !

— Mais ce sont les ordres d'un policier venu de Tôkyô !

Le garde secoua la tête.

— Il en ajoute un peu, ce policier ; il se méfie même de nous !

L'autre garde sourit d'un air fin :

— C'est terrible de fouiller, parce qu'il ne s'agit pas simplement de tâter les vêtements. Il faut que les gens se mettent nus, complètement nus, pour que nous puissions procéder. Mademoiselle, je me charge de vous ?

— Ça va, merci !

Michiko commençait à fulminer. Un service de sécurité sévère était nécessaire, certes, mais là, ils dépassaient les limites.

— Veuillez me laisser passer !

— Mais, mademoiselle !

— Il n'y a pas de « mais ». Ecartez-vous !

Elle repoussa une table et passa de l'autre côté. Puis elle tira brusquement les deux lourds battants de la porte du salon. Les cubes de verre destinés à recevoir les diamants étaient alignés dans la vaste salle. Plusieurs ouvriers étaient occupés aux derniers préparatifs et des gardes en uniforme circulaient parmi eux.

— Halte !

La voix menaçante la cloua sur place. Un regard de côté et elle n'en crut pas ses yeux : elle était tenue en joue par un revolver !

— Qui êtes-vous ?

Un jeune homme en costume la visait. Il agrippait fermement son revolver des deux mains, un genou à terre, tout comme dans les manuels d'instruction.

— Répondez !

— Euh... Eh bien, je suis du personnel de l'hôtel. Michiko Asari. Je suis le détective de l'hôtel.

— Le détective ?

Le policier paraissait de plus en plus soupçonneux.

— Je n'ai jamais entendu parler d'un détective. Et puis, pourquoi ne portez-vous pas de grelot ?

— Un grelot ?

— Le contrôle donne un grelot à ceux qui ont passé la fouille sans problème.

En effet, tous les gens présents dans la pièce portaient de gros grelots attachés au cou par une ficelle. Ils avaient tous un petit air de vaches dans un pré.

— Ceux qui entrent dans cette pièce sans grelot risquent d'être abattus !

Ce garçon, apparemment, croit à ce qu'il dit, pensa Michiko. Il a les yeux injectés de sang !

— Je... J'ai compris, pardonnez-moi.

Affolée, Michiko sortit de la pièce en courant.

— Alors ? Les gardes avaient l'air goguenard : Vous êtes revenue à vive allure !

— Il n'y aurait pas un médecin parmi vos clients ? dit Michiko, folle de rage, un spécialiste en psychiatrie !

Michiko avait rejoint l'escalier et s'apprêtait à descendre lorsqu'elle s'arrêta net et regarda en bas. Elle avait aperçu quelqu'un dévalant l'escalier comme s'il s'enfuyait. De toute évidence, cette personne s'était postée là et l'approche de Michiko l'avait fait fuir. La jeune fille n'avait pu l'observer à loisir, mais elle était absolument sûre d'elle : il s'agissait de l'homme à la fausse moustache.

2

Une flottille de barques était dispersée sur le lac où se reflétait le soleil d'automne. Il y avait surtout des jeunes couples, et de temps à autre les jeunes filles jetaient un cri excité lorsqu'elles recevaient une éclaboussure. Des amoureux à l'âme romantique s'y promenaient également : arrêtés au milieu du lac, ils se laissaient porter par les vagues et contemplaient le ciel bleu, allongés dans leur embarcation étroite. Dans ce décor, deux personnages contrastaient singulièrement : un petit gros et un grand maigre, tous deux d'âge moyen. Bien sûr, il s'agissait des acolytes de Kayoko, Shôichi Hijikita et Jôkichi Koban.

— Tu l'as repéré ? demanda Jôkichi.

— Ah, c'est là où il y a une grande surface de verre ?

— C'est ça. C'est au premier étage. Ce ne sera pas si simple.

— Pour moi, que ce soit au premier ou au vingtième, c'est du pareil au même. De toute façon, je suis bien incapable de grimper.

— Tu pourrais peut-être t'exercer à grimper à l'échelle de corde ?

— Merci, sans façon. Je suis serrurier, mon travail c'est d'ouvrir les serrures ; le tien, c'est de me mener devant la serrure.

— D'accord.

Jôkichi laissa là le débat et haussa les épaules.

— Quand doit-on avoir des nouvelles du patron ?

— Ce soir – on dîne ensemble.

— Tu veux dire… dans cet hôtel ?

Les yeux de Hijikata brillaient.

— Non, dans notre hôtel.

— Ah bon.

Ils avaient loué des chambres dans un hôtel du centre ville, situé un peu plus loin. C'était d'ailleurs davantage une auberge qu'un hôtel, malgré son nom.

— Quelle poisse que le fils du patron soit chargé de la sécurité de l'endroit ! dit Hijikata. Il risque d'être renvoyé si les diamants disparaissent, non ?

— Ça m'inquiétait moi aussi, et je lui en ai parlé.

— Et alors ?

— A vrai dire, elle voudrait le voir quitter le métier. Si bien que s'il est renvoyé, ça fera d'une pierre deux coups, selon elle.

— C'est vrai. De toute façon, ça ne pouvait rien donner de bon, approuva Hijikata.

C'était là une réflexion pardonnable pour quelqu'un qui avait eu à se plaindre de la police.

— Bon. Quand allons-nous opérer ?

Il était si impatient qu'à cette seule pensée, il fit craquer les articulations de ses doigts.

— Les diamants ne seront en place qu'à partir de demain. Ne sois pas si impatient !

Jôkichi reprit les rames et se dirigea lentement vers la rive. Les deux acolytes, leur attention fixée sur l'hôtel, ne remarquèrent pas l'homme qui montait seul dans une barque tandis qu'eux-mêmes rentraient. Il portait un cardigan léger ; il donnait distraitement un coup de rame de temps à autre, plongé dans l'observation de l'hôtel vip.

— La chambre d'Ichiro Tachibanagen est tout en haut ; c'est la suite royale donnant sur le lac, au douzième étage.

— Ce doit être ça…

Katsumi l'avait repérée au premier coup d'œil. Il était arrivé le matin même. Il n'était certes pas descendu à l'hôtel vip où se trouvaient sa mère et Masami. Il avait déposé quelques instants auparavant ses bagages dans un petit hôtel de trois étages, de l'autre côté du lac. Les auberges traditionnelles ne sont pas recommandées pour ce genre de travail. Les hôtels sont plus pratiques quand on veut nettoyer discrètement ses armes ou sortir au milieu de la nuit. Bien que petit, celui-ci avait les caractéristiques d'un hôtel et ne devait pas poser de problème.

Quant à la suite des événements…

Il avait appris, auprès de la réception, que l'exposition des diamants de Tachibana ouvrirait ses portes au public le surlendemain. Ce qui signifiait que nombre de gens se rendraient à l'hôtel vip, uniquement pour voir l'exposition. Il ne serait certes pas aussi bondé qu'un grand magasin les jours de soldes, mais les gens extérieurs à l'hôtel pourraient entrer sans attirer l'attention. C'était une occasion à ne pas manquer. Il décida qu'il examinerait le lendemain les différentes portes de sortie, les escaliers de secours et autres de l'hôtel vip. Il n'y avait pas de raison pour qu'il rencontre sa mère ou Masami, mais le hasard vous joue parfois de ces tours... Ne vaudrait-il pas mieux porter des lunettes, de façon à ne pas être reconnu au premier coup d'œil ?

Katsumi ramait paresseusement ; il dépassa une barque dans laquelle se trouvait une femme seule. Tiens, tiens, pensa-t-il. La femme inspectait la façade de l'hôtel vip, comme si elle y cherchait quelque chose... Elle devait avoir trente-sept ou trente-huit ans. Son allure était assurée et elle portait une élégante robe parme. Son visage était un peu pointu mais, tout compte fait, cette femme était jolie, semblable à une poupée japonaise : le kimono devait mieux lui aller que les vêtements occidentaux, supputa Katsumi. Ses efforts maladroits pour manier les rames pouvaient prêter à sourire.

— Bon... il est temps de rentrer. Katsumi entreprit de ramer énergiquement. Il se dirigea vers la rive opposée tout en scrutant l'hôtel. A cet instant il entendit un cri : « Kya ! » Il regarda autour de lui et vit la barque de la jeune femme chavirer et son occupante projetée dans l'eau. Puis il distingua la silhouette d'un homme, dont l'embarcation avait dû heurter celle de la jeune femme, tendre une rame vers la naufragée. Un instant il crut s'être trompé : la femme avait coulé ! Et l'homme avait recommencé à ramer et s'éloignait.

Katsumi plongea.

— Quoi ?

Kayoko avait lâché la paille avec laquelle elle sirotait son jus d'orange. Elle regarda Masami avec des yeux ronds :

— Tu es sûr que tu n'es pas malade ?

— Bien sûr !

Masami avait enfin pu se libérer de sa surveillance de la salle d'exposition et déjeunait avec sa mère dans la cafétéria.

— C'est pourquoi je ne pourrai plus te voir avant la fin de l'exposition. Tu comprends : je suis responsable !

— Quand bien même, tu n'es pas obligé d'aller jusque-là !

— Il le faut : sinon je n'aurai pas l'esprit tranquille.

Kayoko était effondrée.

— Mais ce n'est pas si terrible, maman ! la réconforta Masami. Il y a des paravents dorés aux quatre coins de la salle. Je ferai installer mon lit dans un des coins, derrière, et je pourrai dormir là. De la sorte, personne ne pourra entrer !

— Oui, évidemment...

— Les diamants ne seront pas remis au coffre le soir. Ils resteront dans la salle.

Kayoko avala de travers et se mit à tousser.

— Maman ! Ça va ?

— Ça... ça va. Quand elle eut retrouvé sa respiration, elle poursuivit : Mais n'est-ce pas dangereux pour toi, de ne pas remettre les diamants dans le coffre ?

— J'ai mûrement étudié le pour et le contre. Le danger des transferts matin et soir jusqu'au coffre du rez-de-chaussée est plus grand. Et comme c'est un hôtel, les gens peuvent circuler toute la nuit. Si on clôt parfaitement la salle d'exposition, elle se transformera en coffre. Les gardes se relaieront pour en interdire l'entrée, et moi je serai à l'intérieur jour et nuit.

— Voilà qui me paraît en effet tout à fait sûr.

— Et les vitrines qui protègent les pierres précieuses sont pare-balles et munies de serrures de précision. Toutes les précautions ont été prises.

— Tu fais bien les choses...

— Oui... Au fait, tout ce que je te dis est strictement confidentiel. Surtout n'en parle à personne, dit-il en surveillant du regard les tables alentour.

— Quelle histoire !

— Je vous prie de m'excuser, répondit la jeune femme en baissant les yeux.

— Pour moi tout va bien, mais vous, ça va ?

— Oui...

Ils se trouvaient dans la chambre de Katsumi. Lui s'était changé, et il avait confié les vêtements de la jeune femme – qui ne logeait pas là – au service de blanchisserie rapide, afin qu'on les sèche. Pour l'instant, elle portait juste un peignoir de l'hôtel. Et c'était peut-être également par gêne de se trouver dans cette tenue qu'elle gardait les mains crispées sur la poitrine et avait cette expression figée.

— Comment va votre front ? Mmm... ça n'a pas l'air trop grave.

Elle y avait un bleu, et l'endroit avait un peu enflé.

— Si ça enfle, c'est qu'il n'y a pas de risque d'hémorragie interne ; en fait, c'est bon signe. Mais tout de même, je vais demander une pommade à la réception.

— Tout ce que vous faites pour moi...

C'était une femme étrange. Katsumi l'avait sauvée alors qu'elle était évanouie et se noyait, mais depuis qu'elle était revenue à elle, elle ne semblait guère se réjouir d'être encore en vie. Non pas qu'elle eût l'air de le regretter. Cela semblait la laisser tout simplement indifférente : même ses remerciements étaient dénués de chaleur.

— L'homme qui vous a fait cela a filé. Est-ce que vous le connaissez ?

La femme le regarda d'un air étonné :

— Je n'ai pas vu son visage. Dès qu'il m'a heurtée, j'ai été projetée dans l'eau.

— J'étais moi aussi assez loin et je n'ai fait que l'apercevoir. Je n'ai pas pu voir son visage…

— Mais pourquoi pensez-vous que ce pourrait être quelqu'un que je connais ? C'était un simple accident.

— Voyons ; posons la question différemment, dit Katsumi. Vous ne connaîtriez pas quelqu'un susceptible de vouloir vous faire disparaître ?

— Non. Pourquoi ?

— Cet homme, il a tendu une rame vers vous, mais ce n'était pas pour vous secourir. C'était pour vous noyer. Cette bosse que vous avez au front, c'est lui qui vous l'a faite.

Elle porta instinctivement la main à son front, mais n'exprima aucun étonnement, pas même de circonstance.

— Je n'y comprends rien… En vouloir à ma vie…

— Vraiment ?

Katsumi n'alla pas plus loin. Il avait une affaire importante en cours ; il ne pouvait pas perdre de temps en se mêlant aux histoires des autres. Déjà, l'incident qui était survenu était regrettable. Il avait attiré l'attention sur lui. Le mieux était de se débarrasser du problème au plus vite.

On frappa à la porte et il alla ouvrir : c'était le garçon qui apportait les vêtements séchés.

— Voilà, vos vêtements sont secs. (Katsumi les posa sur le lit.) Je vais déjeuner dans la salle à manger, au rez-de-chaussée. Quand vous serez habillée, rejoignez-moi si vous le désirez.

— C'est vraiment trop de…

— Mais non, ce n'est rien. Vous avez perdu votre sac dans le lac et je ne sais pas où se trouve votre hôtel, mais vous ne pouvez tout de même pas rentrer à pied. Bon, je vous attends en bas.

— Oui…

Moi aussi, je suis un peu bizarre, pensait Katsumi tout en attendant l'ascenseur. J'ai une affaire importante à régler et ce n'est certainement pas le moment de m'embarrasser d'une femme mystérieuse.

Elle semblait obnubilée par quelque chose et cela l'intriguait. Etait-elle venue ici pour se suicider ? Non… Parvenu au rez-de-chaussée, Katsumi sortit de l'ascenseur en hochant la tête. Depuis de nombreuses années, son travail le maintenait constamment au contact de la mort. Et l'obsession qui tourmentait cette femme n'était pas en rapport avec la mort.

Katsumi commanda du poulet grillé, des toasts et du café, sans l'attendre. Il pensait qu'elle ne viendrait pas. Elle quitterait sûrement l'hôtel en profitant de son absence. En tant que femme, elle devait se sentir excessivement gênée vis-à-vis de son sauveteur. Elle ne songeait sûrement qu'à fuir de ce lieu et ne plus le rencontrer. Sa réaction était naturelle. Il se rendit compte que, de sa place, il pouvait voir les ascenseurs, à travers la porte vitrée du restaurant, et il s'installa de l'autre côté avant qu'on ne lui apporte sa commande. Elle n'aurait sûrement pas envie d'être vue quand elle partirait, et lui n'aurait pas à jouer à celui qui ne la voit pas.

Le café lui fut servi en premier. Il y avait versé un peu de lait et portait la tasse à ses lèvres lorsque la femme arriva à côté de lui.

— Je peux ?

— Excusez-moi, je ne vous ai pas attendue pour commander.

— Je vous en prie.

— Voulez-vous vous asseoir ? Que prendrez-vous ?

On lui apportait son poulet et ses toasts.

— La même chose, si vous voulez bien.

La femme paraissait encore mal à l'aise. Katsumi posa sa tasse et l'examina à loisir. Elle avait perdu son sac et c'était peut-être le fait de n'avoir pu se refaire une beauté qui lui donnait cet aspect un peu bizarre et la gênait. Son maquillage était parti, ses cheveux mouillés étaient noués tant bien que mal en queue de cheval. Pour une femme, ce devait être presque aussi pénible que de se présenter toute nue.

— Puisque vous avez pris la même chose, picorez un peu dans mon assiette en attendant.

— Oui.

— Comme ça, je pourrai commencer sans remords.

Elle tendit docilement la main vers un morceau de poulet.

— A quel hôtel êtes-vous descendue ?

La femme hésita un peu avant de répondre.

— C'est-à-dire que je n'ai pas encore...

— Vous venez de Tôkyô ?

— Oui.

— Alors, il faut absolument que vous trouviez un hôtel, ne fût-ce que pour ce soir.

Elle baissa les yeux.

— Il doit y avoir des chambres libres, ici. J'irai me renseigner après le repas. Ne vous inquiétez pas en ce qui concerne l'argent, je vous l'avancerai...

— Je ne puis...

— Allons ! Puisque j'ai commencé, je dois terminer de vous aider. Je vous prêterai ce qu'il vous faut pour l'hôtel et pour rentrer à Tôkyô. Il s'agit simplement d'un prêt, ne vous sentez pas gênée.

— Tout ce que vous faites... je me sens si confuse.

La seconde commande fut apportée, et tous deux mangèrent en silence pendant quelque temps.

— Dites, demanda la femme, jusqu'à quand pensez-vous rester ici ?

— Je ne sais pas exactement. J'ai un peu de travail... Jusqu'à ce que j'aie terminé, peut-être trois ou quatre jours...

— Quel est votre travail ?

— Journaliste indépendant ; un travail de paresseux ! dit Katsumi en souriant.

La femme aussi ébaucha un sourire, puis tous deux se turent de nouveau.

— Voulez-vous que je me renseigne, pour la chambre ? demanda Katsumi lorsqu'ils sortirent du restaurant.

— Ne voyez-vous pas d'inconvénient à ce que je remonte d'abord dans votre chambre ? J'y ai laissé quelque chose.

— Comme vous voulez.

Une fois dans la chambre, la femme resta debout, au milieu de la pièce, sembla hésiter quelques instants avant de se décider. Elle leva la tête :

— Ne pourrais-je pas rester ici ?

— Pourquoi ?

— Je suis venue ici... pour chercher quelqu'un. Je ne peux pas rentrer à Tôkyô avant de l'avoir retrouvé.

— Mais je ne serai ici que trois ou quatre jours.

— Je pense que cela devrait suffire.

— Si ce n'est que ça, je pourrais vous prêter aussi...

— Je serais bien incapable de vous rembourser un sou de ce que vous me prêteriez. Pour venir ici, j'ai liquidé ce que j'avais à Tôkyô. J'ai également sorti mes économies de la banque. Tout ce que je possédais était en argent liquide dans le sac que j'ai perdu au fond du lac. Je n'ai plus un sou...

Katsumi s'assit sur le canapé en se demandant s'il devait croire son histoire. Il avait une chambre double et il aurait été possible de la loger. Mais du point de vue du travail, sa présence représentait une gêne considérable. Il se voyait difficilement nettoyer son pistolet devant elle.

— Je comprends votre situation, mais je vais moi-même être très pris par mon travail…

— Je m'arrangerai pour ne vous déranger en aucune façon ; il me faudra également effectuer mes recherches.

— Et… disons… se trouver tous deux dans la même chambre pose quelques problèmes…

— Si cela vous convient – et la voix de la femme devint presque inaudible –, prenez-moi en contrepartie du loyer de votre chambre.

Katsumi alluma une cigarette. Mais quel genre de femme était-elle donc ? Elle ne semblait pas vouloir l'escroquer. Y avait-il un piège quelque part ?

— Vous le pensez vraiment ?

— Oui.

— Vous avez envie à ce point de rester ici ?

— Oui.

— Et si je vous donnais l'argent dont vous avez besoin ?

— Ce n'est pas dans mes principes d'accepter quelque chose sans pouvoir le rendre.

Katsumi resta silencieux un instant.

— Quel est donc l'homme que vous recherchez ?

— C'est mon mari.

Katsumi souffla la fumée de sa cigarette.

— Très bien. Vous pouvez rester ici.

— Alors…

— Vous aurez besoin d'un certain nombre de choses… Pour retrouver votre mari aussi…

Katsumi prit son portefeuille et en sortit quelques billets de dix mille yen qu'il lui tendit.

— Vous en aurez besoin.

— Mais…

— Je vous dirai quand j'aurai envie de vous. Bon, j'ai du travail, je dois partir. Vous pourrez laisser la clef à la réception ?

Katsumi quitta la chambre et laissa la femme derrière lui.

Il était furieux contre lui-même. Il s'était délibérément mis dans une situation dangereuse ; et de plus, alors qu'il avait un travail important à exécuter...

Mais, tout compte fait, si cette femme voulait le séduire pour le faire tomber dans un piège, ce serait une erreur de refuser. Un danger identifié valait mieux qu'un danger inconnu. D'ailleurs, il n'était pas impossible qu'elle ait dit la vérité. C'était supposer, bien sûr, que ce genre de personnage ne se trouvait pas seulement dans les livres.

On verra bien, se dit Katsumi. Les voies de la Providence sont parfois bien étranges. Et, contrairement à son habitude, il confia son sort à la chance.

3

Keisuke poussa un soupir de soulagement en rentrant dans la chambre 1207. Il ôta les lunettes et les jeta sur le lit, arracha la fausse moustache, la lança à côté et s'effondra sur le canapé. Jamais il n'aurait imaginé que porter un déguisement pouvait être aussi épuisant. S'il avait voulu devenir détective privé ou acteur, la seule perspective de se déguiser l'en aurait dissuadé.

Voilà donc ce qu'enduraient les porteurs de lunettes ! Keisuke avait une excellente vue – dix dixièmes aux deux yeux. Non pas qu'il ait évité de les user à force de lire durant ses études. Il s'agissait simplement là d'un heureux héritage transmis de génération en génération dans la famille Hayakawa.

Quant à la moustache, elle lui procurait une démangeaison incessante sous le nez, comme s'il se trouvait constamment sur le point d'éternuer. C'était particulièrement insupportable parce que ce chatouillement ne le laissait pas en paix une seconde. Il devait se retenir de ne pas remuer le nez comme un lapin, sans oublier la crainte tenace que sa moustache ne tombe au beau milieu d'un repas ou dans le hall...

Il avait eu une fois des sueurs froides en rencontrant sa mère dans un couloir; mais elle ne lui avait pas particulièrement prêté attention. De ce point de vue, c'était un succès.

— Oui, mais maintenant, par où commencer?

Le problème s'énonçait clairement, mais la réponse n'en jaillissait pas pour autant.

C'était en partie de la faute de Keisuke: n'était-il pas arrivé sur place sans plan bien établi? Cependant, il se sentait également désorienté parce qu'il n'avait pu repérer les deux acolytes de Kayoko qu'il pensait trouver ici. Ils auraient dû être là et tenir des conciliabules secrets. Mais ce n'était pas le cas, du moins à en juger par les allées et venues de Kayoko.

Mais après réflexion, c'était là une précaution élémentaire: car à la découverte du vol, les deux acolytes auraient été aussitôt pris s'ils s'étaient trouvés ici. Ils devaient certainement attendre les instructions, installés dans un autre hôtel.

Ce que Keisuke concevait nettement, c'était qu'il ne fallait pas:

1° que Kayoko soit arrêté;

2° que Masami soit considéré comme responsable du vol des diamants. Il était chargé de leur sécurité: s'ils étaient volés, il serait bien capable de se suicider;

3° Masami ne devait pas savoir que Kayoko était une voleuse.

Si seulement Kayoko acceptait de renoncer à voler la collection de diamants d'Ichiro Tachibanagen, tout s'arrangerait. Mais compte tenu de son caractère, c'était un espoir qu'il valait mieux ne pas nourrir. Sa longue expérience prouvait qu'elle avait un personnel parfaitement compétent. La difficulté du vol devait au contraire développer leur combativité. Et Kayoko était bien placée pour connaître facilement les détails des mesures de sécurité.

Il aurait, bien sûr, été plus simple d'affronter sa mère et de lui demander de renoncer à ses activités de voleuse. Mais Keisuke connaissait son caractère fier et préférait, dans la mesure du possible, lui cacher qu'il connaissait ses affaires. Si elle apprenait qu'il le savait depuis longtemps mais s'était tu, elle se sentirait terriblement humiliée.

Si bien que Keisuke partait avec un énorme handicap. Il lui était impossible de s'approcher de la salle d'exposition à cause des mesures de sécurité dont il avait pu apprécier la rigueur, et malgré tout il devait faire obstacle au vol des diamants.

Il réfléchissait tant que bientôt il eut mal à la tête.

— Quoi ? Il est déjà sept heures et demie ! Mais oui, j'en oubliais le dîner !

Pas moyen, donc, d'échapper au supplice des lunettes et de la fausse moustache. Il aurait pu demander à être servi dans la chambre, mais c'était beaucoup plus cher. L'hôtel était de très haute catégorie et le prix de la chambre à lui seul faisait déjà bien maigrir les économies de Keisuke.

— Le vieux est un tel pingre !

Il chaussa les lunettes et colla la moustache en se lamentant sur la modestie de son salaire.

Il y avait un restaurant chic au dernier étage, mais c'était évidemment la cafétéria du rez-de-chaussée qui correspondait le mieux à ses ressources. Quand il sortit de l'ascenseur, il n'alla pas tout de suite dîner, mais traîna un peu dans le hall. Il s'assit dans un de ces canapés profonds dont on dirait qu'ils veulent vous avaler: puisqu'il se trouvait dans un hôtel de luxe, il était juste qu'il en profitât un peu. Et s'asseoir dans les fauteuils du hall ne coûtait rien. Il feuilletait un journal posé là lorsqu'il eut la sensation d'un regard posé sur lui. Il tourna la tête et vit une jeune fille qui lui souriait à quelques mètres de là. Il lui semblait l'avoir déjà vue quelque part. Lorsqu'il lui rendit vaguement son sourire, elle se leva et vint vers lui.

— Bonsoir!

— Bonsoir?

— Vous vous souvenez? Nous nous sommes déjà vus ce matin dans l'ascenseur.

— Ah... Ah oui, je m'en souviens.

— Nous sommes tous deux au douzième étage.

— Oui.

C'était une jolie fille – ou peut-être plus exactement, charmante. De grands yeux noisette, un visage rond auquel le sourire seyait. Keisuke sentit monter l'inquiétude. Il ne lui était jamais arrivé qu'une jeune fille charmante lui adresse la parole. Sa modestie l'empêchait de s'en réjouir sans arrière-pensée.

— Pourquoi êtes-vous ici? lui demanda-t-elle aimablement.

— Hum, eh bien, sans raison précise... Disons...

— En touriste?

— Oui, en quelque sorte, pour me reposer.

— Votre travail est très prenant?

— Oui, enfin...

— Ah, c'est terrible, la vie des hommes!

Mais que voulait-elle donc ? Keisuke décida de battre en retraite au plus vite.

— Bon, il est l'heure du dîner... dit-il en se levant. Mais la jeune fille se leva en même temps.

— Je me disais justement que moi aussi j'irais bien dîner. Pourquoi n'irions-nous pas ensemble ?

— Eh bien...

— Vous avez rendez-vous avec quelqu'un ?

— Non, pas spécialement.

— Alors, d'accord ? Ce n'est pas drôle de dîner seul, vous ne trouvez pas ?

— Euh...

On connaît les femmes qui se cramponnent pour se faire épouser. Celle-ci voulait-elle à toute force devenir sa petite amie ? Keisuke ne savait plus que faire.

— Je m'appelle Michiko Asari.

— Enchanté.

— Et vous ?

— Hein ?

— C'est un secret ?

— Non, non, ce n'est pas un secret, bien sûr ! Je m'appelle Haya... commença-t-il avant de se mordre la langue. Etait-il bête, il allait lui donner son vrai nom. Il blêmit : voilà qu'il avait oublié le nom qu'il s'était choisi !

— Voilà... C'est-à-dire que...

Mais quel était ce nom ? Il l'avait choisi très proche du vrai ! Allons, mais oui...

— Yama... kawa. Je m'appelle Eisuke Yamakawa.

— Je suis très heureuse de faire votre connaissance, monsieur Yamakawa.

— Je vous en prie, c'est moi.

Keisuke s'essuya le front d'une main tremblante. Il n'aurait pas fait de vieux os s'il avait opté pour le métier d'espion !

Alors que tous deux se dirigeaient vers la salle à manger, une Rolls-Royce vint majestueusement s'arrêter devant la porte d'entrée de l'hôtel. Michiko s'arrêta.

— Oh ! Mais c'est la voiture de M. Tachibana !

— Tachibana, le roi du pétrole ?

— Oui. Il séjourne ici : le saviez-vous ?

— Ah... oui ! J'en avais entendu parler.

— Oh mais, cette femme, là, qui est-elle donc ?

Une jeune fille en tailleur pantalon sortait de la Rolls-Royce.

— Elle est jolie. Mais pourquoi est-elle dans la voiture de M. Tachibanagen ? Que fait-elle là ?

Keisuke vit puis suivit des yeux, abasourdi, Mika qui passait tranquillement devant lui. Mika ! Mika dans cet hôtel ! Ou tout au moins, Mika venue dans la voiture de M. Tachibana !

— Monsieur Yamakawa ?

Il se rendit compte que Michiko le regardait d'un air étrange et reprit ses esprits.

— Euh... Voulez-vous m'excuser ?

Il se précipita vers la porte d'entrée et sortit en courant.

— Alors, qu'est-ce que ça veut dire, patron ? Que les diamants vont rester dans la salle d'exposition ?

— Vas-tu perdre cette habitude ! Ce n'est guère élégant de dire « patron » !

— Qu'est-ce que je dois dire ? Patronne ? Matrone ?

— Allons, du calme ! Kayoko enroula des spaghettis autour de sa fourchette et les happa en une bouchée. Vous vous disputez tout de suite !

Kayoko était en fait amusée. Quand le timide Hijikata faisait des plaisanteries douteuses, c'était le signe d'une intense jubilation intérieure.

— Ça va plutôt compliquer notre affaire, ce problème, reprit froidement Jôkichi. Il y aura quantité de gardes, et autant de serrures que d'écrins. Un coffre-fort, tu l'ouvres et on n'en parle plus, mais toutes ces serrures…

— C'est toi qui es un problème, Jôkichi. Pour moi, plus il y a de serrures, mieux j'aime !

— Qu'est-ce que tu racontes ? Si tu y passes une heure, c'est moi qui t'ouvrirai la panse !

— Il me suffira de cinq minutes pour la première, dit Hijikata avec assurance. Pour les suivantes, ce sera plus rapide.

— Ce ne serait pas plus simple de briser les glaces ?

— Tout de suite des procédés barbares !

Kayoko avait enfin avalé ses spaghettis.

— Il paraît que les glaces sont pare-balles.

— Là, tu vois ! dit Hijikata.

Jôkichi haussa les épaules.

— Bon, il va falloir trouver le moyen de gagner un peu de temps.

— Il y a encore un problème, remarqua Kayoko, un peu assombrie.

— Lequel ?

— Il y aura quelqu'un dans la salle, chaque nuit.

— Chaque nuit ? Il viendra avec son sac de couchage ? demanda Jôkichi les yeux ronds.

— Il a fait apporter son lit. Et c'est mon fils.

— Ah, celui-là… Comment faire ?

— Je suis bien ennuyée. Kayoko soupira. Il aurait été tellement plus simple que les diamants soient remis dans le coffre !

— Vous ne verriez pas d'inconvénient à ce qu'on l'assomme, juste un petit peu ?

— Non, pas de problème, répondit la maman, mais ce garçon est très vif. S'il s'aperçoit que quelqu'un entre, il sortira tout de suite son arme.

— Il est courageux...

— Vous ne pourriez pas trouver un moyen d'entraîner votre fils dehors ?

— Rien à faire ! Même moi, il ne veut plus me voir ; il refuse de quitter la salle, quelle que soit la raison.

— Pourtant, il doit bien aller aux toilettes, tout de même !

Jokochi se rembrunit :

— On ne parle pas de ça à table !

— On parle travail ! Il n'y a plus de table ni rien qui tienne !

— Bon, le mieux est d'attendre, d'accord ? Demain, la présentation ne se fait que sur invitation. Dans deux jours, ce sera ouvert au public. Alors on pourra examiner les lieux à loisir sans attirer l'attention. Il sera temps ensuite de mettre en place un plan. C'est un travail important, il nous faut le préparer soigneusement.

— Et d'abord, reprendre des forces, conclut Hijikata. Et il commanda un supplément de parfait au café tandis que Jôkichi levait les yeux au ciel, indigné.

— Tu me donnes mal au cœur !

— Si j'étais un squelette comme toi, je serais bien incapable d'accomplir un travail aussi délicat que l'ouverture d'un coffre.

— Regardez-moi ce tas de graisse. Tu vas attraper du diabète et fini les sucreries !

Kayoko les regardait se disputer avec un certain plaisir. Quand ses deux acolytes échangeaient des civilités de ce genre, c'était qu'ils étaient dans l'état de tension naturel qui précède tout travail. Ils étaient juste d'humeur adéquate.

Kayoko avait pour habitude de ne pas préparer de plan très précis. Le hasard est fantasque et déjoue facilement les prévisions. Finalement, il valait mieux s'en remettre au bon jugement des opérateurs sur le terrain. Dans ces conditions, il fallait avoir des gens fiables et leur donner autant que possible les coudées franches. On aurait pu aller jusqu'à dire que Kayoko se contentait de fixer à Jôkichi et Hijikata un minimum d'interdictions : ne pas tuer ; n'user de violence que dans la mesure du nécessaire ; ne rien voler en dehors de ce qui a été prévu. Quant au reste, elle s'en remettait à leur talent. C'était une façon d'agir qui convenait aussi bien au chef de bande qu'à ses complices.

Cette fois encore, aucun ne doutait du succès. Kayoko était parfaitement tranquille. Elle n'avait jamais apprécié autant un verre de vin que celui qu'elle dégustait maintenant à petites gorgées.

Le pavillon était prévu pour une famille de trois personnes. Il n'avait guère été facile de le repérer dans l'obscurité de la nuit, mais enfin, Keisuke y était parvenu. Il lui avait fallu quatre tournées de whisky pour tirer du chauffeur d'Ichiro Tachibanagen les renseignements nécessaires sur le pavillon loué par la « jeune étudiante », Mika. L'investissement avait été très élevé, mais il ne pouvait s'en prendre qu'à lui-même.

Il avait manqué de vigilance. Il aurait dû se méfier de l'intérêt qu'avait manifesté Mika au sujet de Tachibana, et le rapport de Kyôko concernant un voyage aurait dû lui mettre la puce à l'oreille. Mika avait maintenant réussi à approcher Tachibanagen. Qu'avait-elle donc en tête ? On pouvait exclure d'emblée l'éventualité d'un projet de mariage sérieux. Sinon, elle ne se serait pas présentée sous l'apparence d'une étudiante. Elle cherchait très certainement à mettre la main d'une façon ou d'une autre sur les diamants. Si tel était le cas, elle franchissait le pas et entrait dans la catégorie des escrocs qualifiés.

— Evidemment, il est difficile de prétendre que jusqu'ici elle s'en tenait loin, marmonna Keisuke, tandis qu'il contournait le pavillon, à la recherche d'une issue pour s'introduire à l'intérieur. Peut-être trouverait-il un moyen de contrarier les plans de sa sœur. Il aurait certes été plus simple de rencontrer Tachibana et de lui révéler que la jeune fille qui lui tenait compagnie cherchait à l'escroquer… mais Mika serait arrêtée. Non, la seule solution était de l'obliger à renoncer.

Derrière le pavillon, se trouvait un porche qui donnait sur le lac, dans le prolongement de la maison. Une table et de jolies chaises longues y étaient disposées.

Quel endroit romantique, un soir de lune, pour deux amoureux qui dînent en se disant des choses tendres, pensa Keisuke, de façon assez déplacée… Et d'ailleurs, cette jeune fille qui lui avait proposé de dîner avec elle était vraiment mignonne. Il regrettait maintenant d'avoir décliné l'invitation. Personne ne pouvant le voir, il se laissa aller à la rêverie.

Depuis le porche, il contemplait le lac.

La brise légère comme une plume faisait frissonner la surface du lac, et le reflet de la lune tremblait et se brisait en mille paillettes. On était en automne, mais deux ou trois barques paressaient au loin. Les lueurs sur la rive opposée étaient certainement celles d'hôtels ou de villas, comme sur cette rive-ci. On aurait dit une ribambelle de chandelles alignées les unes à côté des autres et pleurant sur la surface sombre du lac. Sous la ligne de crête des montagnes qui se succédaient en vagues plus noires encore que le ciel nocturne, elles ressemblaient à un long, long chandelier. D'un pavillon porche lui parvenaient, assourdies, les voix de jeunes gens qui chantaient tout en s'accompagnant à la guitare. Elles n'avaient rien à voir avec des voix rauques d'invités avinés ; elles étaient fraîches, adoucies par le Coca-cola et la bière. Loin de trancher sur le calme des environs, elles s'y mêlaient et lui parvenaient affaiblies, disparaissant ici et là, comme autant de bulles de savon.

Mais qu'est-ce qui pouvait bien le mettre dans cet état ? Il s'était noyé dans la douceur de la nuit, à en oublier la raison de sa venue. Il n'avait personne près de lui à qui parler d'amour dans cette nuit propice. Alors que jusqu'ici, chaque fois qu'il était sorti avec une jeune fille, il avait fait un temps exécrable. C'était la vie...

Cette jeune fille... Celle de l'hôtel, comment s'appelait-elle déjà ? Ah oui, Michiko. Et son nom de famille ? Il faisait penser à des jeux vidéo... Sega, Atari... C'est ça, Asari. Michiko Asari. M'a-t-elle invité parce que je lui plaisais vraiment ? Elle devait s'ennuyer et n'avoir aucun autre garçon à portée de main. C'est pour cela qu'elle m'a parlé. Malgré tout... cela ne change rien au fait qu'elle a vraiment du charme. Il faudrait que j'arrête de perdre mes moyens chaque fois que je suis face à une femme. Je n'arrive plus à parler normalement, je laisse tomber mes affaires, je renverse ma tasse. Je ne fais rien comme il faut. Il faudrait que je séduise les femmes avec plus de style, avec un certain chic retenu, du genre – c'est un peu démodé, mais genre Charles Boyer ou Cary Grant. Je n'aime pas trop l'arrogance de Gable ni de Sean Connery. Le côté « homme qui fuit son passé » de Humphrey Bogart n'est pas mal, mais je ne le sens pas. Mais avoir de la classe, ça oui...

— Venez sur la terrasse, le clair de lune est si beau... murmura Keisuke pour juger de l'effet. Dans son dos, la porte de verre coulissante du pavillon s'ouvrit doucement.

— Sentez-vous ce vent frais, le parfum des herbes ?

Le parfum des herbes ? Non, ça fait trop pâturage.

— Ce vent frais, que c'est délicieux. Vous n'avez pas froid ? Serrez-vous contre moi, je vous réchaufferai dans mes bras...

Une ombre silencieuse se glissa sous le porche et s'approcha derrière Keisuke.

— Allons, confiez-moi votre main... Mais, elle tremble ! Avez-vous peur ? Vous n'avez rien à craindre. Je suis là. Réfugiez-vous contre mon cœur...

Et Keisuke, qui jouait véritablement sa scène, rejeta son bras gauche vers l'arrière. Il sentit quelque chose de tiède. « Mm... ? » Qu'est-ce que c'était ? Des doigts, enfin, une main. C'est-à-dire que...

Tandis que Keisuke se retournait, il reçut un coup violent sur la tête. Il sombra immédiatement dans une obscurité plus profonde que la nuit.

La conversation languissait.

Mika ne réussissait pas à diriger la situation. Le repas était somptueux. Sur une estrade, un trio à cordes jouait de la musique de chambre. Sous la lueur des chandeliers aux bougies rouges, les tables alentour ressemblaient à de petites îles.

Tout ce qu'il fallait pour réussir une ambiance romantique était réuni ; mais Ichiro Tachibanagen n'avait pas prononcé un mot qui pût être considéré comme un flirt. Il était gentil : il s'était intéressé à ce qu'elle faisait, mais n'avait pas dit un mot sur lui-même. Lorsqu'elle l'interrogeait sur sa vie, il haussait les épaules : « Il n'y a pas grand-chose à en dire... » et il changeait aussitôt de sujet.

— J'aimerais tant voir votre collection de diamants !

Pour la première fois, le visage de Tachibana s'éclaira.

— Les diamants ? Oui, j'aime beaucoup les pierres précieuses. Elles sont froides, et dures, mais beaucoup plus sûres que les hommes. Elles ont au moins cette valeur intrinsèque : elles ne trompent pas.

Mika fut surprise par l'amertume des derniers mots qu'avait prononcés ce milliardaire plus tout jeune... Cet homme souffrait de solitude. Du fait de sa richesse, il avait souvent dû être trahi ou trompé. Et il en était arrivé à ne plus faire confiance à qui que ce soit.

Et moi... pensa Mika. Et moi, je suis ici pour l'escroquer.

— Avez-vous l'intention de vous installer définitivement au Japon ?

— A vrai dire, je ne sais pas. Je suis venu au Japon pour chercher quelqu'un, mais y parviendrai-je... ?

— Monsieur... Mika hésita.

— Oui ?

— Vous êtes bien différent de ce que l'on dit de vous.

— En quoi ? demanda-t-il, amusé.

— Vous semblez... seul.

Tachibana regarda la table en souriant. « J'ai dû dire ce qu'il ne fallait pas, pensa Mika. Mais je n'ai pas pu m'en empêcher... »

A cet instant, un incident éclata à la table voisine.

— Hé ! Mais vous ne pouvez pas faire attention ? cria une voix d'homme furieuse.

Mika et Tachibana comprirent qu'une jeune serveuse avait dû renverser du potage sur la veste d'un client.

— Je vous prie de m'excuser, répétait-elle en baissant la tête. Mais la grosse figure de l'homme devenait de plus en plus rouge.

— Vous croyez vous en tirer si facilement ? Mais ça ne se passera pas comme ça. Où est le responsable ? Appelez-moi le responsable !

Alerté par le tapage, un homme en smoking arrivait en toute hâte.

— Monsieur, y a-t-il une erreur ?

— Comment, une erreur ? Mais regardez-moi ça ! Mon complet est fichu, regardez donc : vous employez des incapables mal dégrossis. Vous appelez ça du service ?

— Je suis vraiment désolé.

— Ça me fait une belle jambe ! Je suis un habitué de l'hôtel. Je connais le gérant. Prenez les mesures qui s'imposent !

Mika était écœurée. Le costume d'un goût plus que douteux révélait le parfait nouveau riche. Autant cacher la veste avec un peu de soupe ! Le responsable baissait la tête et à ses côtés, la serveuse se faisait toute petite en ravalant ses larmes.

— Nous prendrons les mesures que vous souhaitez. Permettez à la maison de vous…

— Vous ne m'aurez pas comme ça ! Vous croyez donc vous en tirer avec deux ou trois courbettes ?

— Non, ce n'est pas…

— Renvoyez immédiatement cette serveuse insolente, là, devant moi ! Allez, j'attends !

C'est alors que Tachibana se leva.

— Attendez !

— Qu'est-ce que c'est ? Qui se mêle…

L'homme se tourna d'un air hostile vers Tachibana. En le voyant, il pensa certainement qu'il était inutile de l'apostropher, et il se renfrogna en silence.

— Je comprends que vous soyez furieux d'avoir une tache sur une veste coûteuse, dit calmement Tachibana. Mais il suffit de la donner à nettoyer. Cela ne justifie en aucune façon de faire perdre son emploi à cette serveuse.

— C'est mon costume ; je n'ai pas besoin de vos commentaires !

— Vous paraissez mener grande vie. Ne pourriez-vous pas essayer d'avoir un grand cœur également ?

— Comment ? Cela vous va bien de donner des leçons. Si seulement cela vous était arrivé !

Tachibana s'approcha de la table sans rien dire, prit une cuillerée de potage dans la soupière et la projeta sur le devant de sa propre veste.

Mika retint sa respiration. Il régnait un silence pesant.

L'homme ouvrit la bouche, sur le point de dire quelque chose, mais il y renonça, jeta sa serviette sur la table et partit sans un mot.

— Je n'aime pas ce genre de type.

Tachibana avait repris sa place. Mika trempa son mouchoir dans un peu d'eau et frotta la tache sur sa veste.

— Non, laissez, ça n'a aucune importance. (Tachibana leva la main.) J'ai été ridicule.

— Oh non ! Vous avez été formidable, répondit Mika. Et elle le pensait.

La brise un peu plus vive maintenant caressait le visage de Keisuke. « Il fait un peu frais, se dit-il. Il est temps de mettre une deuxième couverture. Mais ? Mais je n'ai rien sur moi... Elle a dû glisser. Couette... Couette, où es-tu ? » Il tâtonnait mais en vain : il ne parvenait pas à mettre la main dessus. Il ouvrit les yeux et battit un peu des paupières. « Où suis-je ? » Rien d'étonnant à ce qu'il ait froid. Il dormait sous le porche !

— Que s'est-il passé ?

Quand il tenta de se relever, il poussa un gémissement. Sa tête lui faisait un mal de chien. La douleur peu à peu se dissipa et soudain il se souvint.

— L'animal ! Qui diable a bien pu...

Qui, en effet ? Mika était supposée habiter seule ici. Etait-ce Mika ? Non. Elle devait encore être en train de dîner avec Tachibanagen. Il y avait donc quelqu'un d'autre ici. Cette conclusion était peut-être satisfaisante, mais elle n'apaisait certainement pas son mal de tête. Il s'assit par terre et attendit que la douleur diminuât.

— Bon... il faut que je me lève... Ça devrait aller.

En se retournant, il remarqua que la porte vitrée donnant sur l'intérieur du pavillon était entrouverte.

— Oh là. Je ne sais pas qui m'a assommé, mais assurément il est passé par là...

Il jeta un regard craintif dans la pièce plongée dans l'obscurité. Si ça se trouvait, il était encore là... Ce type d'individu pouvait très bien ne pas être gêné par l'obscurité...

— Au fait, combien de temps ai-je... dormi ? Il avait d'abord pensé « combien de temps ai-je perdu connaissance ? » mais il avait finalement opté pour un terme moins inquiétant.

Il regarda sa montre. Elle avait dû se casser lors de sa chute. Elle indiquait toujours huit heures vingt-deux. Tout ce qu'il pouvait en tirer, c'était l'heure exacte de son agression.

Il guetta un peu l'intérieur du pavillon et, jugeant qu'il ne devait plus y avoir personne, il se glissa lentement dans la pièce.

La lune éclairait une bande de dix centimètres environ, et ailleurs c'était le noir le plus complet. Il resta quelques instants immobile pour accoutumer sa vue. Peu à peu, des formes imprécises se dessinèrent : les contours d'un canapé et la silhouette d'étagères. La porte devait se trouver de l'autre côté de la pièce. Et à côté de la porte devait certainement se trouver l'interrupteur électrique.

— Bon. Keisuke essaya d'estimer le trajet et commença à marcher. Il flottait dans la pièce une forte odeur de solvant.

Dans un film policier, ç'aurait été le moment propice pour être assommé, trébucher, tomber, et en se relevant, mettre la main sur quelque chose de visqueux, voir un cadavre s'effondrer à l'instant même où on allume la lumière... Pour le premier épisode, Keisuke avait déjà donné ; était-ce maintenant le tour du cadavre ? Il avançait, hanté par ces images et quelques autres, aussi peu agréables.

Comme il estimait se trouver à peu près au milieu de la pièce, il buta sur quelque chose et roula par terre. « Ooooh ! » Il avait crié parce qu'il pensait au cadavre, mais il n'y avait pas lieu de se mettre dans un tel état. « Ça va, ça va, se dit-il, j'ai simplement trébuché. Du calme, du calme. » Il se parlait, tentant de se rassurer, tout en se relevant.

— Mais, qu'est-ce que c'est ? Nom d'un chien ! (Il tâtonnait tout en jurant.) Ça alors… ça m'a surp…

Les mots lui rentrèrent dans la gorge ; sa main avait touché quelque chose de poisseux. Un frisson lui parcourut la moelle épinière, il se redressa comme poussé par un ressort. Il bondit dans la direction présumée de la porte. En promenant fébrilement ses mains le long du mur, il sentit une forme qui devait être l'interrupteur, et la lumière envahit la pièce. « Ouf… »

Au milieu de la pièce, des journaux étaient étalés ; une petite table de bois brut était posée dessus, et un pot de peinture renversé noyait de rouge le pinceau qui était tombé. Keisuke regarda ses mains : c'était de la peinture qu'il avait sentie. Sa main droite était toute rouge.

— Sapristi !

Il éclata de rire. Mika avait visiblement commencé à repeindre la table. Ah ! il avait été bien attrapé !

Mais il avait avancé à tâtons le long du mur et maintenant celui-ci était parsemé de traces de mains rouges. Il fallait quand même nettoyer tout cela !

— Commençons par nous nettoyer les mains…

Il trouva du détergent dans la salle de bains. Le lavabo et la baignoire se trouvaient dans la même pièce, comme dans les hôtels[1]. Keisuke s'empressa de se laver les mains. Il lui fallut quatre ou cinq lavages pour parvenir à un résultat satisfaisant. Puis, à l'aide de son mouchoir,

1. Au Japon, le lavabo est d'habitude installé dans une antichambre où l'on se déshabille. On passe ensuite dans la salle de bains. (*N.d.T.*)

il effaça une à une les gouttes qu'il avait projetées aux alentours. Le bas du rideau de la baignoire était lui aussi parsemé de petites gouttes rouges.

— Quoi ? J'ai éclaboussé jusque-là ?

Il tira le rideau et l'intérieur de la baignoire lui apparut. Un homme tout habillé y était couché, recroquevillé sur lui-même. Les yeux ouverts, la bouche pendante, il ne semblait pas souffrir de sa posture, pourtant douloureuse. Instinctivement, Keisuke se demanda si l'homme avait également buté sur le pot de peinture rouge. Mais en regardant mieux, il comprit que le rouge n'était pas exactement celui de la peinture. En fait... l'homme était mort.

4

Michiko introduisit furtivement le passe-partout dans la serrure de la chambre 1207. La porte s'ouvrit en silence. Elle connaissait la disposition de la pièce et se dirigea immédiatement vers la fenêtre d'en face pour fermer les lourds rideaux. Puis elle alluma.

Le réveil à la tête du lit indiquait déjà dix heures.

— Si j'avais pu venir plus tôt...

Le soupçonneux gérant, Natsuki, n'avait à aucun moment quitté l'accueil où était accroché le passe-partout dont elle avait besoin. Quand enfin elle avait pu monter, elle s'était d'abord bien assurée que le client n'était pas là en constatant que sa clef était suspendue au tableau. Mais il pouvait rentrer à tout moment.

— Il va falloir faire vite...

Michiko s'attaqua d'abord à l'attaché-case. Comment ? Il n'était même pas verrouillé ? Peut-être était-il piégé... ?

A l'intérieur ne se trouvaient que du linge de rechange et des affaires personnelles. Un agenda aussi. Sur la première page, l'identité du propriétaire était indiquée : *Keisuke Hayakawa – Avocat*.

Avocat ? Vraiment ? Mais en regardant de plus près, on lisait *Avocat-stagiaire*. « Bien sûr, rien qu'à première vue, on sentait que c'était un employé », jugea sommairement Michiko. Il avait bien utilisé un faux nom, se félicita-t-elle. Il avait choisi exprès une consonance proche : Eisuke Yamakawa.

Cependant, il ne se trouvait en cet endroit aucune preuve assurant qu'il eût des projets coupables. Son carnet ne contenait que les rendez-vous et les notes habituels, et il n'y avait rien d'autre dans l'attaché-case.

Elle fouilla jusque dans les vêtements de la penderie, le rasoir de la salle de bains : mais rien de particulièrement suspect. Bien sûr, le fait d'avoir déclaré un faux nom et une fausse profession était tout de même louche, mais en tant qu'employé d'un cabinet d'avocat, il avait très bien pu être chargé d'une enquête particulière par un client.

Michiko s'était pourtant tellement délectée à l'idée de trouver un attirail de rat d'hôtel ou de perceur de coffres-forts ! Déçue, elle s'assit sur le lit.

Ce qui l'avait particulièrement mise en éveil était la façon dont il – ce Keisuke Hayakawa – avait réagi lorsqu'il avait vu cette jeune femme dans la Rolls-Royce d'Ichiro Tachibanagen. C'était évidemment quelqu'un qu'il connaissait. Mais quelles étaient leurs relations ? Et d'autre part, Ichiro Tachibanagen et cet individu – ce Hayakawa – étaient-ils liés d'une façon ou d'une autre ?

Devait-elle rentrer dans sa chambre pour réfléchir à tout cela ou valait-il mieux d'abord faire un tour au bar ? « Oui, c'est ça, il vaut mieux se détendre un peu d'abord... » Elle s'apprêtait à sortir après avoir jeté un dernier coup d'œil pour vérifier que tout avait bien été remis à sa place, quand un bruit de clef se fit entendre dans la serrure. Il rentrait ! Où pouvait-elle se cacher ? Si jamais elle était découverte, ce serait terrible !

La porte s'ouvrit avant qu'elle n'ait eu le temps d'esquisser le moindre geste.

— Ah !... Monsieur le gérant !

— Alors, vous étiez bien ici ! Le gérant, menaçant, se tenait dans l'embrasure de la porte : Je me suis douté de quelque chose lorsque j'ai vu que le passe avait disparu, et je suis monté vérifier. Allez, dehors, et en vitesse !

— Oui.

Compte tenu des circonstances, Michiko n'était pas mécontente de quitter la chambre.

— J'en informerai votre père ! Vous n'écoutez donc rien de ce qu'on vous dit !

— Ce n'est pas nécessaire de crier aussi fort pour que je comprenne !

— Bon, retournez dans votre chambre, et mettez-vous sagement au lit !

Michiko s'éloigna de Natsuki en haussant les épaules. C'était vexant de rentrer comme ça. Pourquoi ne pas prendre un verre avant ? Elle appela l'ascenseur et se rendit au bar au rez-de-chaussée.

— Un whisky, s'il vous plaît.

— Quelle bonne surprise de vous voir ici, mademoiselle !

Elle se retourna : Fukuchi, le responsable de l'accueil, venait de l'interpeller.

— Oh ! Vous avez fini votre service ?

— Oui. Voulez-vous que nous prenions un verre ensemble ?

— D'accord. Je suis en rogne...

Michiko but une gorgée et raconta son histoire.

— Effectivement, c'est un client bizarre...

— N'est-ce pas ? Et cette espèce de gérant...

— Je suis avec vous, mademoiselle.

— Vraiment ? Je vous remercie.

— Moi aussi, j'ouvrirai l'œil. Et quand vous aurez besoin du passe, demandez-le-moi.

— Oh, merci. Michiko leva son verre : Je compte sur vous, monsieur Fukuchi !

Katsumi quitta l'ascenseur au onzième étage. Il vérifia que le couloir était désert. Il le longea et au bout trouva l'issue de secours. Il sortit. L'escalier métallique était plongé dans l'obscurité et semblait descendre jusqu'aux enfers. Il monta lentement un étage et ouvrit doucement la porte qui donnait sur le douzième étage. Il se trouva devant une pièce où l'on entreposait draps et couvertures ; le couloir continuait sur la gauche. La chambre de Tachibana devait être la troisième porte. Comme prévu, un garde du corps patibulaire faisait les cent pas dans le couloir. Il avait une bonne carrure...

Katsumi se tint coi. Une femme de chambre arrivait par le couloir. Que pouvait-elle bien faire ici, à cette heure ? Elle se tenait tête baissée et marchait d'un pas rapide. Elle dépasserait bientôt le garde. Mais elle n'était pas une vraie femme de chambre : son allure était singulière et elle allait se faire repérer au premier coup d'œil. Comme prévu, le garde la remarqua :

— Eh ! Attendez.

La femme s'arrêta.

— Qu'est-ce que vous faites ici ?

Elle répondit quelque chose, mais sa voix était inaudible et Katsumi ne put entendre.

L'homme ne parut pas satisfait de sa réponse.

— C'est louche... Allez, montrez-vous !

Et il lui fit tourner brutalement la tête. A cet instant précis, la femme lui écrasa le pied d'un coup de talon.

— Ouh !

Profitant du court moment de confusion, elle se dégagea de son étreinte et s'enfuit en courant vers l'endroit où se trouvait Katsumi. Il resta stupéfait : sous le déguisement de femme de chambre, il découvrait la femme même qu'il avait sauvée.

Le garde lancé à sa poursuite la rattrapa aussitôt. Elle se débattit des pieds et des mains, mais elle n'était pas en mesure de lutter sérieusement.

— Tiens-toi tranquille !

La femme planta ses dents dans la main qui tentait de la bâillonner. L'homme poussa un cri et la lâcha. Elle se précipita de nouveau dans le couloir. Katsumi hésita un instant... Que faire ? Il avait tout à perdre s'il s'en mêlait. Et cette femme ne paraissait pas fiable. Autant laisser ce gaillard s'en débarrasser, cela réglerait le problème...

La femme ne courut que quelques mètres. L'homme la plaqua à terre sur le ventre en lui tordant le bras. Alors Katsumi s'avança tranquillement dans le couloir.

— Qu'est-ce que c'est ?

L'homme se retourna vers lui. Katsumi prit deux ou trois pas d'élan et lui donna un violent coup de savate au menton. Il entendit une sorte de craquement, le garde bascula en arrière ; étendu sur le sol, il ne bougeait plus.

— Vous ! s'écria la femme, pétrifiée.

— Venez vite !

Il la tira par la main pour la relever et l'entraîna vers l'issue de secours. Le garde du corps ne devait pas être seul. Le tapage pouvait attirer du monde... Une fois sortis, et après avoir refermé la porte, Katsumi reprit son souffle.

— D'où vient ce costume de femme de chambre ?

— Je l'ai emprunté dans la lingerie.

— C'est raté ; ça attire l'œil. Où sont vos vêtements ?

— Dans les toilettes des femmes, à côté du hall d'entrée.

— Je ne peux pas aller les chercher là. Il n'y a pas d'autre moyen, il faut que vous y alliez vous-même. Evitez dans la mesure du possible de vous faire interpeller par de vrais employés. Vous avez compris ?

— Oui, opina-t-elle.

— En tout cas, utilisons l'escalier de secours jusqu'au rez-de-chaussée. Il s'agit de ne pas se faire remarquer.

Ils dévalèrent l'escalier si vite qu'ils faillirent en avoir le tournis. La femme demanda :

— L'homme, il est mort ?

— Non, pas mort ; mais il doit avoir la mâchoire fracturée.

Ils continuèrent à descendre en silence.

— Pourquoi traîniez-vous par là ?

— Je cherchais mon mari...

— Votre mari réside dans cet hôtel ?

— C'est ce qu'on dit.

— Qui le dit ?

— Les journaux.

Katsumi s'arrêta.

— Alors votre mari...

— C'est Ichiro Tachibanagen.

Combien de temps resta-t-il ainsi, pétrifié ? Dix minutes ? Un quart d'heure ? Il sembla à Keisuke qu'il s'était passé une heure, non, des heures, il se demandait même si l'aube n'allait pas se lever.

L'homme était grand ; il portait une veste de tweed sur une chemise de sport, maintenant rougie, mais qui avait dû être jaune citron – avant. Qui était-il donc ?

Après avoir longuement hésité, Keisuke avança une main peu assurée et fouilla les poches de l'homme. Il trouva un porte-cartes, et à l'intérieur une carte d'identité professionnelle : *Fumio Shimano – Département des informations générales – Journal A...*

Quoi ?

Keisuke connaissait Shimano de nom. Quand il avait enquêté sur Mika, il avait appris qu'elle entretenait – sous l'identité d'une étudiante – des relations avec un journaliste du nom de Shimano. C'était la première fois qu'ils se trouvaient face à face, mais l'heure n'était pas aux présentations.

— Mais que fait-il ici ?

Il était clair qu'il avait été assassiné. Que la blessure fût l'œuvre d'une balle ou d'un couteau, l'arme n'était plus ici. Et s'il avait voulu se suicider, il n'aurait pas choisi cet endroit peu confortable...

La question suivante était donc : qui l'avait tué ?

Mika ? « Non ! » laissa-t-il échapper. Bien sûr, tous les jours, les journaux étaient remplis d'histoires de crime passionnel. Il n'y aurait donc rien eu là d'exceptionnel... Mais Keisuke se reprit aussitôt. Non, ce n'était pas cela. Mika, en ce moment, dînait avec ce parvenu du pétrole. Elle n'avait pas pu tuer cet homme.

Mais depuis combien de temps était-il mort ? Keisuke était bien incapable d'en juger. Certes, Mika avait du sang-froid, mais pas au point de tuer quelqu'un, de le ranger dans la baignoire et d'aller dîner. Elle se serait sûrement débarrassée du corps d'une façon ou d'une autre. Et puis quoi ! Est-ce que sa petite sœur était femme à commettre un crime ? Soudain une flamme d'amour fraternel monta en lui. « Moi, j'ai confiance en toi ! »

Quand il se fut un peu calmé, Keisuke comprit que la personne qui actuellement se trouvait dans une situation délicate n'était autre que... lui. D'une part, se trouver de la sorte aux côtés d'un cadavre n'était pas une situation normale. D'autre part, il n'était pas chez lui : c'était une violation de domicile. Et ses empreintes ! Le mur était couvert de taches rouges. Si la police découvrait ça, elle se délecterait ! Il devait absolument les effacer. Il y avait d'autres problèmes, mais au moins celui-là...

Il prit une serviette, du détergent et se rendit dans la grande pièce pour nettoyer les empreintes de main. Mais la peinture avait déjà commencé à sécher et ne partait pas si facilement. On ne voyait plus qu'il s'agissait d'empreintes de main, mais la peinture s'était étalée et le mur paraissait plus sale encore.

Essoufflé, il abandonna. Tant qu'on ne pouvait pas relever les empreintes digitales, c'était le principal. De toute façon, quiconque entrerait verrait aussitôt que le pot de peinture avait été renversé, et il était impossible de cacher qu'il y avait eu intrusion.

Keisuke fit ensuite le tour des lieux et essuya tous les endroits où il aurait pu laisser des empreintes, depuis la rambarde du porche jusqu'à la poignée de porte et dans la salle de bains, les robinets, le bord de la baignoire... Quand il eut fini, il lui restait encore le plus gros problème à régler : que faire du cadavre ?

C'était la première fois qu'il se trouvait confronté à une telle situation – comme on peut s'en douter – et il ne trouvait pas de solution satisfaisante.

S'il téléphonait à la police et annonçait que quelqu'un avait été assassiné, les policiers viendraient et emporteraient le cadavre. Voilà qui réglerait assurément ce point précis, et au mieux, mais soulèverait également d'autres problèmes délicats. La police ne se contenterait sûrement pas d'embarquer le corps en lui disant simplement « merci ». En admettant même qu'ils croient à l'histoire de Keisuke, il lui serait impossible d'expliquer pourquoi il s'était introduit ici, pourquoi il s'était inscrit à l'hôtel sous un faux nom.

Mais laisser le cadavre ici était aussi problématique. Si on le découvrait, les soupçons tomberaient automatiquement sur Mika. Et sa double vie serait forcément découverte.

La conclusion était évidente : il fallait jeter le cadavre quelque part. Qui le ferait ? Là aussi, la réponse allait de soi.

— Mais qu'est-ce que j'ai fait au ciel ! Keisuke maudit Dieu et tous les saints ; mais comme il n'y croyait pas, il n'y avait pas vraiment d'offense.

Dans un premier temps, comment sortir ce cadavre de la baignoire et le transporter ? Un corps humain, c'est lourd, et proportionnellement encore plus quand l'homme est grand et bien bâti.

Il prit son courage à deux mains, décida d'imaginer qu'il ne faisait que manipuler un objet, et banda tous ses muscles pour l'extraire de la baignoire. Quand enfin il parvint à le faire rouler sur le sol de la salle de bains, il était déjà à bout de forces. Mais cette fois-ci, il pouvait remercier les dieux qu'il avait pourtant vilipendés l'instant d'auparavant : le corps était tombé sur un tapis de bain épais, dont il vérifia qu'il suffisait de tirer une extrémité pour faire glisser l'ensemble facilement.

— Quelle chance !

Il eut quelque difficulté à franchir le seuil de la salle de bains. Il traversa ensuite sans encombre le couloir et atteignit la porte d'entrée.

— Bon…

C'était bien de le mettre dehors, mais après, qu'en ferait-il ? Keisuke n'y avait pas encore songé.

— On verra après – une fois dehors.

Il pourrait, par exemple, contourner le pavillon et le jeter dans le lac. Si par la suite on découvrait le cadavre, on ne saurait pas où il avait été tué.

Comme il avait ouvert la porte et tirait son chargement à l'extérieur, il aperçut le gyrophare rouge d'une voiture de police qui approchait.

— Tu n'en rates pas une, vraiment !

Le policier Ozawa, assis à la place du mort, engueulait son collègue Kazami, qui conduisait.

— Abruti, idiot, parfait imbécile...

Kazami supportait les insultes avec la résignation du Christ le jour de la Passion.

— Si tu avais rangé ce papier, nous n'en serions pas là !

La voix de crécelle du maigre Ozawa torturait la sensibilité délicate de Kazami, dont la grosse tête semblait vissée dans le corps.

— Mais je l'avais bien emporté...

Kazami avait tenté une faible riposte.

— Oui, et puis tu en as fait un bel avion de papier et tu l'as lancé par la fenêtre ! Mais qui m'a fichu un abruti pareil ?

— Je me suis trompé de papier...

— Comment ça s'appelle, ça ? Faire un avion en papier pour amuser des gosses avec la fiche nous informant d'un assassinat ! ?

— Je pensais simplement les calmer en faisant un avion, mais...

— Et il a fallu six feuilles à cet empoté pour en faire un seul !

— Sept feuilles...

— Encore pire ! Et dans ton élan tu as pris la fiche avec l'adresse du pavillon où a eu lieu l'assassinat ! Hein ! Idiot ! Essaie au moins de te souvenir !

— Comme je l'avais écrit, ça m'est sorti de la mémoire...

— Grâce à monsieur, il faut qu'on visite je ne sais combien de centaines de pavillons. Quelle heure est-il, maintenant ? S'il est trop tard, il va falloir renoncer...

— Ça m'est égal d'y passer la nuit...

— L'heureux imbécile ! Tu nous vois sonner au milieu de la nuit chez les gens en pleins ébats conjugaux ? Pardon messieurs dames, il n'y a pas un cadavre chez vous ? Tu sais ce qu'ils penseront ? Tu imagines les appels de protestation demain matin au commissariat ? Notre compte serait bon, oui !

— Notre compte ?

— Avec de la chance, un blâme, sinon..., fit comprendre Ozawa en mimant du tranchant de la main une tête coupée.

Kazami avala sa salive avec difficulté.

— Bon, on arrête là ?

— Non, on peut continuer encore un peu.

Kazami arrêta la voiture devant une toute petite villa.

— Où sommes-nous ? demanda-t-il, l'air inquiet, en descendant de voiture.

— Si on ne va pas voir, on n'en saura rien.

— Elle est bien petite.

Ils se présentèrent à l'entrée et appuyèrent sur la sonnette.

— Il n'y a donc personne ? dit Ozawa après avoir sonné une nouvelle fois.

— Bon, on s'en va ?

— Attends, imbécile. Si ça ne répond pas, ça ne veut pas dire qu'il n'y a pas de cadavre !

— Ce serait bien si les cadavres pouvaient répondre...

Ozawa essaya de tourner la poignée de la porte et se retourna vers Kazami.

— Hé ! La porte n'est pas fermée à clef !

Les deux policiers poussèrent lentement la porte et regardèrent à l'intérieur. La lumière était allumée.

— C'est bizarre, dit Kazami d'une voix un peu haut perchée.

— Il n'y a personne ? interrogea Ozawa.

Mais le pavillon était absolument silencieux.

— … Que vas-tu faire, Ozawa ?
— Faire ? On va entrer et fouiller.
— Ah bon.
Ils avancèrent en se cédant mutuellement le passage.
— Est-ce que c'est prudent ?
— Comment ça ?
— Si on entre et qu'on tombe sur un couple en pleins ébats conjugaux…
— Quel abruti ! Tu as encore plus peur des réclamations que du cadavre !
— Eh bien… l'un comme l'autre, répondit honnêtement Kazami.
— On dirait que ça sent le solvant…
Quand ils parvinrent à l'entrée de la pièce principale, ils aperçurent la peinture renversée. Ils inspectèrent ensuite le porche, la salle de bains, la cuisine.
— Il n'y a rien, dit Kazami, visiblement soulagé.
— Ce n'est pas possible d'être négligent comme ça ! Ne pas fermer à clef !
— Bon, on y va ?
Ils quittèrent la villa et retournèrent à leur voiture.
— Qu'est-ce qu'on fait, maintenant, Ozawa ?
— On va voir encore deux ou trois maisons, puis on rentrera.
— Compris.
Ils poursuivirent un peu leurs recherches, mais en vain, et finalement reprirent le chemin du commissariat dans leur voiture.
— Bon, c'est vrai, on n'a pas trouvé le cadavre ; mais on n'a pas non plus créé de scandale, conclut Kazami qui avait repris du poil de la bête.
— Alors, qu'est-ce qu'on va faire ?
— Quoi,
— On recommence les recherches demain matin ?

Ozawa était plongé dans un abîme de réflexion.

— Eh bien... Quelle histoire si quelqu'un apprenait qu'on a égaré le papier !

— Oui, mais si le type qui a donné l'information rappelle, on saura...

— Pardon... Ce type, il n'a pas donné son nom ?

— Je le lui ai bien demandé, mais il a coupé sans répondre.

— Alors on est tranquille. Ce devait être une farce, ou de toute façon, il n'a pas l'intention de s'en mêler. Il ne rappellera sûrement pas.

— Ah bon.

Ozawa bâilla et, soulevant sa casquette, il secoua la tête.

— Zut, ce n'est pas le moment de s'endormir, dit-il, en jetant sa casquette derrière.

— Eh ! Elle est tombée par terre.

— On n'a pas idée d'être si maladroit ! rétorqua Kazami.

— Là, arrête la voiture !

— Quoi ? Tu peux bien attendre qu'on soit arrivés pour récupérer ta casquette !

— Ce n'est pas ça, arrête, je te dis !

Kazami arrêta la voiture.

— Allume !

Ozawa hachait ses mots.

— Regarde !

Kazami se retourna. Par terre, un homme était effondré, dans une drôle de posture, la poitrine couverte de sang.

— Il est déjà bien tard !

— Ce n'est pas grave, je rentrerai en voiture.

Mika posa le cocktail qu'elle tenait à la main. Installée dans le canapé de la suite royale, elle se sentait aussi à l'aise que chez elle. Elle avait parlé de rentrer, mais ne faisait pas mine de se lever.

— Je vais demander à mon chauffeur de vous raccompagner.

— Non, ne vous en faites pas pour moi. Mais vous, prenez garde à vous, s'il vous plaît. Cette blessure qu'on a faite à votre garde du corps… !

— Ne vous inquiétez pas pour moi, dit Tachibana en riant.

— Quand je vous vois, j'ai l'impression que vous ne tenez plus à rien.

Tachibana redevint sérieux.

— Vous avez peut-être raison.

Après quelques instants, Mika reprit :

— Ça ne fait rien… si je ne rentre pas ?

Tachibana regarda Mika, l'air étonné. Elle s'assit tranquillement à côté de lui, et posa ses lèvres sur les siennes.

— Mais, vous savez mon âge…

— Je croyais que vous étiez entouré d'un harem de jolies filles…

— Balivernes.

— Alors… moi aussi, je suis rassurée.

Elle se glissa hors de l'étreinte de Tachibana, s'éloigna de deux ou trois pas, et se dévêtit de son tailleur pantalon.

Chacun pouvait entendre la respiration de l'autre dans l'obscurité. Ils savaient que l'autre ne dormait pas. Katsumi n'avait pas voulu entendre les détails de l'histoire de la bouche de la femme. C'était son mari qu'il avait mission de tuer. Et cela aurait dû lui suffire. Pourquoi ne la chassait-il pas, pourquoi ne lui disait-il pas de partir ?

— Votre nom ?

— Hein…

— Quel est votre nom ?

— Akiko.

— C'est un joli nom.

Katsumi laissa passer un instant.

— J'ai envie de vous.

— Je vous en prie. Nous en étions convenus.

— Venez ici.

Une ombre se déplaça dans l'obscurité et se glissa sous la couverture de Katsumi. Elle était nue. Il effleura de la main sa poitrine épanouie et s'allongea sur elle.

Quatre victimes pour une nuit d'automne

1

Six heures du matin. Une forte odeur de café flottait dans la salle des gardes. Katsuragi qui avait été de veille cette nuit-là étouffait un bâillement en regardant sa montre, quand apparut Kudô, venu prendre la relève. Katsuragi avait une trentaine d'années, et dans son uniforme il semblait plutôt déguisé ; en revanche Kudô, d'environ cinquante-cinq ans, le portait avec aisance ; c'était sans doute dû au fait qu'il avait été policier pendant plusieurs dizaines d'années.

— Excusez-moi pour le retard.

— Mais non, monsieur, il est juste six heures. Du café ?

— Non, c'est gentil. J'ai atteint l'âge où ça pèse sur l'estomac.

— Ah bon ? Moi, je vais prendre une tasse puis je rentrerai.

Katsuragi prit la cafetière bouillante et se versa une tasse de café noir.

— Vous pouvez dormir après ça ? lui demanda Kudô étonné.

— Dès que je me couche, je m'endors, dit Katsuragi en riant.

Mais en vérité, s'il prenait du café, c'était pour se tenir éveillé : il avait un rendez-vous galant.

— Ça va être dur aujourd'hui.

Tout en buvant son café, Katsuragi fit la grimace :

— Il y aura vraiment des grosses légumes ?

— Il paraît qu'il y aura même le ministre de je ne sais plus quoi.

— Eh ? Ça l'intéresse, les pierres précieuses ?

— C'est plutôt de passer à la télévision qui doit l'intéresser.

— Alors, si je traîne dans le coin près de lui, je passerai à la télé ?

— C'est bien possible.

— Ça me plairait ! Quand le ministre sera là, je ferai du zèle.

— Au fait, j'ai appris une drôle de nouvelle.

— Quoi ?

— Quand je suis passé devant le commissariat tout à l'heure, il y avait de l'agitation. Tout un tas de journalistes étaient là. Je me suis dit qu'il se passait quelque chose et j'ai posé des questions à un vieux copain du commissariat, mais il ne m'a pas répondu ; ils doivent avoir des ordres.

— C'est bizarre !

— Comme il y avait un journaliste que je connais un peu, je lui ai demandé ce qui se passait. Eh bien, c'est pas croyable…

— Quoi ?

— On a trouvé un cadavre dans une voiture de patrouille.

— Hein ?

— Et en plus, assassiné. La voiture était en patrouille, et ils sont descendus plusieurs fois en cours de route ; quelqu'un a dû déposer le cadavre pendant ce temps. Ils ne s'en sont rendu compte que sur le chemin du retour au commissariat. Quelle histoire !

— Ça, chapeau ! s'esclaffa Katsuragi. Je ne sais pas qui a fait ça, mais ce doit être un sacré farceur.

— Pour la police, la situation est embarrassante.

— Ça, c'est le moins qu'on puisse dire.

— Les deux policiers de la voiture sont aux arrêts pour le moment. Et comme il y a eu intention de porter atteinte à l'honneur de la police, le commissaire Hamamoto a été détaché spécialement de la préfecture pour mener l'enquête.

— Qui ça ?

— Vous ne le connaissez pas ? s'étonna Kudô. C'est le policier le plus efficace de la région. Il est si impitoyable qu'on le surnomme Moto le Lion. Moi aussi, j'ai eu l'occasion de le voir du temps où j'étais dans la police, mais je n'ai jamais travaillé directement sous ses ordres. D'après ce que disaient les collègues, sa façon de mener les enquêtes est des plus implacables.

— Il n'a pas vraiment l'air du style Colombo.

— Je m'inquiète un peu.

— Pourquoi ?

— Je ne pense pas que la victime soit un de nos clients, mais s'il devait y avoir des investigations jusque dans l'hôtel…

— Ce serait un problème ?

— Il doit venir beaucoup de personnalités aujourd'hui. S'il traîne partout des policiers soupçonneux, l'image de l'hôtel en prendra un coup.

— Le gérant ne pourrait pas en toucher un mot à la police ?

— Avec ce commissaire, ça ne marchera pas. S'il le jugeait utile, il n'hésiterait pas à convoquer le président des Etats-Unis.

— Eh, s'il fait ça, il n'y a qu'à loger le président ici, le gérant sera content !

Kudô ne rit même pas à la plaisanterie de Katsuragi. Il semblait vraiment soucieux.

— Alors, Ozawa, c'est toi ? Et donc, toi... Tu t'appelles comment déjà ?

— Moi, c'est Kazami, dit l'agent Kazami d'un air gêné.

— Ah oui, c'est ça, Kazami. C'est un nom peu courant. Avec les années, ma mémoire est de plus en plus mauvaise... Allons, asseyez-vous, tous les deux. Excusez-moi de vous avoir convoqués comme ça, dès potron-minet.

Dieu sait que ni Ozawa ni Kazami n'avaient l'esprit à dormir. La séance de la nuit dernière avait commencé au commissariat de la ville : engueulés par leur supérieur, tancés par le chef de service, assignés à domicile, il leur aurait fallu être des extra-terrestres pour pouvoir dormir. Et là-dessus, une convocation au petit matin. Quand ils surent que c'était le commissaire Hamamoto – le Lion – qui voulait les voir, ils se mirent à trembler l'un comme l'autre. Ils envisagèrent même sérieusement la fuite, mais finalement conclurent que ce n'était pas une solution raisonnable ; et c'est à reculons (il s'agit d'une image) qu'ils traînèrent les pieds le long du chemin le plus indirect pour arriver au commissariat. Et là...

— J'ai demandé du café, ça nous réveillera.

Ils se trouvèrent face à un homme plutôt fluet, l'air doux, d'environ quarante-cinq ans, avec une épaisse chevelure précocement grisonnante. Bien qu'il fût très tôt, il était tiré à quatre épingles dans un costume marron et des chaussures bien cirées. Il portait des lunettes à monture argentée qui donnaient un air un tant soit peu affecté à son visage mince et délicat. Et dire que ce petit homme, à qui il ne manquait que quelques années pour devenir un « séducteur aux tempes argentées », était le célèbre commissaire Hamamoto ! Ozawa et Kazami en furent presque déçus.

Ils s'étaient imaginé un colosse au regard perçant et assuré, à la voix proche du rugissement du lion... Peut-être qu'avec lui on pouvait s'en tirer, pensèrent-ils tous les deux en échangeant un coup d'œil.

— On m'a déjà raconté ce qui vous est arrivé, dit le commissaire Hamamoto en reposant sa tasse. Ça ne mérite certainement pas des félicitations, mais ce qui est fait est fait. Ne vous tracassez pas – d'accord ?

— Heu..., approuvèrent-ils, penauds.

— Bien. Il y a deux ou trois choses que je n'ai pas bien comprises dans votre histoire. D'abord, le fait que quelqu'un ait introduit un cadavre dans votre voiture pendant votre absence. Est-ce que la portière n'était pas verrouillée à ce moment-là ?

— Heu...

Ils se poussaient mutuellement du coude, faisant assaut de politesse pour se céder la parole ; ce fut finalement Ozawa qui expliqua :

— Une fenêtre à l'arrière était restée ouverte...

— Tiens donc ? approuva vigoureusement Hamamoto. Vous aviez oublié de la refermer ; c'est le genre de chose qui arrive.

— Oui, concéda Ozawa avec un sourire crispé.

— Il y a encore quelque chose que je ne comprends pas : il paraît que vous étiez en patrouille ; mais ce n'était pas vos heures de patrouille habituelles. Et puis, en patrouille, on ne s'arrête pas aussi souvent ici et là, au point de ne plus se rappeler où. Est-ce qu'il ne se serait pas passé quelque chose ?

L'inquiétude se lut sur leur visage. Craignant d'inévitables foudres s'ils disaient la vérité, ils s'étaient entendus pour prétendre qu'il s'agissait d'une patrouille ordinaire, mais...

— Dites-moi la vérité. Personne n'est parfait. Prenez le chef de service, il a commis des bêtises incroyables dans son jeune temps. C'est avec ce genre d'expérience qu'on devient un homme. Si vous voulez, ça restera un secret entre vous et moi. Le chef n'en saura absolument rien. Ça vous va ?

Aux paroles compréhensives de Hamamoto, Ozawa et Kazami eurent l'impression de revivre. Malgré tout, le mensonge leur pesait sur la conscience. Leurs regards se rencontrèrent et ils surent qu'ils pensaient tous deux la même chose.

Kazami s'éclaircit la voix :

— En fait, monsieur le commissaire, commença-t-il – et il raconta tout sans rien omettre, ni le coup de téléphone annonçant qu'il y avait un cadavre dans une villa, ni l'adresse notée sur un papier transformé ensuite en avion.

— Tiens donc ! La voix au téléphone, était-ce un homme ?

— Je pense, mais comme c'était une voix plutôt faible, assourdie...

— Ç'aurait aussi bien pu être une femme. Bon, c'est bien d'avoir eu le courage de tout me dire. Vous pouvez rentrer chez vous. Reposez-vous tranquillement.

— Euh, ce que nous venons de dire, le chef...

— Compris.

Hamamoto inclina la tête en souriant pour les rassurer. A peine Ozawa et Kazami étaient-ils sortis, tranquillisés et le cœur allégé, qu'une autre porte s'ouvrit et qu'entra le chef, rouge de colère.

— Qu'est-ce qui m'a fichu de pareilles cloches ! cracha le chef de service Tashiro.

— Ces deux-là ne méritent pas le nom de policier, dit Hamamoto d'une voix glacée, complètement différente de l'instant précédent.

— Que faire ?

— C'est évident. Hamamoto haussa les épaules. Prononcer immédiatement leur révocation disciplinaire.

A ce moment, un jeune policier passa le visage dans l'entrebâillement de la porte :

— Commissaire Hamamoto ?

— Qu'est-ce qu'il y a ?

— On a découvert l'identité de la victime.

— Qui est-ce ?

— C'est un journaliste appelé Shimano, du département des nouvelles générales au journal A...

— Un journaliste ! Ça alors...

— Nous avons le chef de la rédaction au téléphone.

— Bien, j'y vais.

Hamamoto sortit de la pièce et prit rapidement le téléphone. Il expliqua brièvement les circonstances de l'affaire.

— Au fait, ce journaliste, M. Shimano, pourquoi était-il venu ici ?

— Eh bien, justement...

— Ne vous inquiétez pas, ce que nous dirons ne transpirera pas auprès des autres journaux.

— Bien. En fait, il était venu chercher des informations sur Ichiro Tachibanagen.

— Tachibana ? Le roi du pétrole ?

— C'est ça. Il doit séjourner à l'hôtel vip, dans votre ville.

— A l'hôtel vip ? Tiens donc !

— Ce n'était pas exactement son domaine, mais nous avions reçu une invitation pour l'exposition de diamants et il est parti avec, en disant que c'était une occasion de préparer une combine pour pouvoir approcher Tachibana.

— Un moyen d'approche ?

— Je n'en sais pas plus. Il n'avait rien dit d'autre.

— Bon. Il n'avait pas prévu de rencontrer quelqu'un, hier soir ?

— C'était un peu un franc-tireur, je ne saurais dire... Puis, quelque chose lui revenant à l'esprit : Mais au fait, il avait dit que sa petite amie devait venir du côté du lac.

— Sa petite amie ? Hamamoto haussa légèrement les sourcils. Comment s'appelle-t-elle ?

— Je ne connais pas son nom, mais il s'agit sûrement d'une lycéenne. Elle est venue quelquefois au journal en costume marin.

— Oh... en costume marin... murmura Hamamoto. Bien, j'ai compris ; merci pour votre collaboration.

Après avoir raccroché, Hamamoto réfléchit quelques instants ; il raconta au chef de service Tashiro resté debout à côté de lui la teneur de la conversation et conclut :

— Allons voir à l'hôtel vip.

— Il vaudrait peut-être mieux éviter aujourd'hui.

— Ah, et pourquoi ça ?

— C'est la présentation privée de la collection de diamants d'Ichiro Tachibanagen ; à partir de demain, tout le monde pourra y aller, mais aujourd'hui c'est sur invitation et il y aura toutes sortes de personnalités, le ministre des Transports Tsugawa, des ambassadeurs étrangers en poste au Japon...

— Et quel rapport avec moi ?

— Aucun, bien sûr, mais...

— Alors, je vais de ce pas à l'hôtel vip rendre visite à Ichiro Tachibanagen, conclut sèchement Hamamoto.

Après avoir pris une douche, Katsumi revint dans sa chambre. Akiko dormait encore. Il s'assit sur le bord du lit, souleva doucement la couverture, et la douce ligne du corps nu allongé lui apparut. Il devait tuer le mari de cette femme. Il n'avait ni hésitation ni scrupules, il trouvait simplement que c'était triste pour elle. Séparée de son mari depuis longtemps, elle avait dû oublier ce qu'était un homme. Elle avait reçu les caresses de

Katsumi comme une terre assoiffée, et atteint plusieurs fois des sommets de plaisir. Quant à Katsumi, il avait éprouvé la sensation, rare pour lui, de sombrer dans une femme, et non pas simplement de la savourer.

Akiko poussa un léger gémissement et bougea. Elle ouvrit les yeux, roula sur elle-même et, apercevant Katsumi, tira la couverture jusqu'à sa poitrine pour se cacher.

— Vilain garçon ! dit-elle en riant. C'était un rire frais, un peu comme si elle était soulagée.

— Vous avez bien dormi ?

— Oui, parfaitement. Akiko tourna la tête vers le voilage de dentelle qui laissait filtrer la lumière. Il est déjà tard ?

— Non, il n'est pas encore neuf heures.

— J'ai encore envie de dormir.

— Dormez tant que vous voulez ; ce n'est pas un problème.

— C'est la première fois que je dors aussi bien... depuis la disparition de mon mari.

Katsumi ne dit rien. Akiko posa doucement sa main sur la sienne.

— S'il vous plaît, dit-elle dans un souffle.

Il s'appuya sur le lit et posa ses lèvres sur celles d'Akiko. Elle passa ses bras autour du cou de Katsumi et l'attira à elle. Ainsi enlacés, ils échangèrent un long baiser enivrant. Katsumi monta dans le lit, rejeta la couverture et s'allongea sur son corps svelte et ferme. Il sentait l'élasticité de sa poitrine tandis que ses lèvres erraient sur la ligne de son cou ; sa main descendit et se glissa entre les jambes un peu desserrées de la femme. Akiko expira profondément et se mit à vibrer légèrement. La violence de la nuit dernière ne ressemblait guère à la calme langueur de ce matin. Katsumi la pénétra doucement. Puis ils bougèrent à peine et la respiration d'Akiko s'accéléra avec la montée du plaisir.

Lorsqu'elle revint de la douche, elle rougit en voyant que Katsumi était déjà habillé et prêt à sortir.

— Je me sens gênée, toute seule encore nue !

Katsumi, qui fumait une cigarette assis sur le canapé, détourna pudiquement les yeux pendant qu'elle enfilait ses sous-vêtements.

— Quand tu as épousé ton mari, il s'appelait Ichiro Tachibanagen ?

— Mon mari ? Non.

— Alors ton nom doit être Tamura ?

— Tamura ? Tamura, de qui s'agit-il ?

Akiko paraissait désorientée.

— Tamura n'est pas le nom de ton mari ?

— Non... Akiko étonnée secoua la tête : Il s'appelle Hatanaka, Yoshio Hatanaka.

Cette fois, ce fut au tour de Katsumi de ne plus savoir où il en était. S'il était venu ici, c'était bien parce qu'il avait appris que Tachibana était ce Tamura qui avait provoqué la mort de son père. Si ce n'était pas lui, l'affaire prenait une autre tournure.

— Hatanaka... Alors, ton mari...

— Mon mari est en quelque sorte une doublure. Il est une substitution d'Ichiro Tachibanagen.

— Une substitution ?

— Oui. Il est évident qu'il n'est pas le vrai Tachibana. Il n'y a guère que deux ans qu'il a disparu.

— Mais alors, le vrai Ichiro Tachibanagen...

— Je ne sais pas. Je ne l'ai jamais rencontré.

Alors, toutes ces photos qui faisaient tant de tapage dans les journaux et à la télévision, c'était une supercherie ? Mais pourquoi donc ? Pourquoi donc ce montage minutieux...

Mais c'était évident... Tachibana savait que quand il rentrerait au Japon, sa vie serait en danger. C'est pourquoi il avait engagé une doublure. Ce n'était pas une inspiration de dernière minute, mais un plan exigeant une certaine préparation. Il avait dû promettre une rétribution substantielle. Et peut-être avait-il pris d'autres dispositions.

Et le véritable Tachibana, qu'était-il devenu ? Etait-il rentré au Japon ? Ou observait-il le déroulement des événements depuis sa vaste propriété au Moyen-Orient ?

Il y avait encore d'autres points obscurs. Kunimiya, qui avait commandité l'assassinat de Tachibanagen, devait bien sûr connaître son visage. Et Kunimiya avait certifié que c'était lui, en montrant la photo du journal. Cela voulait dire qu'il y avait une forte ressemblance entre Tachibana, c'est-à-dire Tamura à l'origine, et son double Hatanaka.

Oui, mais cette théorie reposait uniquement sur la véracité des propos de cette femme. Il n'y avait aucune preuve qu'elle n'ait pas menti. Il est vrai que Katsumi se sentait personnellement porté à lui faire confiance, mais il n'était pas attendri au point de se laisser aveugler.

Quoi qu'il en soit, maintenant, il ne pouvait plus agir avant d'avoir découvert toute la vérité. Dans son métier, abattre la mauvaise cible était une erreur qui ne pardonnait pas. Il fallait surveiller encore un peu les faits et gestes de cette femme.

— Veux-tu t'habiller ? Nous allons prendre le petit déjeuner.

— Oui.

Tout en souriant, l'air détendu, Katsumi la pressa gentiment, puis ils sortirent de la chambre.

— Vous avez beaucoup de travail aujourd'hui ?

— Rien qui ait un caractère d'urgence particulière.

Katsumi réfléchit encore en attendant l'ascenseur. La femme n'avait pas posé une seule question sur ce qu'il était venu faire à l'hôtel vip. Il aurait pourtant été naturel qu'elle ait été étonnée de son apparition soudaine. Alors, est-ce qu'elle saurait ? Est-ce qu'elle saurait la raison de sa présence ici... ?

— Qu'est-ce que vous mangez le matin ? lui demanda Akiko. J'ai faim.

Katsumi rit :

— Ça tombe bien, il y a un buffet libre-service.

— Eh bien, dans ce cas, l'hôtel va faire du déficit avec moi !

Ils échangèrent un sourire en montant dans l'ascenseur qui venait d'arriver.

2

Ces buffets pour le petit déjeuner sont une bonne invention, pensait Keisuke en se servant une troisième ration d'œufs sur le plat. D'habitude, quand il allait à l'hôtel, il commençait la journée du mauvais pied en se demandant pourquoi on lui faisait payer si cher alors qu'il avait pris un petit déjeuner d'oiseau, mais aujourd'hui, il y trouvait largement son compte.

Ce réveil avait été agréable. La veille au soir il était épuisé, mais après une longue nuit de sommeil, il s'était réveillé en excellente forme. Cette rare bonne humeur matinale était encore une preuve que l'homme est un animal psychique. En effet, il tirait une grande satisfaction de l'idée qu'il avait pleinement réussi dans son entreprise destinée à protéger Mika.

— Inutile d'être modeste, ça a été du beau travail.

Tout en revenant à sa place, Keisuke souriait tout seul en se souvenant comment il avait fourré le cadavre de ce Shimano dans la voiture de police. Quand on cherche un cadavre, on ne va pas *a priori* fouiller les voitures de police. Et quand il avait été découvert, il avait certainement été impossible de retrouver à quel endroit on l'avait mis dans la voiture.

— Je ne suis pas si bête...

Keisuke qui picorait gaiement ses œufs sur le plat aperçut soudain la jeune fille de la veille à une table un peu éloignée, et se sentit gêné. Elle devait être furieuse qu'après l'avoir invitée à dîner, il ait disparu comme pour la fuir. En temps ordinaire, il aurait fait mine de ne pas la voir et aurait filé à l'anglaise, mais le Keisuke de ce matin était un peu différent.

Il prit son plateau et alla s'installer à côté d'elle.

— Bonjour.

— Ah, c'est vous...

— Excusez-moi pour hier soir ; une urgence...

— Ce n'est rien.

Michiko regarda Keisuke en souriant.

— Vous êtes encore à l'hôtel ?

— Oui, j'ai l'intention d'y rester un peu. Et puis, vous êtes là.

— Vous me flattez.

— Vous vous appelez Michiko, n'est-ce pas ?

— Oui.

— Votre nom de famille... euh... Ah oui, Mlle Atari Asari.

Michiko pouffa.

— Quel drôle de système mnémotechnique !

— Et que faites-vous là ?

— Eh bien, euh... on pourrait dire que je suis employée à tuer le temps.

— C'est une bonne situation.

— Mais vous non plus, vous ne paraissez pas surchargé de travail.

— Là, vous êtes un peu dure, sourit Keisuke. Vous ne prenez que ça le matin ?

— Oui, il faut que je fasse attention à ma ligne.

— Quand on est jeune comme vous, on s'affaiblit en ne mangeant pas assez... Ce midi, voulez-vous que nous allions ensemble prendre quelque chose de plus consistant ?

— D'accord.

— Bien ; alors, je vous attendrai à une heure dans le hall... Il s'interrompit : sa mère, l'air d'une reine, arrivait tranquillement. Keisuke avala son reste de jus de fruits : Bon, à plus tard. Et il se leva précipitamment.

— Eh ! vous partez déjà ?

Avant qu'elle eût fini de parler, il avait disparu de la salle.

— Mais, qu'est-ce qui s'est donc passé ?

Michiko était interloquée. Timide au point d'en être timoré la veille, voilà que ce garçon devenait terriblement sûr de lui ; à peine le temps de se demander s'il n'était même pas un peu trop entreprenant, voilà qu'il disparaissait. C'était quand même bizarre, non ?

Michiko sortit également, et se rendit dans le hall pour y prendre un journal. Elle aperçut alors Eisuke Yamakawa, pardon, Keisuke Hayakawa, sur le point de sortir en toute hâte par la grande porte d'entrée. Dans son empressement, il bouscula quelqu'un qui entrait, s'excusa ou plutôt se confondit en excuses, et disparut au-dehors.

Quand elle vit la personne qui était entrée, Michiko resta éblouie.

— Oh ! Mais c'est le commissaire Hamamoto !

Michiko, qui professait d'être détective, connaissait la vedette de la préfecture, Hamamoto le Lion, pour l'avoir vu sur de nombreuses photos. Cet homme d'âge moyen, de corpulence et de taille très moyennes, qui n'avait rien de remarquable *a priori*, dégageait une aura indéfinissable. Il poussa tranquillement la porte tournante pour entrer, et s'arrêta un instant, inspectant le hall des yeux.

Michiko était sûre que tout ce qui passait à portée de son regard devait être enregistré automatiquement, comme le ferait un objectif photo. Elle le vit se diriger vers la réception. Bien sûr, elle y alla aussi, l'air d'avoir comme de ne pas avoir des raisons d'être là. Fukuchi accueillit Hamamoto avec son habituel visage impassible.

— Je me présente...

Hamamoto lui montrait ce qui semblait être un insigne de police. Fukuchi le regarda sans la moindre expression.

— En quoi pourrais-je vous être utile ?

— Quel est le numéro de la chambre de M. Ichiro Tachibanagen ?

Michiko se raidit. Qu'est-ce que Hamamoto le Lion pouvait donc bien avoir à faire avec Ichiro Tachibanagen ? Fukuchi n'hésita pas :

— C'est le numéro 1201, répondit-il. Les ascenseurs sont ceux que vous voyez là-bas, indiqua-t-il de la main.

Michiko n'était pas la seule à s'être attendue à une certaine résistance ; Hamamoto paraissait aussi s'être préparé à un affrontement mais...

— Merci.

Il salua légèrement et alla vers les ascenseurs. Michiko se rapprocha de Fukuchi :

— Monsieur Fukuchi ?

— Tiens, mademoiselle ?

— Est-ce que c'est judicieux, de donner ce genre d'informations comme ça ?

Fukuchi regarda Michiko en souriant légèrement.

— Savez-vous qui était cette personne ?

— Hamamoto le Lion. C'est le commissaire Hamamoto de la préfecture.

— Il est évident que je ne pouvais pas ne pas le renseigner. Il vaut mieux répondre directement, ça donne une meilleure impression.

— Oui, bien sûr ; mais quand même...

Michiko pensait que le gérant Natsuki ne serait sûrement pas de cet avis. Que se passerait-il si Tachibana se fâchait et allait se plaindre au gérant ?

— Si vous pensez au gérant, ne vous faites pas de souci.

— Comment savez-vous ce que..., lâcha Michiko, surprise.

— Oh, juste une supposition. Sur ce, Fukuchi retourna au bureau du fond.

Michiko se rendit compte que c'était un homme difficile à juger. Jusqu'ici, elle l'avait trouvé un peu original, bien que professionnellement accompli dans son domaine, mais il n'était certainement pas aussi simple qu'on pouvait le croire. Elle l'aurait bien vu aventurier solitaire, dans une histoire de cape et d'épée.

Keisuke était déjà bien loin de ses pensées.

— Ça vous va, pour le petit déjeuner ?

Ichiro Tachibana montrait le jus de fruits, la salade et les œufs au bacon apportés par le service de chambre.

— Je ne pourrai jamais manger tout ça ! dit Mika en s'asseyant devant la table. Elle venait de prendre une douche, et elle était resplendissante.

— Tu me ferais de la peine si tu ne mangeais pas. Je suis de la vieille école ; ce n'est pas bien de gaspiller.

— Je ne m'attendais pas à entendre le mot « gaspiller » de la bouche d'un milliardaire.

— Les vrais riches ne dépensent pas inutilement. Ils savent dépenser juste quand c'est nécessaire.

— Vous ne dépensez pas pour les femmes ? Mika poursuivit fraîchement : Il y en a pourtant pas mal qui prennent soin de vous ?

— Ce sont des histoires... Tachibana haussa les épaules. Je dépense pour les femmes ce que j'estime qu'elles valent, c'est tout.

— Et moi ? Mika se mit à rire. Telle que la question est posée, vous ne pouvez guère dire que je n'ai pas de valeur.

Tachibana parut préoccupé :

— C'est mal, ce que je t'ai fait, dit-il.

Mika aussitôt secoua la tête.

— Ne vous en faites pas pour ça. Moi aussi, j'en ai été heureuse ; et puis, on ne peut pas dire que c'était la première fois.

— Toi, tu vaudrais toute ma collection de diamants.

— C'est une plaisanterie !

Mika sentit un frisson glacé lui parcourir la moelle épinière. C'était bien dans ce but qu'à l'origine elle s'était introduite auprès de Tachibana. Pourtant, en entendant ce qu'il venait de lui dire, elle s'était sentie comme un enfant à qui on a fait une mauvaise farce. C'était la première fois qu'elle éprouvait cela.

— Mais non, je ne plaisante pas, dit Tachibana tout à fait sérieusement. Et sans parler peut-être de tout, s'il y a une pierre qui te plaît, tu peux l'emporter.

— Ce n'est pas pour ça que j'ai couché avec vous ! se fâcha honnêtement Mika, tout en se demandant ce qui lui arrivait.

— Tu es une gentille fille, dit Tachibana en la contemplant comme s'il s'agissait de sa propre fille.

— Vous pouvez garder vos diamants, mais invitez-moi encore à dîner, s'il vous plaît.

Tachibana se rembrunit :

— S'il m'en reste le temps, oui.

— Vous partez quelque part ? Vous retournez au Moyen-Orient ?

— Non, je ne retourne pas là-bas, dit-il nettement.

— Alors...

— Je n'en ai plus pour si longtemps.

C'était une phrase banale, mais Mika retint son souffle un instant. Il ne s'agissait pas d'une plaisanterie, il y avait quelque chose de définitif dans ces mots.

— Comment ça ?

— Ce n'est rien ; oublie ça.

— Il n'en est pas question... Dites-moi. Vous êtes malade, ou quelque chose ?

Mika s'inquiétait vraiment. C'est alors qu'on frappa à la porte et qu'entra le jeune secrétaire.

— Excusez-moi, bonjour.

— Bonjour. Il est déjà l'heure de travailler ?

— Non, mais il y a là quelqu'un...

— Quelqu'un ?

— Oui, je lui ai dit que vous n'étiez pas visible, mais il insiste absolument. Il attend dehors.

— Excusez-moi, dit une voix.

Un homme entra. Mika éprouva aussitôt une méfiance instinctive à l'encontre de cet individu d'âge moyen, vêtu d'un costume marron. Si ça se trouvait...

— Mais vous n'avez pas le droit d'entrer comme ça !

Ignorant les protestations du secrétaire, l'homme avança jusqu'au centre de la pièce en remontant du doigt ses lunettes à la monture argentée.

— Je suis le commissaire Hamamoto, de la préfecture. Vous êtes M. Tachibana ?

C'était bien un policier. Mika prit le parti de l'ignorer et continua son petit déjeuner.

— Je suis Tachibana. Vous êtes de la police ? Vous avez un insigne ? Merci. De quoi s'agit-il ?

— En fait, je voudrais vous poser deux ou trois questions… La jeune fille ici, c'est votre fille ?

Hamamoto dévisageait Mika insolemment.

— C'est une amie. Alors, de quoi s'agit-il ?

Son ton bref faisait comprendre que ce qui concernait Mika ne regardait pas le commissaire. Hamamoto se retourna vers Tachibana.

— Eh bien, c'est une affaire assez importante : avez-vous déjà parlé à un journaliste du nom de Shimano, travaillant au journal A… ?

— J'ai rencontré quantité de journalistes, mais sans connaître leur nom.

— Vous auriez rencontré celui-ci hier.

— Hier, M. Tachibanagen n'a rencontré personne, intervint le jeune secrétaire. Il n'a reçu aucun journaliste dans cet hôtel.

— Il n'y avait rien de prévu non plus ?

— Non, rien.

— Ce qu'il dit est exact, confirma Tachibana en s'asseyant sur le canapé. Qu'est-ce qui se passe, avec ce journaliste ?

— Il a été assassiné.

— Oh ?

— Il voulait rassembler des informations sur vous et il aurait dit qu'il servait en fait d'intermédiaire pour préparer une rencontre entre vous et une autre personne…

— Je suis désolé, mais je ne vois pas de quoi il s'agit.

— Ah bon.

Hamamoto opina sans avoir l'air particulièrement désappointé, puis il se tourna vers Mika : « Excusez-moi, mademoiselle. » Il salua Tachibana en silence et se retira.

— Je vous demande pardon, dit le secrétaire. Puis il reprit, mécontent : Je vais me plaindre à la réception. Ils n'ont pas à donner le numéro des chambres comme ça !

— Ça va. Cet homme ne faisait que son devoir.

Tachibana congédia le secrétaire et retourna à la table du petit déjeuner.

— Quelle histoire ! Qu'est-ce qu'il y a ? Tu ne manges pas ?

— Je n'ai vraiment plus envie de manger.

— Alors, ne te force quand même pas ! Il rit : Les policiers semblent vraiment avoir la particularité de faire perdre l'appétit.

— Oui...

Mika but son café. La main qui tenait la tasse tremblait légèrement. Shimano avait été assassiné ! Lorsque Hamamoto avait prononcé le nom de Shimano, elle avait craint que son propre jeu ait été découvert, mais Shimano assassiné ! En entendant la nouvelle, elle s'était sentie blêmir un instant. Ce policier s'en était-il rendu compte ? Il ne semblait pas avoir ses yeux dans sa poche. Evidemment, si Shimano voulait préparer une rencontre avec Tachibana en tant qu'« intermédiaire particulier », c'était pour Hiroko Ishida. Mais pourquoi était-il venu soudain prendre des informations sur Tachibana ? Pourquoi avait-il été assassiné ? Et qui l'avait tué ? Mika voulait connaître les détails de l'affaire.

— Il va falloir que je parte.

— Oui ; je vais te faire reconduire en voiture.

— Non, je peux rentrer seule.

— Pas question, prends la voiture. Moi, je vais te dire

au revoir ici. J'aimerais te raccompagner en bas, mais c'est toute une histoire avec mes gardes du corps.

— Oui ; bon, puisque vous insistez. Mika qui s'était levée se rappela soudain : Ah oui, ce que vous disiez tout à l'heure…

— Ne te tracasse pas pour ça.

— Mais si, nous sommes devenus intimes… Dites-moi ce que c'est.

— La prochaine fois.

— Quand ?

— Ce soir ?

— Oui.

— Vraiment ? Un vieux comme moi, ce n'est guère amusant.

— Si je ne veux que m'amuser, je peux aussi bien aller au cinéma.

Mika déposa un baiser sur la joue de Tachibana.

Quand elle sortit de l'hôtel, la Rolls-Royce de Tachibana l'attendait. Le chauffeur lui tint la portière.

— Merci.

Mika, épanouie, monta dans la voiture. Elle s'enfonça avec délice dans le siège de cuir, sortit un poudrier de son sac et l'ouvrit. Tournant le miroir à gauche et à droite, elle observa à l'arrière de la voiture, et un homme en costume marron apparut dans son champ de vision. La voiture démarra avec la majesté d'un paquebot. Ainsi, il l'avait repérée. Il lui fallait être sur ses gardes. Mika rangeait le poudrier dans son sac quand le chauffeur lui demanda :

— Excusez-moi, mademoiselle, connaissez-vous cet homme ?

— Pardon ?

— Celui qui passe, avec une moustache.

Mika regarda l'homme que la voiture était en train de dépasser.

— Non, je ne le connais pas. Pourquoi ?

— Hier soir, nous avons pris quelques verres ensemble, et il m'a demandé où vous habitiez.

— Cet homme ? Et vous le lui avez dit ?

— Eh bien... Sans le dire, tout en le disant... J'avais vraiment un verre dans le nez. Le chauffeur baissa la tête, l'air penaud.

— Ah bon ? Ça n'a pas d'importance, dit Mika d'un ton indifférent pour couper court à la conversation. En fait, ce garçon lui rappelait quelqu'un : la démarche, le balancement du corps. Où l'avait-elle donc déjà vu ? Ces lunettes et cette moustache, c'était le b.a. ba du déguisement. En les supprimant, qu'est-ce qu'on obtenait comme visage ?

Mika reconstitua en pensée l'apparence de l'homme qu'elle venait de croiser. La silhouette, la coiffure, la carrure, les vêtements...

— Bon sang ! s'exclama-t-elle inconsciemment.

— Vous avez dit quelque chose, mademoiselle ?

— Non, non, rien...

Est-ce que ce ne serait pas... Keisuke, son grand frère ? On aurait dit que cet homme lui ressemblait. Qu'est-ce que Keisuke serait venu faire dans un endroit pareil ? Et si c'était vraiment lui, pourquoi ces manigances pour connaître son adresse... Plongée dans ses réflexions, Mika fronça les sourcils.

3

— Il a quelque chose de bizarre.

Depuis que l'homme était arrivé à l'exposition, Masami ne le quittait pas des yeux. Comme son invitation était en règle, impossible de l'empêcher d'entrer ou de le questionner, mais il le tenait à l'œil.

La bonne quarantaine, de corpulence moyenne, bien qu'il fût correctement habillé en costume et cravate, il y avait en lui quelque chose qui ne semblait pas net, des cheveux ébouriffés, une expression déprimée, en un mot, il avait l'air égaré. Il arborait un ruban rose à la boutonnière, signe qu'il devait être de la presse, mais ne portait ni appareil photo ni bloc-notes. Depuis qu'il se trouvait sur les lieux, il n'avait pas jeté un seul coup d'œil à la collection de diamants, mais errait en regardant de part et d'autre autour de lui.

La réception était déjà bien animée ; ici et là, on reconnaissait des personnalités du monde de la finance, des vedettes du spectacle, toutes venues sur invitation. Dès le lendemain, l'exposition serait ouverte au public, et il y aurait encore davantage de monde... Masami en avait mal à la tête. Il était seul avec les gardes, et il lui était parfaitement impossible d'avoir tout le monde à l'œil.

Certes, les diamants étaient protégés par des vitres pare-balles, et c'était là une sécurité. Cependant Masami avait le pressentiment qu'aujourd'hui même, il se produirait quelque chose. Bien souvent, ce qu'on appelle pressentiment est dans un premier temps une obsession ; mais si, par le plus grand des hasards, cette obsession se trouve vérifiée, on la baptise ensuite du nom de pressentiment. Masami avait déjà porté ses soupçons sur deux journalistes, un conseiller municipal et même une présentatrice de télévision ; il avait entraîné cette dernière dans une pièce pour procéder à la fouille, et s'était attiré les remarques les plus acerbes. Depuis, son zèle s'était fait tant soit peu plus discret...

— Il vaudrait mieux éviter que ce genre de scène se reproduise, marmonna Masami tout en passant la main sur la griffure qu'il avait à la joue, griffure infligée par les ongles de la présentatrice de télévision qui avait ainsi voulu exprimer la joie qu'elle éprouvait à subir la « fouille minutieuse ».

Un jeune garde aperçut Masami et se dépêcha de le rejoindre.

— Monsieur le ministre des Transports Tsugawa arrive.

— Bien ; voulez-vous prévenir ceux qui sont à la pause ? La télévision sera certainement là dans quelques minutes.

— Bien, monsieur.

Après le départ du garde, Masami chercha des yeux l'homme entraperçu quelques instants plus tôt. Il y avait beaucoup de monde, mais ce n'était pas comparable à l'affluence dans le métro à six heures du soir. On pouvait repérer chaque personne ; mais l'homme n'était visible nulle part. Il avait dû partir pendant que Masami parlait. Il soupira de soulagement. Un souci de moins arrangeait bien ses affaires.

Il y eut des remous à l'entrée de la salle.

— Qu'est-ce qui se passe…

Du fond de la salle, Masami se leva sur la pointe des pieds pour voir tous les journalistes et cameramen converger vers l'entrée.

— N'entrez qu'après être passés au contrôle ! Passez au contrôle d'abord !

Les exhortations de Masami ne semblaient pas atteindre la cohorte des journalistes. Des individus non identifiés par un ruban pénétraient l'un après l'autre dans la salle.

— Sortez-les ! Il faut qu'ils sortent ! criait Masami aux gardes les plus proches.

Mais que pouvaient-ils faire, à deux ou trois ? Les journalistes s'agglutinaient à l'entrée, et les caméras s'apprêtaient à filmer.

— Mais ça ne va pas, qu'est-ce que c'est que ce travail !

Alors que Masami s'arrachait littéralement les cheveux, un garde préposé au contrôle de l'entrée s'avança vers lui.

— Mais qu'est-ce que vous faites là, il n'est pas question de laisser passer quiconque avant de l'avoir contrôlé !

Face à sa colère, le garde se contenta de hausser les épaules.

— C'est facile à dire. Ils arrivent tous en même temps. Nous ne sommes pas assez nombreux, et ce ne sont pas des gens à se laisser facilement commander, dit-il, désemparé. Le pauvre semblait dépassé par les événements...

— Comment ça ? Tout ce raffut pour un seul ministre ?

— C'est-à-dire que le ministre Tsugawa est accompagné de cette actrice, Yumi Makino ; les journaux disent qu'ils ont une liaison. C'est ça qui attire tout ce monde...

— Quoi ? C'est son habitude, de se déplacer avec sa maîtresse ?

— Ici, comme l'invitation était à titre privé...

— Quand même !

Ce qui fâchait Masami n'était pas le fait que le ministre vienne avec sa petite amie, mais qu'à cause de cela, les journalistes soient entrés sans passer au contrôle. Comme c'est souvent le cas chez ceux qui n'ont pas encore parfaitement réussi à sortir de l'enfance, Masami supportait difficilement, semble-t-il, que les événements prennent une tournure inattendue.

— Hé ! s'avisa-t-il soudain. Est-ce qu'elle a une invitation, cette actrice ?

— Yumi Makino ? Non.

— Alors, elle ne peut pas entrer.

Le garde n'en crut pas ses oreilles.

— Vous êtes sérieux ?

— Je ne fais que suivre le règlement.

— Mais, il me semble que les invitations autorisent à venir avec son conjoint !

— Cette Yumi je ne sais quoi est-elle l'épouse du ministre ?

— Bien sûr que non !

— Alors, tant pis.

— Mais… c'est un ministre.

— Ministre ou clochard, celui qui a une invitation entre, celui qui n'en a pas n'entre pas !

— Non… vraiment, je ne peux pas.

Masami dévisagea le garde déconfit avec hauteur : « Eh bien moi, je le lui dirai ! » et fendant avec détermination la foule qui encerclait le ministre, il se dirigea vers l'accueil. Il arriva au moment où pénétrait un homme ventru, donnant le bras à une femme plus grande que lui de dix centimètres. Même Masami était capable de reconnaître le ministre Tsugawa. Un nez écrasé, des yeux minces, comme deux fentes ouvertes d'un coup de bistouri, une bouche en cul de poule : ce visage, à l'expression toujours condescendante, était déjà tellement caricatural qu'il était difficile à caricaturer. Il ornait souvent la une des journaux, qui se nourrissaient largement de ses aventures féminines scandaleuses. Mais ni Masami ni les autres gardes ne l'avaient imaginé si petit. Il devait mesurer moins d'un mètre cinquante. Son ventre rebondi donnait l'impression qu'il aurait plus vite fait de rouler que de marcher. Masami était écœuré. C'était le genre de personnage qu'il détestait le plus. Yumi Makino se collait à lui, ondulant de tout son corps comme une anguille. Masami la reconnut. Sa robe au décolleté plongeant était fendue sur les côtés de plus de vingt centimètres au-dessus du genou, et laissait entrevoir de grosses cuisses blanches.

— Vos invitations, je vous prie ! dit Masami d'une voix forte, pour attirer l'attention du ministre.

— Pardon ? De quoi s'agit-il ? Tsugawa se retourna d'un air hautain.

— Vos invitations, je vous prie, répéta Masami.

Le secrétaire qui accompagnait Tsugawa s'affola :

— Allons ! Vous avez affaire à..., commença-t-il, mais Tsugawa l'arrêta d'un geste.

— Non, non. Si c'est la règle, c'est la règle. Et il fouilla dans sa poche pour en sortir une invitation. Cela vous va ?

Masami lut le nom sur l'invitation et le contrôla sur la liste des invités.

— C'est bien. Par ici, s'il vous plaît.

Tsugawa prit le bras de Yumi Makino et s'apprêtait à passer avec elle. Les cameramen commençaient à filmer, les flashes convergeaient. Masami prit une profonde inspiration :

— Et madame ? dit-il.

Tsugawa et Yumi Makino se retournèrent, l'air agacé.

— Madame a-t-elle une invitation ?

— Moi ? demanda-t-elle, surprise.

— Oui.

— Elle m'accompagne, dit sèchement Tsugawa.

— Si elle n'a pas d'invitation, elle ne peut pas entrer.

Les journalistes avaient fait silence, visiblement stupéfaits. Masami poursuivit :

— A partir de demain, l'exposition est ouverte au public. Voulez-vous remettre votre visite à demain ?

— Mais que dites-vous ? Le secrétaire, furieux, s'était interposé. Vous vous adressez à M. le ministre Tsugawa !

— Oh, mais il n'y a aucun problème pour le ministre. Seulement, cette dame n'a pas d'invitation.

— Mais...

— C'est la règle ! Je me dois de faire respecter les consignes à tout le monde.

Yumi Makino perdit patience et, boudeuse, pressa Tsugawa.

— Qu'est-ce que ça veut dire ?

— Ça suffit ! plastronna Tsugawa. Cette personne m'accompagne. Il est permis de venir en couple, non ?

— Seulement avec son conjoint.

Il y eut un instant de silence total.

Les yeux des journalistes se mirent à briller. Ce type était épatant ! Les caméras se remirent à tourner, les photographes attendaient la suite des événements.

— Et vous ? Que faites-vous ici ? dit Tsugawa, à présent écarlate de fureur.

— Je suis le responsable de la sécurité dans cet hôtel.

— Jeune insolent ! Me parler ainsi ! Ne croyez pas que j'en resterai là !

Plus il s'emportait, plus Masami ressentait une joie étrange. Il se trouvait presque dans le même état d'esprit que Davy Crockett au fort Alamo, ne reculant pas d'un pouce face à la montée de l'armée mexicaine.

— Je ne fait que répéter le règlement.

— Mais enfin, que voulez-vous ? Je vais vous faire renvoyer, moi, et sans tarder.

— Si tel est votre désir… Mais pour le moment, cette dame ne peut pas entrer, répondit Masami d'un ton posé.

— Moi j'en ai assez, je rentre.

Yumi Makino leur tourna le dos et s'apprêta à partir. Tsugawa, affolé, tenta de la retenir :

— Yumi, Yumi !

Ce fut alors que Masami repéra de nouveau l'étrange individu, parmi la haie humaine des journalistes, qui les observait. Il ne quittait pas des yeux Yumi qui s'éloignait. Que faisait-il ?

A peine eut-il le temps de se poser la question que l'homme s'écarta du groupe et s'élança : un couteau étincelait dans sa main. Il évita Tsugawa et fondit sur Yumi Makino. Il allait l'atteindre quand Masami s'élança. Il n'avait pas des réflexes rapides, mais l'homme lui facilita la tâche en se prenant les pieds au bord du tapis qui gondolait un peu : Masami n'eut qu'à le plaquer quand il trébucha.

Il s'ensuivit un beau désordre ; les gardes accouraient, Yumi Makino hurlait, les journalistes se précipitaient en faisant crépiter leurs flashes. L'adversaire n'était pas de taille, il se laissa désarmer par Masami, n'opposa aucune résistance et se mit à pleurer. Masami se leva et interpella les gardes : « Emmenez cet homme ! » Quand Yumi Makino vit enfin celui qu'on emmenait, elle eut un mouvement de surprise : « Comment, c'est toi ? »

Yumi Makino agressée ! Sauvée au dernier moment par un policier ! C'était son mari ! Un drame évité de justesse L'exposition des diamants de Tachibana suspendue !

En moins de trois heures, le nom et le visage de Masami apparurent sur toutes les chaînes de télévision du pays. On montra Yumi Makino embrassant son « sauveur » ; Tsugawa, qui avait oublié toute velléité de le faire renvoyer, serrant la main du héros en souriant devant les caméras. Le seul qui ne se sentait pas à l'aise, c'était Masami lui-même, qui, après quelques réponses aux questions des journalistes, s'échappa pour retourner sur le lieu de l'exposition : « Je dois reprendre la garde… »

Et la présentatrice du programme de l'après-midi de soupirer : « L'agent Masami Hayakawa n'a eu qu'un mot : “Il faut que je reprenne le travail !” et il est parti. Quel professionnalisme, quel acte merveilleux ! Et tout ceci avec tant de charme et de naturel ! »

Indéniablement, Shimano avait été tué ici. Mika s'assit sur le divan dans la grande pièce de la villa.

L'odeur de peinture s'était enfin atténuée et l'indisposait moins. Elle s'était lancée dans la peinture parce que c'était une activité typique d'étudiante en vacances, dans l'éventualité où on l'observerait... Mais elle ne se doutait pas des problèmes qui en résulteraient... Après avoir soigneusement effacé les traces sur le mur et dégagé les morceaux de papier qui bouchaient la vidange de la baignoire, elle put enfin souffler un peu.

Elle aussi se sentait un peu fatiguée. Trop d'événements étaient survenus en même temps. Shimano l'avait sans doute suivie jusqu'ici par hasard. Il ne pouvait pas connaître la véritable identité de Mika. Il avait dû se rendre à l'hôtel vip en pensant l'y retrouver. Il était impossible qu'il connaisse l'existence de cette villa. Et pourtant, il avait été tué – ici même. Pourquoi ? Par qui ? Shimano attirait la sympathie. Mika elle-même y avait été sensible – certes, il n'était pas question d'amour, mais Hiroko Ishida, la jeune étudiante, avait eu de l'affection pour cet homme. Et son assassinat lui avait causé un sérieux choc.

Sans oublier qu'elle avait appris ensuite, en écoutant les informations, que son corps avait été retrouvé dans une voiture de police. Quelqu'un avait donc tué Shimano ici, puis s'était débarrassé de son corps, et de surcroît, dans une voiture de police. C'était une histoire de fou.

Keisuke...

Elle avait beau se répéter que non, il ne pouvait pas s'agir de Keisuke, le doute l'assaillait à chaque instant. La veille au soir, le chauffeur de Tachibana lui avait apparemment indiqué le chemin. Et Shimano avait bien été assassiné ici la nuit précédente. Pourquoi donc Keisuke avait-il pris une chambre à l'hôtel vip sous un déguisement ? Tous ces événements étaient troublants.

Peut-être valait-il mieux le rencontrer et lui poser franchement la question ? Oui, mais dans ce cas, Mika devrait elle aussi lui expliquer la raison de sa présence ici. Si Keisuke ne connaissait pas sa véritable vie, elle se trouverait dans l'obligation de tout dévoiler.

Comment faire...

Ce n'était pas le seul tourment qui agitait l'âme de Mika. Elle était venue ici avec un objectif bien précis : séduire Ichiro Tachibana dans les règles de l'art pour s'approprier ses diamants, et maintenant, cette idée la mettait mal à l'aise.

Le téléphone se mit à sonner et elle sursauta. Surprise de sa propre réaction, elle tenta de se raisonner : « Allons, calme-toi ! » Elle était sur les nerfs... Ce fut cependant avec calme qu'elle décrocha le combiné.

— Allô, oui ?

— Ah, tu es là ? Comme ça ne répondait pas, je me demandais si tu étais partie, s'exclama Tsunoda.

Tsunoda était la seule personne qui savait qu'elle séjournait dans cette villa, il n'y avait donc rien d'étonnant à ce qu'il appelle. Mais à cet instant, Mika hésita à répondre. Non, je n'ai pas envie de lui parler maintenant, se dit-elle, et si je raccrochais...

— Allô, allô, Mika ! Mais qu'est-ce qui se passe ?

— Rien, pourquoi ?

— Pourquoi ? Quelle question ! La voix de Tsunoda trahit un peu de mauvaise humeur : Où étais-tu, la nuit dernière ?

— Heu... la nuit dernière ?

— J'ai téléphoné je ne sais combien de fois. Tu n'y étais pas.

— J'étais justement sortie.

— Sortie... Toute la nuit ?

— Suivant le plan.

— C'est-à-dire ?

— J'étais dans la chambre d'Ichiro Tachibana.

— Tu as réussi à l'approcher ? Bravo, bien. Soudain soucieux : Mais tu n'es pas allée jusqu'à coucher avec lui ? Il y a des limites !

— Ne t'en fais pas, simplement, à force de bavarder, le temps a passé.

— Si c'est ça, ça va... Au fait, tu es au courant ? Ce journaliste, Shimano, a été assassiné.

— Oui, j'en ai entendu parler.

— Que s'est-il passé ?

— Je n'en sais rien. Ça n'a rien à voir avec moi ; ne t'en fais pas.

— Ah bon. Je le pensais bien, mais...

— Ne dis pas n'importe quoi ! Inconsciemment, sa voix devenait aigre.

— Eh, qu'est-ce que tu as ? Quelque chose ne va pas ?

Mika ferma les yeux et respira à fond.

— Excuse-moi, je suis un peu fatiguée.

— Tu es sûre que ça va ? Ecoute, ma boîte fait une promotion spéciale, et je dois y être.

— Ça va, je pourrai me débrouiller seule.

— D'accord. Allez, bon courage.

— Merci.

Mika reposa lentement le combiné du téléphone et retourna sur le canapé. Pourquoi n'avait-elle pas dit qu'elle avait dormi avec Tachibana ?

Indéniablement, comme le disait Tsunoda, elle outrepassait les limites de leur plan. Il aurait fallu le faire languir, pour qu'il soit prêt à accorder n'importe quoi pour posséder Mika. Il aurait peut-être été nécessaire de coucher avec lui une fois, mais à un stade bien plus avancé de l'affaire.

C'était tout naturellement qu'elle s'était donnée à Tachibana. Sans songer un seul instant à son « travail ». Elle l'avait simplement ressenti ainsi.

Tachibana était très différent du vieux milliardaire lubrique qu'elle avait imaginé. C'était un homme au lourd passé, cerné par la solitude. Mika était tombée sous le charme : impossible de le nier. En vérité, elle n'avait aucun remord de s'être donnée la veille au soir à Tachibana. Certes, il était âgé et ce n'était pas un amant aussi vigoureux que Tsunoda, mais elle avait été pleinement satisfaite. Peut-être serait-il plus juste de dire qu'elle avait été simplement heureuse du plaisir de Tachibana. Elle avait été stupide de croire les rumeurs disant qu'il était entouré d'un harem de belles filles. Il l'avait serrée dans ses bras comme un trésor... Oui, elle était tombée amoureuse. Et un nouveau sujet d'inquiétude commençait à l'agiter : n'avait-il pas dit « De toute façon, je n'en ai plus pour si longtemps » ? Qu'avait-il voulu dire ? Mika était en proie à l'angoisse.

— Ce soir... murmura-t-elle. Il fallait qu'elle comprenne ce qu'il avait voulu dire.

La sonnette de la porte d'entrée retentit. Mika sursauta. Qui pouvait venir ici ?

— Ah ? dit-elle en ouvrant la porte. Ni son visage ni sa voix ne trahirent d'émotion particulière ; elle avait l'habitude de se contrôler.

— Pardonnez-moi, pour ce matin.

C'était l'inspecteur Hamamoto qui s'excusait en souriant.

— Vous êtes policier, n'est-ce pas ?

— Oui. Puis-je vous déranger quelques instants ?

— Je vous en prie.

Mika s'était bien doutée que Hamamoto viendrait jusqu'ici, mais elle n'aurait pas cru qu'il le ferait si vite. Elle n'en laissa toutefois rien paraître et, montrant juste la gêne qui convenait à la situation, elle lui proposa un café. Il ne se fit pas prier, et dit qu'il acceptait avec plaisir. Il but toute sa tasse et lui adressa force compliments sur son café.

— A quel sujet êtes-vous venu ?

— Excusez-moi, j'oubliais l'essentiel. En fait, c'est pour l'affaire du journaliste dont j'ai parlé ce matin ; s'agissait-il de quelqu'un que vous connaissiez ?

— Non. Pourquoi cette question ?

— Quand j'ai prononcé le nom de ce journaliste, vous avez eu l'air surpris, m'a-t-il semblé.

Son sourire chaleureux ne s'était pas effacé, mais derrière ses lunettes cerclées de métal, ses yeux ne souriaient pas. Ils observaient attentivement la réaction de Mika.

— Vous avez dû mal interpréter mon geste. N'importe qui s'émeut en entendant parler d'un meurtre.

— Bien sûr.

Hamamoto n'insista pas et changea de sujet :

— Puis-je me permettre de vous poser une ou deux questions sur vous-même ?

— Sur moi ?

— Il ne s'agit pas vraiment d'un interrogatoire. La routine...

Mika sourit.

— Lorsqu'un policier dit qu'il s'agit d'une simple routine, il convient de se méfier, si j'en crois les feuilletons à la télévision.

— Je ne suis pas aussi goujat que les policiers de la télévision.

— Nom : Hayakawa. Prénom : Mika. Profession : décoratrice d'intérieur.

A ce genre d'adversaire, il valait mieux ne pas mentir. Elle lui donna aussi sa véritable adresse. Hamamoto notait.

— Pourquoi êtes-vous venue ici ?

— Sans raison particulière. Ce sont de petites vacances.

— Connaissez-vous M. Tachibana depuis longtemps ?

— Non, je l'ai juste rencontré hier soir.

— Ah bon ?

Voyant Hamamoto opiner, Mika ajouta :
— Ce qui ne signifie pas que j'ai forcément couché avec lui.
— Oh, je ne voulais pas dire...
— Mais c'est ce que vous pensiez, n'est-ce pas ? Que j'étais une sorte de call-girl ?
Hamamoto ne répondit pas.
— Il est vrai que j'ai passé la nuit avec lui dans sa chambre. Mais c'est arrivé tout naturellement. Je n'ai rien reçu de lui pour ça ; c'est vrai !
Mika s'effraya d'entendre sa propre voix monter. Que se passait-il ? Elle devait se calmer – se calmer !
— Excusez-moi de vous avoir dérangée.
Hamamoto se leva soudain et inspecta la pièce des yeux.
— C'est bien, ici. Si j'avais du temps, j'avoue que ce genre d'endroit me conviendrait tout à fait pour me reposer un peu.
Mika le suivit tandis qu'il se dirigeait vers la porte d'entrée. Là, il se retourna, sortit de sa poche une photographie qu'il tendit à Mika.
— Au fait, connaissez-vous cet homme ?
Mika prit la photo. C'était un visage banal, d'âge moyen, qu'elle n'avait jamais vu.
— Je ne le connais pas. Pourquoi ?
— Oh... si vous ne le connaissez pas, tout va bien.
Hamamoto remit la photo dans sa poche et hésita un instant avant de dire :
— En fait, je croyais que vous étiez... ce genre de femme. Mais je suis heureux d'avoir compris qu'il n'en était rien.
Il y avait une note de chaleur inattendue dans sa voix.
— Merci.
— Bon. Sur ce...

Mika le regarda monter dans la voiture de police qui l'attendait, puis s'éloigner. Il était un policier un peu particulier. Son amabilité laissait curieusement transparaître quelque chose d'insondable en lui.

Elle devait se détendre. Elle retourna dans la pièce et s'allongea sur le petit lit. Singulièrement, la visite de Hamamoto l'avait plutôt soulagée. L'obligation d'être sur ses gardes lui avait permis de recouvrer le contrôle de ses nerfs. Lui avoir tendu une photo pour relever ses empreintes digitales était une ruse bien connue. Mais quelle importance, puisqu'elle n'avait pas d'antécédents judiciaires...

Elle était fatiguée, il lui fallait se reposer... Elle ferma les yeux et s'endormit enfin.

Le hall était désert. Fukuchi décrocha le combiné et composa un numéro.

— Allô ? C'est moi. Où en sont les préparatifs ? Bon. Donc, c'est pour cette nuit. Bien.

Il reposa doucement le combiné.

4

Keisuke posa soigneusement côte à côte sur le lit ce qu'il venait d'acheter, et poussa un soupir.

N'avait-il rien oublié ?

Une corde, des gants, un couteau, une lime, des pinces, un briquet, une lampe de poche...

— Bah, ça ira. Avec ça, même le plus obtus comprendrait.

Rassembler tout ce matériel n'avait pas été une mince affaire. Acheter le tout dans un même magasin aurait éveillé les soupçons. Mais la petite ville ne présentait guère de choix. Et Keisuke avait dû se limiter à deux magasins, qu'il avait visités chacun deux fois : une fois avec lunettes et moustache, l'autre à visage découvert.

— Ce serait quand même ennuyeux de se faire prendre…

Keisuke rangea ces accessoires dans un sac en toile qu'il dissimula dans le bas de la penderie.

Son idée était simple. Pour que Kayoko renonce à son projet, Keisuke allait provoquer le renforcement des mesures de sécurité de façon à ce que son plan soit irréalisable. Il la prendrait de vitesse en s'arrangeant pour que l'on découvre ces accessoires, visiblement destinés à une effraction. Bien évidemment, si on soupçonnait un projet de cambriolage, on prendrait de nouvelles mesures de sécurité, tout au moins pour quelques jours. Et même si Kayoko prétendait qu'elle avait tout son temps, elle ne pourrait pas rester indéfiniment dans un hôtel aussi onéreux, et il lui faudrait renoncer à son dessein. Tel était le raisonnement de Keisuke.

Il regarda sa montre : bientôt une heure.

— Ah oui, la jeune fille !

Ils avaient rendez-vous à une heure dans le hall. Comment s'appelait-elle, déjà ? Michiko Asari ? Quelle jolie fille… l'avoir pour petite amie… Et pourquoi pas ? Qui ne risque rien n'a rien !

Il était encore sous l'effet de son succès de la veille au soir (le cadavre jeté dans la voiture de police), et débordait de confiance en lui. Bon, on attendrait la nuit pour placer les « accessoires » dans un endroit adéquat. Keisuke s'arrêta un instant devant la glace, se passa un coup de peigne et rectifia la fameuse moustache. Puis il quitta sa chambre.

De son côté, Michiko avait complètement oublié ce rendez-vous. Elle était mortifiée de l'exploit de Masami. Qu'on transforme ce « policier détraqué » en héros…

— Trop c'est trop, marmonnait-elle. Elle grinçait les dents de dépit à l'idée de n'avoir pu elle-même, détective de l'hôtel, prévenir le scandale. D'accord, l'exposition n'était pas sous sa surveillance, elle dépendait de son propre système de sécurité, mais tout de même, cela se passait dans son hôtel. On aurait dû la tenir au courant, pestait-elle.

Elle assouvit sa colère sur un garde qu'elle connaissait.

— Pourquoi ne m'avez-vous pas dit qu'il se tramait quelque chose !

Il n'y avait, bien sûr, aucune raison qu'il le fasse, puisqu'elle ne faisait pas partie des responsables de la sécurité. Mais il y avait plus pénible encore : les gardes, qui jusqu'ici raillaient un peu l'inspecteur Hayakawa qu'ils trouvaient bizarre, avaient révisé leur jugement depuis cet incident. D'une part, il avait refusé l'entrée à un ministre sans faiblir, et d'autre part il avait été le premier à s'élancer sur l'homme qui visait Yumi Makino : tout cela les avait particulièrement impressionnés. En fait, l'homme avait trébuché et s'était étalé de lui-même sur le sol. On avait appris qu'il avait fait de nombreux séjours en hôpital psychiatrique. Il était donc de constitution plutôt fragile ; il n'avait d'ailleurs pas de pulsions violentes et on était sur le point de le relâcher. Enfin, son couteau aurait tout juste pu éplucher une pomme. Malgré tout, les gardes ne juraient plus que par l'inspecteur Hayakawa. Michiko avait jeté un coup d'œil à la salle d'exposition et elle avait vu avec dépit que, contrairement à la veille, les gardes suivaient exactement les consignes. Il ne lui restait plus qu'une ressource : juste au moment où Hayakawa regarda dans sa direction, elle lui tira la langue et, le laissant interdit, elle tourna les talons.

Ne sachant plus où aller, elle prit le parti de descendre dans le hall d'entrée. Un client louche pouvait toujours arriver. Pourtant, c'est bizarre, pensa-t-elle quant elle se fut un peu calmée. Comment se fait-il que ce déséquilibré ait pu avoir accès à l'exposition ? Le ruban qu'il portait était celui de la presse. Les invités de l'inauguration avaient pourtant dû être soigneusement sélectionnés, et ces rubans n'étaient distribués qu'à l'entrée ; il devait être difficile de s'en procurer un autrement. S'il portait un ruban, c'était donc qu'il avait une carte d'invitation. Oui, mais à quel nom ? Pourquoi ne pas consulter le registre ? Elle se leva dans cette intention, mais se rassit aussitôt, découragée ; il y avait eu tant d'allées et venues avec cet événement, que la consultation du registre ne lui apprendrait sûrement rien.

Michiko avait abandonné trop vite : et c'est une erreur d'amateur de ne pas persévérer. Si, même sans espoir, elle avait regardé ce registre, elle aurait certainement fait une découverte intéressante. Elle savait évidemment qu'on avait trouvé un cadavre dans une voiture de police, et sur le registre de l'exposition était inscrit le nom de... Shimano. Si seulement elle avait consulté le registre...

— Oh, vous êtes là.

Surprise, Michiko leva la tête. Eisuke Yamakawa, pardon, Keisuke Hayakawa, se tenait debout devant elle, souriant. Mais oui, ne lui avait-il pas donné rendez-vous dans le hall à une heure ? Elle regarda sa montre : il était juste une heure.

— Avez-vous attendu ?

— Euh... non, je viens d'arriver. Elle s'efforça de prendre un ton de circonstance. En vérité, elle l'avait complètement oublié. Mais, se disait-elle, si je parviens à démasquer ce Yamakawa/Hayakawa, je damerai le pion à l'inspecteur.

— Bon, et si nous allions déjeuner là-haut ? proposa Keisuke avec une désinvolture affectée.

Le restaurant en question pratiquait des prix exorbitants et il n'était pas question d'y mettre le pied en soirée, mais Keisuke devinait qu'il présentait sûrement un petit menu raisonnable le midi.

— D'accord, allons-y, dit Michiko en lui prenant le bras d'un geste légèrement théâtral. Keisuke marchait sur un nuage. Attend un peu, tu seras bientôt moins fier, pensait Michiko tandis qu'il appelait l'ascenseur. D'ailleurs, Keisuke Hayakawa d'un côté, inspecteur Hayakawa de l'autre... mais tous deux s'appellent Hayakawa ! Est-ce un hasard ? Ou bien alors...

L'ascenseur était arrivé.

— Viendra-t-il ?

Akiko mal à l'aise regardait autour d'elle. Katsumi but une gorgée de bière.

— Allons, ne soyez pas si nerveuse, nous allons nous faire remarquer.

— Excusez-moi, se reprit Akiko. Mais si mon mari arrive, que ferons-nous ?

— Où qu'il s'assoit, nous sommes à la table la plus éloignée. Il ne peut vous voir que de dos. Quand je vous le dirai, vous sortirez votre poudrier et vérifierez dans le miroir s'il s'agit de Tachibana.

— Bien.

— Ne faites rien d'autre. C'est compris ?

— Oui.

— Il sera certainement avec ses gardes du corps. Je ne peux rien vous garantir s'ils réagissent comme hier soir...

— Bien sûr.

Ils étaient au dernier étage de l'hôtel vip ; au loin, de l'autre côté de la baie vitrée, le lac scintillait sous le soleil. Les barques ressemblaient à des jouets qu'on aurait pu prendre dans la main ; plus loin, les canots à moteur semblaient glisser en laissant derrière eux une ligne d'écume blanche.

Katsumi, quant à lui, n'était pas vraiment sûr que Tachibana viendrait ici. Comme il avait une suite, il pouvait très bien prendre ses repas chez lui, ceux du midi comme ceux du soir. Il pouvait également estimer dangereux de se montrer après l'incident survenu la veille au soir. Mais, pour être en mesure d'achever son propre travail, Katsumi devait savoir si Tachibana était réellement Yoshio Hatanaka, le mari de cette femme. Il avait donc tenté l'expérience... Son client Kunimiya commençait à lui inspirer une certaine méfiance.

— Dites, lui demanda Akiko.

— Oui ?

— Vous-même, quel rapport entretenez-vous avec lui ?

— Oh moi, je suis journaliste indépendant. J'ai été engagé pour l'approcher. Contrairement à ce qu'on pense, un grand journal ne peut pas se permettre des choses trop audacieuses ; il est limité dans ses manœuvres. C'est là que deviennent utiles des gens comme moi... On peut parfois forcer un peu les événements sans que cela ait de conséquences.

— Mais je vais vous gêner dans votre travail...

— Sûrement pas ; du point de vue financier, si je vends cette histoire, la vôtre, plutôt qu'une interview de Tachibana, je ne perdrai certainement pas au change.

— C'est sans doute un de ses gardes qui a renversé ma barque.

— C'est bien possible.

— Mais, qu'est-ce que j'ai bien pu faire ?

— Qu'ils vous connaissent tendrait à prouver que Tachibana est bien votre mari, et ils tiennent à vous avertir de ne pas traîner dans le coin.

— Mais aller jusqu'à essayer de me tuer...

— S'ils sont allés jusque-là, c'est qu'ils tiennent absolument au secret. Il y a sûrement une raison importante.

— Mais laquelle ?

— Je n'en sais rien, c'est vous qui devriez me le dire.

Katsumi avait emmené Akiko dans un grand magasin pour lui acheter une mèche postiche et des lunettes de soleil légèrement teintées. Ainsi équipée, elle paraissait une autre femme. On pouvait être tranquille, elle ne risquait pas d'être démasquée.

Katsumi regarda sa montre. Une heure. Cela faisait déjà plus d'une demi-heure qu'ils étaient là. Ils prenaient leur temps pour déjeuner, mais ils ne pourraient pas rester dans cette salle indéfiniment... Quand il releva les yeux, l'homme dont il avait vu la photo dans les journaux entrait.

— Il est là, dit-il doucement. Surtout, ne vous retournez pas. recommanda-t-il.

— Oui, répondit Akiko qui avait blêmi.

Katsumi suivit du coin de l'œil Tachibana, escorté de son secrétaire. Tachibana s'assit à trois tables d'eux et consulta le menu. Par chance, il leur faisait face. Katsumi, par mesure de sécurité, jeta un regard à l'entrée, mais ses gardes du corps ne semblaient pas être là ; ils devaient attendre dans le couloir.

— Bon, ça va. Sortez votre poudrier et regardez-le attentivement. Il est exactement derrière vous, tourné par ici.

— Oui.

Akiko sortit le poudrier de son sac d'une main tremblante, l'ouvrit et le porta à hauteur de son visage.

— Calmez-vous, ayez l'air naturel, lui souffla Katsumi.

Elle prit une profonde inspiration, ferma un instant les yeux pour retrouver son calme, puis fixa le miroir du poudrier. Elle le fit pivoter légèrement puis s'arrêta.

— Alors ?

— Oui, il n'y a aucun doute. C'est mon mari, dit-elle d'une voix tremblante, puis elle reposa le poudrier.

— C'est bien, reprenez-vous.

— Excusez-moi, je voudrais rentrer. Le voir ici me – je ne peux pas me contrôler.

— D'accord.

Constatant qu'elle était prête à éclater en sanglots, Katsumi se leva rapidement. Il lui prit le bras et la guida vers la sortie.

— Allez devant, lui dit-il tandis qu'il réglait l'addition.

Akiko fit quelques pas et se retourna vers Tachibana.

— Non, il ne faut pas. (Katsumi lui prit le bras et l'entraîna.) Pour le moment, ne faites rien.

— Mais...

— Ce soir, je vous emmènerai le voir.

— Quoi ?

— Allons-nous-en.

Deux gardes occupaient le couloir comme il l'avait supposé. Katsumi passa tranquillement devant eux et s'arrêta devant l'ascenseur. Celui-ci arrivait justement ; les portes s'ouvrirent et laissèrent passer un couple.

— Allez !

Ils montèrent dans l'ascenseur. Quand les portes se refermèrent et qu'il commença à descendre, Akiko regarda Katsumi dans les yeux.

— Vous allez réellement m'emmener ce soir ?

— Oui, je me débrouillerai.

Elle se détendit visiblement.

— Voyez-vous, moi aussi j'aimerais parler à votre mari. Je voudrais obtenir des informations sensationnelles pour un scoop, dit Katsumi en souriant.

— Qu'est-ce qu'il y a ?

Michiko regardait Keisuke : les yeux écarquillés, la bouche ouverte, il fixait les portes de l'ascenseur.

— C'est pas vrai ! Mais c'est pas vrai !

— Qu'est-ce qui n'est pas vrai ?

La question de Michiko lui fit reprendre ses esprits.

— Pardon ? Qu'est-ce que vous avez dit ?

— Mais enfin, qu'y a-t-il ?

— Oh, rien, ce n'est rien.

— Alors, allons-y.

— Euh, oui, allons-y.

Quel type étrange, pensa Michiko. La veille au soir, alors qu'ils allaient dîner, il avait été frappé de stupeur en voyant descendre une jeune femme de la Rolls-Royce de Tachibana et s'était enfui en courant ; ce matin, au petit déjeuner, il avait quitté le restaurant sans crier gare, et maintenant... Et cette façon incohérente de commander son déjeuner... Tout ce qu'il avait pu dire, ç'avait été : « Du café au lait – noir » ou « de la vinaigrette, bien chaude ». Il fallait vraiment que sa conscience professionnelle l'incite à rester en sa compagnie, sinon elle l'aurait planté là.

A cet instant, un garçon entra dans le restaurant et demanda à la cantonade :

— Y a-t-il quelqu'un du nom de Hayakawa ?

Keisuke se leva sans réfléchir.

— Qu'est-ce qui vous prend ?

— On a appelé mon nom...

— Non, il a dit « Hayakawa ». Vous, c'est Yamakawa.

— Ah oui ?... Euh... j'avais mal entendu.

— Hayakawa – Mme Kayoko Hayakawa ! répéta le garçon en direction de la salle, puis il disparut derrière le comptoir.

Michiko eut un sursaut ; encore un autre Hayakawa ! Ça en faisait trois dans le même hôtel. Hayakawa n'était pas un nom rare, mais quand même pas si répandu. Et trois au même endroit... Est-ce que c'était vraiment un hasard ?

Du calme... Keisuke sortit son mouchoir et se tamponna

le visage. Il avait manqué de peu d'être découvert. Mais c'était tout de même invraisemblable : Katsumi dans cet hôtel !

S'était-il vraiment installé ici ? De toute façon, il ne devait pas loger loin. Il n'était certainement pas venu de Tôkyô rien que pour déjeuner. Mais alors, pourquoi était-il venu ?

On leur apporta des pizzas et ils commencèrent à manger tranquillement.

— Oh, regardez là ! lui dit Michiko.

— Quoi ?

— C'est M. Tachibana, le milliardaire du pétrole. Il n'est pas si mal, en fait, il fait assez... gentleman, non, vous ne trouvez pas ?

Keisuke se sentit faiblir. Katsumi n'acceptait-il pas que les contrats importants ? Et cette fois... oui, pas de doute, Ichiro Tachibanagen ! Tachibana était l'objectif de Katsumi !

Donc, si on faisait le point, sa mère menaçait les diamants de Tachibana, son grand frère la vie de Tachibana ; sa petite sœur voulait escroquer Tachibana et son petit frère devait protéger les diamants de Tachibana. Toute la famille Hayakawa se trouvait donc réunie dans cet hôtel ! Une plainte lui échappa :

— Oh non... Nous voilà bien !

Michiko le regarda avec des yeux ronds.

— Qu'est-ce qu'il y a ?

Keisuke contempla le visage de Michiko – un charmant visage. Il éprouva soudain le besoin de se faire consoler, et commença :

— Vous comprenez, la vie est vraiment trop cruelle avec moi. Personne ne connaît mes souffrances et il m'est absolument impossible d'en parler à qui que ce soit. A subir constamment ce calvaire, n'importe qui deviendrait fou, n'est-ce pas ? Il faut des moments de répit pour se détendre et retrouver ses esprits. Vous me comprenez ?

— Oui, oui... sûrement.

— Lorsque je vous regarde, je me sens apaisé. Mon cœur épuisé par les soucis respire un souffle de fraîcheur. C'est vrai, vous êtes mon salut. Vous m'arrachez au gouffre terrible de la solitude, au tréfonds de la souffrance humaine...

— Excusez-moi – Michiko hésita. La pizza risque de refroidir. Il vaudrait peut-être mieux la manger ?

— La pizza ? Ah oui, oui, bien sûr.

Et Keisuke se mit à manger machinalement.

— Personne n'imagine quelle est ma souffrance. Dans cette famille, ils font tous ce qu'ils ont envie de faire, et moi je dois porter tout le poids de leurs fautes. Enfin, c'est ainsi. J'aime ma famille. Bien sûr, j'aime aussi la pizza, mais au fond je crois que je préfère les hamburgers. Mais dans un restaurant de luxe, si on en commande, on vous prend pour un imbécile. Oh, et puis qu'importe d'être pris pour un imbécile, puisque j'aime ma famille. Vous, vous êtes ce qu'il faut pour moi. Le fromage aussi va avec la pizza. La soucoupe va avec la tasse. Et c'est pourquoi je vous aime.

Autant dire que le choc de sa rencontre avec Katsumi l'avait mis dans un drôle d'état ; il délirait, ni plus ni moins. Michiko, qui le regardait, affichait un sourire légèrement crispé. Elle se disait que si ce garçon et le policier étaient frères ou liés par le sang, il y avait très certainement une tare héréditaire dans la famille.

Néanmoins, il mangea sa pizza jusqu'à la dernière miette, but son café et se leva tranquillement.

— Bonsoir, ma belle amie, je rêverai de vous cette nuit.

Ce disant, il s'éloigna. Michiko qui l'avait suivie des yeux, complètement éberluée, sentit la moutarde lui monter au nez et attaqua sa propre pizza avec fureur. Et l'addition... ? se dit-elle soudain. Eh bien, elle la ferait mettre sur son compte à lui.

Bien que sa chambre fût au même étage que le restaurant, Keisuke prit l'ascenseur, descendit au rez-de-chaussée, puis remonta pour enfin rentrer dans ses appartements.

Une fois dans la chambre, il referma la porte et retrouva enfin un peu son calme. Il s'allongea quelques instants sur le lit, puis inspecta du regard la pièce.

— Oh ! Ça alors ! J'étais pourtant en train de dîner avec Michiko, se dit-il surpris. Qu'est-ce que je fais ici ?

Il n'avait aucun souvenir de ce qu'il lui avait raconté.

— Tant pis. Ah oui...

Il se rappela qu'il avait acheté des outils, écarta le rideau qui cachait la penderie. C'est là qu'il avait caché le sac de toile... Il pencha la tête.

Disparu ! Il regarda mieux. Il battit des paupières, regarda à nouveau. Mais le sac n'était pas là, il avait disparu. Le sac de toile qui contenait la corde, le couteau, la lime et tous les outils s'était évanoui.

5

Deux heures du matin.

— Allons-y, dit Katsumi.

Il ouvrit la porte et inspecta rapidement le couloir. Il s'effaça, laissa sortir Akiko, repoussa la porte tout en la retenant, et vérifia qu'elle était bien fermée. Dans les hôtels récents, les portes des chambres se referment automatiquement et il ne faut pas oublier d'emporter la clef ; ce qui n'est guère pratique lorsque, comme eux, on souhaite sortir en catimini.

Ils cachèrent la clef sous un coin de la moquette du couloir, ignorèrent l'ascenseur et descendirent par l'escalier. Il n'y avait probablement personne à la réception à cette heure-ci, mais par mesure de précaution...

Ils sortirent de l'hôtel sans que quiconque ne les ait vus.

— Prenons un bateau, nous pourrons traverser directement, ce sera le plus court.

— J'ai peur.

— Il n'y a pas de danger. Nous n'avons pas le choix, cela prendrait trop de temps de faire le tour du lac. Venez.

Ils se dirigèrent vers l'embarcadère désert et montèrent dans la première barque accessible. Ils s'écartèrent doucement de la rive, laissant l'eau onduler derrière eux. Katsumi donna deux ou trois petits coups de rame pour leur faire prendre la bonne direction, puis il adopta un rythme régulier.

C'était une nuit tranquille. Une brise caressait la surface du lac. Peu à peu, les lumières de leur hôtel s'éloignaient. Quand ils se retournaient, la masse de l'hôtel vip semblait plus proche, mais ils en étaient encore bien loin.

— C'est vraiment sans danger ? dit Akiko, toujours nerveuse.

— Il n'y a qu'une façon de le savoir, c'est d'y aller ; après on verra. Puis, après un silence : Que lui direz-vous, quand vous verrez votre mari ?

— Je le rouerai de coups. Ce disant, elle sourit tristement.

— Vous devez l'aimer.

— Oui.

— Pourquoi vous êtes-vous donnée à moi ?

— C'est une triste chose qu'une femme délaissée. Bien sûr, je n'aurais pas agi ainsi avec n'importe qui.

— J'ai été l'heureux élu ?

— Vous êtes quelqu'un de bien.

Katsumi sourit sans rien dire.

— Est-ce qu'on a fait plus de la moitié du trajet?

— Peut-être ; j'ai l'impression que nous sommes juste à mi-chemin.

— Comment fera-t-on pour entrer dans sa chambre ?

— On trouvera un moyen. Il faudra d'abord se méfier des gardes... qui seront sûrement sur le qui-vive.

— Ce que je ne comprends pas, c'est pourquoi il n'a pas appelé la police.

— Parce que lui aussi doit avoir ses raisons. Ce genre d'individu n'est jamais tout à fait net. Ils cachent toujours une vieille histoire dans laquelle ils ne souhaitent pas qu'on mette le nez.

— Tous les milliardaires ?

— On ne fait pas fortune en restant honnête.

— Bien sûr... en ce bas monde...

C'est exactement ça, en ce bas monde, pensa Katsumi.

— Quel est ce bruit ? dit Akiko en relevant la tête. En prêtant l'oreille, ils entendirent un vrombissement lointain. Qu'est-ce que c'est ? On dirait que ça se rapproche.

— C'est un moteur de bateau.

— En pleine nuit ?

C'était vraiment étrange. Katsumi arrêta de ramer et tenta de voir d'où venait le son. La lune donnait une légère clarté. Il repéra finalement un hors-bord qui s'approchait, fendant les vagues en deux traînées blanches.

— Mais il vient sur nous !

— Il va nous éperonner !

A peine Katsumi avait-il crié cette dernière phrase que le hors-bord fondit sur eux à une vitesse folle, les frôla en virant de bord et s'enfuit. Les remous renversèrent la barque. Katsumi et Akiko furent projetés à l'eau.

— Ça va ?

Katsumi, remonté à la surface, chercha aussitôt Akiko, mais il ne la vit nulle part. Il se retourna brusquement. Le hors-bord avait fait demi-tour et fonçait à nouveau dans leur direction. Cette fois-ci, il se dirigeait droit sur lui. Katsumi allait être réduit en charpie ; il prit une inspiration et plongea. A une seconde près, le hors-bord fouailla l'eau à l'endroit même où il venait de plonger. Il sentit le remous le ballotter à la profondeur où il se trouvait.

On voulait le tuer. C'était lui qu'on visait, ou alors Akiko et lui. Akiko restait invisible. De toute façon, il était impossible de la chercher dans cette eau sombre. Il resta le plus longtemps possible sous l'eau puis remonta à la surface. Le hors-bord ? Etait-il parti ? Il entendit le moteur derrière lui ; pas le temps de se retourner, il replongea de toutes ses forces. Une seconde plus tard, le tourbillon de l'hélice passa au-dessus de sa tête.

Katsumi comprit qu'ils ne cesseraient que lorsqu'il serait mort. S'il ne faisait pas quelque chose, c'était la fin !

La barque renversée et les rames flottaient un peu plus loin. Katsumi remonta à la surface. Il vit le hors-bord virer calmement non loin de lui. Il nagea de toutes ses forces vers la coque retournée. Le hors-bord repéra sa proie et fondit sur lui. Katsumi atteignit la barque, saisit une rame et replongea. L'instant d'après, il ressentit un choc violent. Le hors-bord avait heurté de toute sa vitesse le canot renversé, qui éclatait en morceaux au-dessus de sa tête. Il nagea sous l'eau dans la direction opposée. Quand il n'eut plus de souffle, il remonta à la surface. Le hors-bord le découvrit et s'élança vers lui, de toute la puissance de son moteur. Katsumi plongea ; il saisit la rame à deux mains et le guetta. A son passage, il dresserait la rame à la verticale. S'il calculait bien son coup, il pourrait casser l'hélice ou le gouvernail. Peut-être serait-il projeté par la secousse au moment du coup de rame. Sa vie tenait à l'instant exact où il frapperait. L'ombre du hors-bord arriva sur lui.

Masami se réveilla soudain dans l'obscurité. Il se croyait encore dans sa chambre et mit quelque temps à revenir à la réalité.

— Ah oui…

Il se trouvait dans la salle d'exposition des diamants. Caché par un paravent, il dormait dans un lit confortable, ce qui limitait tout de même les désagréments. Comme disait sa mère, il n'était pas nécessaire de pousser la conscience professionnelle jusque-là ; pourtant, c'était dans le caractère de Masami, et on ne se refait pas.

— Et il n'y a encore qu'un jour de passé.

L'exposition devait durer deux semaines ; il n'avait pas fini.

Deux heures ? D'habitude, il ne souffrait pas d'insomnie, mais il devait avoir les nerfs à vif. Il se leva, en pyjama. Il avait eu beau assurer à sa mère qu'il n'avait pas besoin de pyjama, elle avait insisté pour lui en apporter un.

Il sortit de derrière le paravent et inspecta du regard la salle d'exposition. Les cubes de verre recouverts de leur housse semblaient dormir à la lueur des veilleuses. La lumière bleue des réverbères du jardin pénétrait aussi par les fenêtres, et il faisait relativement clair dans la pièce.

Masami commença tranquillement une tournée d'inspection. A la pensée que cet endroit était confié à sa garde, il avait repris confiance en lui. Alors qu'au début l'inquiétude de savoir quoi et comment faire l'emportait sur l'enthousiasme, il commençait maintenant à montrer de l'assurance. Les récents incidents, et l'attachement que lui manifestaient à présent les gardes, y étaient pour quelque chose.

— C'est quand même bien d'avoir des subordonnés, marmonna-t-il, enviant quelque peu les services de sécurité des grandes entreprises.

Il s'approcha de la fenêtre et regarda au-dehors ; derrière le jardin à l'occidentale, on voyait un peu le lac.

— Rien à signaler, sauf...

Alors que Masami s'étirait, il entendit un léger « pop » quelque part dans la pièce. Il se retourna. Qu'est-ce que c'était ? Il n'y avait personne. Le bruit était trop faible pour une bombe ou un coup de feu. Masami fit lentement le tour des cubes d'exposition.

C'est alors qu'il sentit une drôle d'odeur. Puis il remarqua qu'un brouillard blanc rampait à hauteur de ses chevilles. Il accéléra le pas et chercha entre les boîtes. Un chuintement lui permit de trouver tout de suite. Une fumée blanche se répandait en bouillonnant de la base d'un des piédestals qui supportaient les boîtes.

— Qu'est-ce que c'est que ça ?

Abasourdi, Masami resta sans réaction quelques instants à respirer la fumée. Sa tête parut se vider et ses jambes se ramollir.

— Oh là ! Il ne faut pas respirer ce gaz !

Il tenta de s'éloigner de la source du gaz, mais ses jambes le trahirent, il s'effondra à terre. Le brouillard blanc l'enveloppa.

— Il ne faut pas respirer, il ne faut pas respirer...

Déjà, il ne s'entendait plus lui-même ; il s'affala et perdit connaissance.

Haletante, Mika se renversa sur le lit. Elle était en nage et frémissait légèrement.

— Tu vas bien ? lui demanda Tachibana. Tu n'as pas froid ?

— Non, ça va.

Dans l'obscurité, Mika suivit de la main le contour du visage de Tachibana.

— Je ne suis plus jeune, dit Tachibana. Je n'ai guère dû te satisfaire.

— Oh si ; faire l'amour, ce n'est pas seulement une question de vigueur, c'est aussi du sentiment.

— Tu ne serais pas un peu démodée pour ton âge, toi aussi ?

— Ne vous moquez pas. Et vous, vous avez été heureux ?

— Moi, bien sûr.

— Alors, tout est bien ?

Tachibana tendit le bras et caressa la poitrine de Mika.

— Tu es vraiment une fille extraordinaire.

— C'est vous qui êtes extraordinaire. Mais dites-moi, s'il vous plaît.

Mika avait pris un ton sérieux.

— Qu'est-ce qu'il y a ?

— Inutile de faire l'innocent. Vous m'aviez promis que vous m'expliqueriez après. Pourquoi avez-vous dit que vous n'aviez plus longtemps à vivre ?

Tachibana soupira.

— Tu tiens vraiment à le savoir ?

— Vraiment.

— Bien. Alors, levons-nous.

— Oui.

— Va prendre ta douche. Tu boiras quelque chose ?

— L'alcool m'endormirait. Je prendrais bien un café.

— D'accord ; je commande que l'on nous en monte.

Tachibana passa une robe de chambre et alluma la lumière.

— Non ! Mika qui était nue s'enfuit en courant vers la salle de bains.

Tachibana prit le téléphone et appela le service de chambre, qui fonctionnait jour et nuit. Il commanda du café puis alla s'installer confortablement sur le canapé.

Sous la douche chaude, Mika ferma les yeux, attentive au plaisir de se sentir lavée de sa transpiration. Cette chaleur douce pénétrait en elle. C'était la première fois qu'elle éprouvait cette sensation. Après l'amour avec Tsunoda, il ne lui restait d'habitude qu'une vague tristesse…

Combien de temps était-elle restée ainsi ? Elle remarqua une silhouette qui bougeait de l'autre côté du rideau.

— Vous venez aussi ? dit Mika. C'est vraiment agréable, on se sent tout propre, venez !

Elle mit la tête droit sous la douche, prit une grande inspiration et s'apprêta à ouvrir le rideau.

— Je vous assure… Soudain, des mains la saisirent par-derrière, un morceau de tissu lui couvrit la bouche. Son pied glissa sur le fond de la baignoire et elle trébucha. Une drôle d'odeur lui pénétra les narines ; elle sentit l'engourdissement la gagner. Elle comprit qu'on l'endormait. Mais qui ? Sûrement pas Tachibana. Elle voulut se retourner, mais n'y parvint pas ; pendant ce temps, l'odeur forte s'insinuait en elle, annihilait sa conscience. Il faut résister, allez… trop tard…

Ses jambes ne purent plus porter le poids de son corps et elle s'effondra au fond de la baignoire.

Keisuke avait beau faire, il ne trouvait pas le sommeil. Finalement, il se leva. Il faut avouer que son insomnie pouvait se comprendre ; non seulement il avait découvert la présence de Katsumi, mais en plus le sac contenant tout le matériel qu'il avait acheté avait disparu. Ce n'était pas seulement une question d'argent – quoique l'investissement n'ait pas été négligeable.

— C'est surtout grave parce que je ne suis pas assez bien payé, maugréa-t-il.

Mais cela ne servait à rien de se lamenter à ce sujet pour le moment. Le problème était de savoir qui avait bien pu prendre ce sac, et pour quel motif.

Keisuke avait préparé son plan tout seul ; il n'avait demandé conseil et n'en avait parlé à personne. D'ailleurs, probablement que s'il avait demandé conseil, il serait arrivé à un plan plus astucieux. Mais le fait était là, personne n'était au courant.

Alors... Serait-ce un rat d'hôtel ? Mais on n'avait pas touché à l'attaché-case ni au veston qu'il avait laissé. Est-ce qu'un voleur ordinaire déroberait ce genre de choses ?

— Et zut, je n'y comprends rien !

Caressant le très faible espoir que se changer les idées clarifierait sa situation, Keisuke enfila un costume et sortit de sa chambre. Le bar du rez-de-chaussée était sûrement ouvert toute la nuit. Dans un hôtel comme celui-ci, fréquenté par de riches désœuvrés, même à deux heures du matin, il devait encore être bien animé. Avec ce genre de clientèle, c'était peut-être même l'heure de pointe. Levés au crépuscule, couchés à l'aube...

Dracula et compagnie !

Keisuke, qui se méfiait de sa capacité à tenir l'alcool, avait commandé une bière et la buvait lentement tout en portant ce jugement péremptoire.

— *On the rocks !* cria une voix juste derrière lui, en direction du comptoir. Keisuke fronça les sourcils – il avait déjà entendu cette voix quelque part. Quoi ? Encore un membre de la famille ici ! Trop c'est trop, gémit-il mentalement, puis il se reprit : sa seule famille était déjà réunie à l'hôtel. Il portait des lunettes et une moustache ; il pouvait donc se retourner en toute sécurité.

Ce faisant, il observa l'homme au comptoir. Il ne le voyait que de dos ; s'il s'approchait trop, il risquait d'être remarqué par quelqu'un qui le connaissait. C'est alors qu'opportunément l'homme se tourna de profil. Keisuke retint une exclamation. Il n'aurait vraiment pas pensé le rencontrer ici ! Cet homme était le voisin des Hayakawa, Tsunoda, le vendeur de voitures.

Mais quelle est encore cette histoire... Keisuke se sentait perdu. Il avait eu beau espionner les faits et gestes de Mika, il ignorait complètement la relation qu'elle entretenait avec Tsunoda. Sa surprise n'avait donc rien d'étonnant. En ce lieu et à cette heure, il était pour le moins étrange de tomber sur Tsunoda par hasard. Tsunoda qui faisait une drôle de tête. Il semblait boire pour se réconforter, et ne ressemblait plus guère à son image de mannequin éternellement enjoué.

Tsunoda régla sa note et partit. Il n'avait pas de clef de l'hôtel avec lui ; il ne dormait certainement pas ici. Keisuke hésita un peu, puis décida de le suivre. De toute façon, il n'avait rien de particulier à faire.

Une fois dans le hall, Tsunoda se dirigea vers la sortie. Aïe, il pouvait prendre un taxi... ce qui ne simplifierait pas l'affaire. Keisuke s'empressa de déposer sa clef à la réception et partit à sa poursuite.

Où diable pouvait-il aller ?

Filer Tsunoda sur ce chemin sombre n'avait rien de très agréable ; mais d'un autre côté, dans l'obscurité, il risquait peu d'être repéré, et comme il n'y avait qu'une route, il risquait peu de laisser échapper Tsunoda. Il n'aurait certainement pas été capable de mener à bien une filature dans d'autres conditions !

Mais, n'était-ce pas la route menant au pavillon de Mika ? Enfin... c'était la route qui desservait l'hôtel, et le pavillon de Mika était construit en bordure.

Mais… ! Quelques minutes plus tard, un nouveau cri de surprise échappait à Keisuke – Tsunoda et Mika. En voilà deux qu'il n'imaginait pas ensemble. Keisuke, ébahi, observait Tsunoda qui s'introduisait dans le pavillon de Mika. La jeune fille était-elle à l'intérieur ? Keisuke s'approcha un peu du pavillon et tendit l'oreille. Mais aucun bruit de voix ne lui parvint.

D'ici, il ne verrait rien. Pourquoi ne pas contourner le pavillon jusqu'au porche, à l'arrière ? Mais s'il tombait encore sur un cadavre fraîchement assassiné ? Il hésita un moment puis se raisonna : il y avait peu de chances pour que ce genre de choses se reproduise deux soirs de suite ; et, étouffant ses pas, il partit sur le côté.

Cette fois-ci, la pièce était éclairée et la lumière baignait la terrasse. Cela le rassura. Arrivé près de la porte-fenêtre, il glissa un œil à l'intérieur et vit Tsunoda assis de dos sur le canapé. Mika ne semblait pas être là. Le souvenir de la veille au soir incitait Keisuke à en rester là et à rejoindre l'hôtel, mais, d'un autre côté, la façon dont il avait disposé du cadavre lui avait donné une nouvelle confiance en lui ; il hésita un peu.

Mais où donc était Mika ? Cela faisait deux nuits qu'elle n'était pas ici. Il savait bien qu'elle était en pleine manœuvre d'approche pour séduire Tachibana, mais il ne voulait pas croire qu'elle irait jusqu'à dormir chez lui. Tsunoda saurait-il quelque chose ? Oui, mais auparavant il s'agissait de savoir quelles relations entretenaient Tsunoda et Mika. Il n'était certainement pas venu jusqu'ici pour vendre des voitures. Keisuke tournait et retournait les suppositions dans sa tête, mais il ne s'en trouva pas plus avancé.

Enfin, il prit une décision et ouvrit la porte en verre d'un coup sec.

— Monsieur Tsunoda !

Il pensait surprendre Tsunoda et le voir bondir du canapé, mais il n'obtint aucune réaction. Keisuke frémit : Tsunoda aurait-il, lui aussi, été assassiné ? Il entra d'un pas mal assuré dans la pièce. Au fur et à mesure qu'il s'approchait du canapé, un bruit bizarre se précisait. Ça ne correspondait pas tout à fait à un râle d'agonie. Il respira un bon coup, fit le tour du canapé... et fut décontenancé.

— Qu'est-ce que c'est que ça... ?

Sans doute Tsunoda cuvait-il ses whiskies, car il dormait la bouche ouverte. Le bruit bizarre était son ronflement.

Il fallait le réveiller. Keisuke tapa sur l'épaule de Tsunoda. Il le secoua un peu. Aucune réaction. Il devait être sérieusement fatigué. Bon : Keisuke décida de remplir un verre d'eau pour le lui jeter à la figure. Comme il ne se sentait pas le cœur d'entrer dans la salle de bains, il se dirigea vers la cuisine. C'était une petite pièce à la limite de la kitchenette ; elle n'était pas éclairée.

— L'interrupteur...

Keisuke chercha de la main à l'intérieur, près de l'encadrement de la porte. Il toucha quelque chose de mou – c'était une main.

La seconde suivante, un coup violent l'atteignait au ventre. Il sentit que tout devenait noir devant lui, ou, pour être plus précis, tout était déjà noir, et il perdit connaissance.

Quatre heures du matin.

L'heure de la relève. Les gardes qui commençaient leur service sortirent de leur dortoir au sous-sol, certains en bâillant, d'autres en se frottant les yeux.

— Oh là là, je voudrais que ça se termine vite, grommela l'un d'entre eux.

— Bah, on est bien payés, il n'y a pas de raison de se plaindre, rétorqua un autre, plus jeune et de meilleure humeur.

— Tu es jeune, toi ; pour moi, la santé a plus de valeur que l'argent.

— Les jeunes, les jeunes... Le chef, ce policier détaché, il est jeune aussi, et il se débrouille plutôt bien, reprit un autre.

— Mais au début, j'ai vraiment cru que c'était un maniaque.

— Ça, pour les mesures de sécurité, il est effectivement maniaque.

Etait-ce un compliment, était-ce une critique?... Les cinq gardes, après avoir pris l'ascenseur jusqu'au deuxième étage, suivirent rapidement les couloirs déserts qui menaient au lieu de l'exposition.

S'ils n'étaient pas là à quatre heures pile, ils subiraient les réflexions de l'équipe précédente.

— Eh, qu'est-ce que c'est que cette odeur? dit l'un d'eux en grimaçant.

— Ah oui, on dirait la fumée d'un cigare.

— Non, ce n'est pas ça. Ça sent de plus en plus fort.

Ils arrivaient en vue de la porte du salon Fuji. Celle de la salle des gardes se trouvait juste avant, sur le côté. Elle était grande ouverte.

— C'est du gaz !

— Du gaz ?

— Pas du gaz de ville, du gaz anesthésiant. Je me rappelle en avoir respiré l'an dernier, quand on m'a opéré de l'estomac.

Ils accélérèrent le pas.

— Oh ! Ça va ? lança le premier arrivé, en se précipitant dans la salle. Qu'est-ce que...

Le spectacle confirmait leurs craintes. Tous étaient profondément endormis ; qui affalé sur son bureau, qui tombé de sa chaise par terre, qui bras et jambes pendants, encore sur sa chaise...

Les cinq gardes les regardaient, pétrifiés.

La salle d'exposition !

Le plus âgé reprit ses esprits. Tous se précipitèrent. Dès qu'ils allumèrent l'électricité, le corps de Hayakawa en pyjama, effondré au milieu de la pièce, leur sauta aux yeux. Il n'y avait personne d'autre et rien ne paraissait avoir été touché. Un des gardes alla jusqu'au cube le plus proche et souleva le tissu qui le couvrait : les diamants avaient disparu.

— On nous a eus !

— Regardez les autres !

— C'est pas la peine de se faire des illusions.

En effet, il aurait été inutile de s'illusionner. Toutes les cases avaient été vidées. Hayakawa continuait à dormir profondément. Il leur fallut moins d'une minute pour alerter la police.

Un contact froid sur sa joue fit reprendre conscience à Mika. C'était de l'eau qui coulait de la pomme de la douche sur sa figure. Il lui fallut quelques instants pour se rendre compte qu'elle était tombée dans le baignoire, complètement nue.

Qu'est-ce que c'est ? Que s'est-il passé ?

Elle tenta de secouer sa tête lourde. Ah oui, quelqu'un lui avait plaqué un chiffon imbibé d'un produit sur la bouche, et elle avait perdu conscience. Pendant combien de temps était-elle restée sans connaissance ? Elle était transie de froid. Elle se releva tant bien que mal, tendit la main pour attraper une serviette de bain et s'enroula dedans.

M. Tachibana ! Oui, qu'était-il advenu de lui ? Mika sortit de la salle de bains. Elle retint le hurlement qui lui monta à la gorge.

Il y avait une femme morte. Elle était étendue sur le dos, bras et jambes écartés, sur le tapis. Mika ne la connaissait pas. Elle tenait un revolver dans la main droite. Elle portait une robe banale, tachée de sang à l'endroit de la poitrine. Curieusement, ses cheveux étaient mouillés et gouttaient sur le tapis.

— Ça va ?

Surprise, Mika poussa un petit cri. C'était Tachibana.

— Je n'ai rien.

— Bon.

Tachibana semblait complètement épuisé et il se laissa tomber sur le canapé.

— Mais que s'est-il donc passé ?

— D'abord, habille-toi.

— Oui, c'est vrai !

Mika se dépêcha de s'habiller.

— Cette femme...

— Elle était venue me tuer.

Mika ouvrit de grands yeux. Tachibana poursuivit :

— Elle devait s'être introduite dans la salle de bains tandis que nous faisions l'amour.

— C'est elle qui m'a attaquée...

— ... et qui ensuite a voulu me tirer dessus. Juste à ce moment-là, on a frappé à la porte. C'était le café que nous avions commandé. Elle a été distraite un quart de seconde, et j'ai bondi sur elle en essayant de la désarmer. Elle a appuyé sur la détente au moment où je l'attrapais.

Tachibana se tut.

— Et alors ?

— C'est tout. Comme le coup est parti alors que l'arme était pressée contre elle, le bruit a été amorti, et il n'y a presque pas eu de sang non plus. Le garçon d'étage ne s'est rendu compte de rien. Le café est là, mais il a sans doute refroidi.

Mika s'assit lentement sur le canapé.

— Et c'est tout... Pourquoi n'appelez-vous pas la police ?

— Si la police s'en mêle, je ne m'en tirerai pas comme ça.

— Comment ça ! C'est de la légitime défense, tout de même !

— Non, ce n'est pas ce que je voulais dire. Tachibana fit un signe de dénégation et reprit calmement : Non, c'est que je ne suis pas Ichiro Tachibanagen.

Cette fois-ci, je n'ai pas dû rester inconscient très longtemps, se dit Keisuke qui se relevait lentement en tenant son ventre dont la douleur s'estompait un peu. Rien ne le lui indiquait, c'était là juste une impression.

— Mais quoi – zut !

Il avait pourtant déjà quelques années derrière lui, mais jusqu'à la veille, il ne lui était jamais arrivé d'être attaqué, assommé... Et deux jours de suite, boum. Peu importait à qui, mais il avait besoin de se plaindre auprès de quelqu'un. Et justement, en parlant de quelqu'un, Tsunoda était-il encore là à dormir ?

Il rentra dans la pièce : plus de Tsunoda sur le canapé. Il fut moitié déçu, moitié soulagé. Tsunoda s'était-il enfui lors de son agression, s'était-il réveillé ensuite et était-il parti ? De toute façon, il valait mieux cette situation que se retrouver une nouvelle fois face à un cadavre.

— Pourquoi donc faut-il que je me fasse toujours assommer ? Au cinéma, les détectives ne subissent en général ce traitement qu'une fois. Je vais me passer de l'eau sur la figure.

Il opta pour la salle de bains, bien que sans grand plaisir. Comme le souvenir du coup qu'il avait reçu dans la cuisine était tout frais, il préférait encore la salle de bains.

Cette fois-ci, aucun cadavre n'y traînait. Ouf ! il respira et se rafraîchit le visage. Il se sentit un peu plus léger. Après s'être essuyé la figure, il se regarda dans la glace. Il y avait quelque chose de bizarre. Qu'est-ce que ça pouvait être ? Il avait exactement la même tête que d'habitude. Et pourtant... Sa tête de d'habitude ? Bien sûr !

— C'est la moustache et les lunettes !

Elles étaient sûrement tombées quand il avait été frappé. Les lunettes, ça se comprenait, mais la moustache, elle ne se détachait pas si facilement. Enfin...

Quoi qu'il en soit, Keisuke retourna à la cuisine et alluma.

— Aahh... ! Il resta pétrifié. Un homme était assis sur une chaise, devant la petite table de la cuisine. C'était un homme qu'il ne connaissait pas, mais dont le visage lui disait quelque chose. Il dormait. Il portait des lunettes et une moustache – Keisuke comprit soudain : il s'agissait de ses lunettes et de sa moustache à lui ! La moustache était un peu de travers. Et si on en faisait abstraction, c'était le visage de Tsunoda. Que faisait-il donc ?

Contrairement à tout à l'heure, Tsunoda ne ronflait pas ; on ne le voyait même pas respirer. Keisuke s'approcha lentement et remarqua pour la première fois que la chemise sous la veste de Tsunoda, à l'endroit de la poitrine, était tachée de sang : il était mort.

Keisuke ne fut même pas réellement surpris. Rien d'étonnant à cela : quand on est pris comme lui dans une succession d'événements extraordinaires, le seuil au-delà duquel on réagit s'en trouve plus élevé. Peut-être que le cadavre d'un lion des cavernes lui aurait arraché un mouvement d'étonnement...

— Mais qui donc a pu faire ça ! Keisuke se prit la tête de désespoir. Contrairement au fameux (au Japon) Ichikosuke Kinda[1], se gratter la tête ne lui apporta pas de déductions géniales, simplement des pellicules. Un journaliste, Shimano, puis leur voisin, Tsunoda, avaient été

1. Ichikosuke Kinda. Un émule japonais d'Hercule Poirot, qui active ses cellules grises en se grattant la tête. (*N.d.T.*)

tués. On lui avait volontairement mis les lunettes et collé la moustache de Keisuke. Dans quel dessein l'assassin avait-il combiné cet infernal stratagème ? Il était difficile de croire qu'il s'agissait d'un jeu : « Tiens, j'ai un peu de temps devant moi, pourquoi pas un petit assassinat ? » On n'était pas dans un film de Hitchcock !

— On ne bouge plus ! L'injonction qui venait de la salle à manger le fit sursauter. C'était la police. Deux agents en uniforme bloquaient soigneusement les issues. L'un d'eux tenait un revolver, dont le canon était dirigé droit vers Keisuke. Cette fois-ci, le policier qui avait reçu le message avait soigneusement noté l'adresse du pavillon.

Personne n'est coupable

1

Le téléphone sonna.

Les yeux tout ensommeillés, Michiko regarda le réveil au chevet du lit. Quatre heures vingt ? Evidemment, il ne s'agissait pas de quatre heures de l'après-midi.

— Ce ne peut être qu'un cinglé, à cette heure, grommela-t-elle en tendant le bras vers le combiné qu'elle saisit vivement.

— Oui ? dit-elle d'une voix sèche.

— Mademoiselle ? C'est Fukuchi.

— Eh bien ? Qu'est-ce qu'il y a ?

Même à cette heure, Fukuchi était comme toujours d'une extrême politesse.

— Je suis absolument confus de vous déranger ainsi au milieu de la nuit, mais j'ai cru préférable de vous faire part d'une nouvelle.

— Il s'est passé quelque chose ?

— Il y a eu effraction dans la salle d'exposition.

Il fallut quelque temps pour que les mots de Fukuchi parviennent jusqu'au cerveau de Michiko.

— L'exposition dont vous parlez, ce sont les... diamants ?

— Voilà ; dans le salon Fuji.

— Et alors, les diamants ?

— Ils ont tous été volés.

— Tous…

— Heureusement, il n'y a pas eu de sang. La police est arrivée ; tout ce mouvement crée beaucoup d'agitation.

Il annonçait ces nouvelles avec le même calme qu'il aurait mis en rapportant un bulletin météorologique. Michiko était enfin complètement réveillée et l'excitation s'était emparée d'elle.

— J'arrive tout de suite ! lança-t-elle en jetant le combiné, puis elle le rattrapa au vol pour ajouter : Merci.

Elle fila comme le vent dans la salle de bains et se précipita sous la douche froide. Rien de tel pour se réveiller, toutefois quand on est jeune. Car, avec les années, surviennent les risques d'arrêt cardiaque et de mort subite.

Elle prit à peine le temps d'enfiler ses vêtements, s'arrêta juste un instant pour se brosser les cheveux et jaillit hors de sa chambre.

— Toute la collection de Tachibana ! Mais que faisait donc ce policier ? maugréa-t-elle d'un ton de reproche dans l'ascenseur qui la descendait au deuxième étage.

Réflexion à l'égard de Masami qui s'avérait un peu cruelle, puisqu'en ce moment même une ambulance le conduisait vers l'hôpital, dans un état de coma avancé.

Michiko sortit de l'ascenseur : Fukuchi était déjà dans le couloir, dans une tenue impeccable.

— Alors ?

— Ah, mademoiselle, bonjour.

— On a trouvé quelque chose ?

— Eh bien, la police vient juste d'arriver. C'est à quatre heures cinq ou six que l'on a découvert…

— Que s'est-il passé ?

— Je ne sais que ce que m'ont dit les gardes qui ont découvert l'affaire...

Tandis qu'elle écoutait les explications de Fukuchi, un ascenseur s'arrêta à l'étage et l'inspecteur Hamamoto apparut, vêtu de ce costume marron que Michiko lui avait déjà vu porter. Fukuchi le remarqua tout de suite et le salua.

— Bonjour, monsieur.

— Ah, c'est vous ? La salle d'exposition est bien par là ?

— C'est bien par là.

Michiko ne put s'empêcher de penser que ces hommes se ressemblaient beaucoup. Malgré l'heure, tous deux étaient impeccablement coiffés. Ils avaient aussi trouvé le moyen de se raser. Et pendant leur bref face à face, une onde de reconnaissance réciproque parut passer entre eux.

— M. Tachibana a-t-il déjà été mis au courant ?

— Le gérant, M. Natsuki, est parti il y a un instant le lui annoncer.

— Ah bon. Je vais y aller aussi ; inutile de m'indiquer le chemin.

— Vous ne désirez pas examiner les lieux du vol ?

— Je suis spécialiste des affaires criminelles. J'entendrai les dépositions sur le vol plus tard.

Il se dirigeait vers l'ascenseur quand il avisa Michiko.

— Et vous ?

— Je suis Michiko Asari.

— Que faites-vous ici ?

Michiko ouvrit la bouche pour répondre, Fukuchi la devança :

— C'est le détective attaché à cet hôtel.

— Oh ? L'air un peu surpris, Hamamoto regarda Michiko. Merci, lui dit-il en souriant, et il se dirigea vers l'ascenseur.

— Attendez, s'il vous plaît ! Michiko se précipita à la suite de Hamamoto : Puis-je venir avec vous ?

— Vous ?

— Je ne vous dérangerai pas, je vous assure.

Michiko s'attendait à ce qu'il la considère avec hauteur et la traite comme une enfant, mais au contraire, il opina.

— D'accord, et il appuya sur le bouton d'appel de l'ascenseur. Michiko, encore incrédule, s'engouffra à sa suite dans l'ascenseur.

— Pourquoi allez-vous chez M. Tachibana ? lui demanda-t-elle.

— Il y avait des bouteilles de gaz équipées d'un système d'ouverture à retardement installées dans la salle où a eu lieu le vol, voyez-vous.

— Voilà pourquoi les gardes...

— Il paraît difficile de ne pas se faire remarquer en apportant des objets aussi volumineux. De plus, le système de retardement est un simple mouvement mécanique à remontoir, et il a donc dû être mis en place au cours des dernières vingt-quatre heures. Y a-t-il eu un moment où cela a été possible ? Oui, il y en a eu un.

— Oui, au moment de la tentative d'agression contre cette actrice, Yumi Makino.

— C'est ça.

L'ascenseur était arrivé au douzième étage. Ils sortirent.

— Mais comment son déséquilibré de mari a-t-il pu entrer dans la salle d'exposition avec le ruban de la presse ? J'ai trouvé cela bizarre quand j'ai entendu les nouvelles.

— Moi aussi.

— Bravo. J'ai consulté la liste des invités et vérifié les noms des représentants de la presse qui avaient été contrôlés... L'un d'entre eux était supposé ne pas être là.

— C'est-à-dire ?

— Ce journaliste du nom de Shimano dont on a retrouvé le cadavre dans la voiture de police.

— C'est-à-dire que le mari de Yumi Makino…

— … est assurément entré dans la salle d'exposition avec le carton d'invitation de Shimano. Mais Shimano était grand et fort. Ce n'est certainement pas Makino qui l'a tué. Donc, quelqu'un a tué Shimano et a donné son carton d'invitation à Makino.

— Mais pourquoi… commença à dire Michiko, puis, comprenant soudain: Alors, le voleur des diamants a commencé par assassiner ce M. Shimano, puis a donné son carton d'invitation au mari de Yumi Makino dans le but de créer cet incident…

— … pendant lequel il a pu installer les bouteilles de gaz. Je ne vois pas comment il aurait pu faire autrement. Ce ne sont pas de grosses bouteilles, il en fallait donc deux, une pour la salle d'exposition et une pour la salle des gardes, ce qui nécessitait un certain laps de temps pour pouvoir les disposer.

Michiko se mordait les lèvres. Finalement, elle aurait mieux fait de consulter les listes d'invités quand elle s'était demandé comment le mari de Yumi Makino avait pu avoir accès à l'exposition.

— Donc, le meurtre du journaliste Shimano et le vol des diamants sont évidemment liés. Et c'est pourquoi je voudrais parler à M. Tachibana.

— Vous pensez que M. Tachibana sait quelque chose ?

— Shimano était venu pour recueillir des informations sur M. Tachibana.

Hamamoto s'arrêta.

— Voilà sa chambre.

— Il est mort.

Après avoir touché Tsunoda, l'un des policiers énonça l'évidence.

— Ce n'est pas moi qui l'ai tué, dit Keisuke, douloureusement conscient du revolver braqué sur lui.

— Ils disent tous ça.

— Mais c'est vrai !

— D'accord, d'accord. Allez, on retourne dans la pièce et on s'assoit gentiment sur le canapé.

Keisuke n'avait pas le choix ; il alla s'asseoir.

— Je vais téléphoner au commissariat et demander au service d'identification de venir.

Après ces mots, le policier qui avait découvert le corps sortit. Keisuke fut soudain intrigué :

— Mais comment se fait-il que vous soyez venus ici ?

— Nous avons eu l'information.

— L'information ?

— Qu'il y avait un cadavre ici.

— Celui qui vous a informé est l'assassin ; il m'a frappé et tandis que j'étais inconscient, il a tué Tsunoda...

— Vous connaissez la victime ?

— Oui... eh bien...

— Vous nous expliquerez tout ça tranquillement au poste.

Keisuke était dans une situation dramatique. Bien sûr, si on apprenait cette histoire à son bureau, c'était la porte qui l'attendait. Mais que dire à la police ? La raison de sa venue ici ? Non, il ne pouvait pas tout raconter... Et s'il cachait quelque chose, naturellement, on le soupçonnerait d'avoir tué Tsunoda...

La meilleure chose à faire était... bien déplaisante. Mais ce canon de revolver pointé sur lui lui faisait perdre un peu courage.

— Ah ! C'est terrible !

Le policier qui était sorti rentra précipitamment, l'air surexcité.

— Qu'est-ce qu'il y a ?

— L'hôtel vip a été cambriolé. Il paraît qu'on a volé tous les diamants de ce milliardaire dont on parle tant, Tachibana.

Keisuke devint pâle comme un linge. Heureusement, les policiers, accaparés par la nouvelle, ne remarquèrent pas sa réaction.

Finalement, elle était parvenue à ses fins. Keisuke courba la tête, découragé. Maman ! Tous ces efforts qu'il avait déployés, en vain !

— Et, bien sûr, ceux de l'identification aussi, tout le monde a été envoyé là-bas. Ils ont besoin de renfort et ils nous ont demandé d'y aller aussi.

— Qu'est-ce qu'on fait de celui-là ?

— Je vais faire venir quelqu'un, mais en attendant, il faudrait que tu le surveilles. Moi, je dois aller tout de suite à l'hôtel.

— D'accord, compris.

— Excuse-moi.

— Ne t'en fais pas.

Keisuke relevait peu à peu la tête. Son visage laissait transparaître une tragique décision, de celles qu'on ne prend guère qu'une ou deux fois dans sa vie.

« Je ne renonce pas ; il est encore temps ! Oui, d'une façon ou d'une autre, je préserverai la paix de cette famille. Il n'y a plus qu'un policier. Avant toute chose, je ne peux rien faire si je ne file pas d'ici. »

Un homme aux abois découvre souvent en lui une force insoupçonnée... Une fois sa décision prise, Keisuke se sentit libéré, particulièrement calme, comme il l'était rarement. N'aurait-il pas atteint la frontière de la connaissance absolue ? Un maître du bouddhisme aurait pu émettre quelques doutes, mais c'était l'impression qui animait Keisuke. Les mots montèrent spontanément à ses lèvres, sans qu'il les ait soigneusement pensés auparavant :

— Qu'est-ce qu'on va faire de l'autre cadavre ?

— ...

Après un instant de stupeur, le policier demanda :

— Comment ça, l'autre ?

— Celui qui vous a donné l'information au téléphone ne vous en a pas parlé ?

— Et... où est-il ?

— Dans la salle de bains.

Le policier avala difficilement sa salive.

— Ah... Montrez-moi !

— Vous montrer ? C'est juste la porte là.

— Ne faites pas le malin, ouvrez cette porte !

— Je n'ose pas... (Il se leva sans empressement.) Il n'est pas beau à voir, celui qui est là.

— Allez, vite !

— Oui, oui.

Keisuke entra dans la salle de bains. Le rideau qui protégeait la baignoire était tiré. Derrière lui, le policier s'avança prudemment, l'air circonspect.

— Où est-il ?

— Dans la baignoire.

— Ouvrez le rideau !

— Bien, bien, mais, n'est-ce pas, c'est un peu... horrible.

— Horrible ?

— Oui, n'est-ce pas... (Keisuke fit la grimace.) C'est une vraie boucherie... Le cou ne tient plus que par un lambeau de peau... La main droite a été coupée et elle est tombée sous les pieds...

Le policier était devenu blême ; la main qui tenait le revolver tremblait.

— C'est vraiment... si horrible ?

— Oui ; bien sûr, vous, dans la police, vous êtes habitués.

— Eh bien, c'est-à-dire...

— Bon, j'ouvre, attention !

Keisuke tira le rideau d'un coup sec. Le policier ferma les yeux.

Maintenant ! Et Keisuke sauta derrière le policier et le frappa de toutes ses forces dans le dos. Le policier poussa un cri et, déséquilibré, tomba la tête la première dans la baignoire – vide.

Keisuke bondit hors de la salle de bains et se mit à courir sans demander son reste – courir – tout droit – courir. Il entendit bien une voix qui hurlait derrière lui, mais il continuait à courir sur la route encore sombre.

Lorsqu'il prit conscience de la direction qu'il avait suivie, il était déjà à mi-chemin. Il rentrait à l'hôtel vip : lieu qui actuellement pouvait être comparé à une fourmilière de policiers.

Michiko dégustait sa revanche avec un sourire intérieur en regardant Natsuki, le gérant. Il avait l'air à moitié mort, l'œil terne, et ne faisait que répéter :

— Excusez-nous, veuillez accepter nos excuses.

— Ce ne sont pas vos excuses qui feront revenir les diamants ! disait Tachibana agacé, en lui faisant signe de le laisser respirer. La seule chose à faire est de s'en remettre à la police.

— Euh... s'il y avait quoi que ce soit que je puisse faire...

— Vous pourriez vous en aller. J'ai envie de me reposer un peu. Et veillez à ce que les journalistes ne viennent pas me déranger.

— Bien, monsieur.

Natsuki partit en se confondant encore en excuses. Tachibana se tourna alors vers Hamamoto.

— J'ai bien compris ce que vous m'avez dit, mais réellement je ne connais absolument pas ce Shimano, et je n'ai rien d'autre à vous révéler.

— Ah bon, opina Hamamoto sans paraître particulièrement déçu. Et la jeune fille qui était ici lorsque je suis venu hier ?

— Eh bien, elle n'est pas ici.

— Ah bon. Elle a beaucoup de charme.

— Est-ce qu'il y a quelque chose à son sujet ?

— Non, c'était juste pour dire...

Le téléphone se mit à sonner et Tachibana prit le combiné :

— Ici Tachibana... Ah ? Il est ici. Commissaire, c'est pour vous !

— Merci, excusez-moi.

Hamamoto prit le téléphone. Michiko, un peu à l'écart, les regardait tous deux ; pas question, bien sûr, de se mêler de la conversation ; tâchant de se faire oublier, elle examinait le salon des yeux. Son regard passant sur la moquette fut arrêté par un endroit curieusement plus sombre – comme mouillé. De l'eau avait sans doute été renversée. En tout cas, c'était récent.

— Monsieur Tachibana, dit Hamamoto après avoir reposé l'appareil, vous êtes sûr que la jeune fille d'hier n'est pas ici, n'est-ce pas ?

— Je vous l'ai déjà dit. Pourquoi cette question ?

— Dans ce cas, elle se trouve dans une situation plutôt délicate.

— Laquelle ?

— On a trouvé le cadavre d'un homme chez elle.

Expliquant qu'il devait se rendre sur les lieux, Hamamoto quitta Tachibana, accompagné de Michiko. Dans le couloir, les gardes du corps qui avaient l'air bizarrement abattu les suivirent des yeux avec méfiance.

Michiko expliqua à Hamamoto qu'elle avait vu une tache humide sur la moquette, dans le salon de Tachibana. Hamamoto approuva :

— M. Tachibana nous cache quelque chose. Et je suis sûr que cette jeune fille se trouvait également avec lui cette nuit.

— Alors elle serait encore là...

— Sans doute. Elle doit dormir dans le lit. Il est probable que Tachibana ne souhaite pas de publicité.

— Au sujet du cadavre trouvé chez elle...

— Cette fille n'est pas ordinaire. Ça doit valoir la peine de faire quelques recherches. Il y a quelque chose que je voudrais vous demander.

— A moi ? dit Michiko étonnée.

— Oui ; j'ai l'impression qu'on peut vous faire confiance. Et comme vous êtes à demeure dans cet hôtel, vous pouvez certainement surveiller toutes les allées et venues.

— Oui.

— Je veux que vous vérifiiez les allées et venues autour de la chambre de Tachibana. (Hamamoto appuya sur le bouton d'appel de l'ascenseur.) Mais ne faites pas de zèle. Rappelez-vous qu'il est gardé par des garçons qui n'ont pas l'air commode. Aussi, tâchez d'ouvrir l'œil sans vous faire remarquer, ça suffira.

— Compris.

— Bien. Maintenant il faut que j'y aille. Il lui adressa un large sourire en montant dans l'ascenseur : Je reprendrai contact avec vous, mademoiselle la détective.

— Oui.

Les portes se refermèrent et Michiko retourna à sa chambre d'un pas dansant. Toute envie de dormir envolée, son sang coulait allégrement dans ses veines. Elle pouvait enfin jouer un rôle dans une vraie enquête judiciaire ! Bon, il va falloir se montrer à la hauteur ! se dit-elle tandis qu'elle entrait la clef dans la serrure de sa chambre.

— Michiko !

Derrière elle, quelqu'un la héla soudain ; elle sursauta. En se retournant, elle se trouva face à un jeune homme inconnu.

— Qui êtes-vous ?

— C'est moi !

Il avait l'air complètement épuisé et respirait en haletant. On aurait dit qu'il avait couru le marathon ; mais, en costume ?

— Ah ! Elle le reconnut enfin : c'était Yamakawa – pardon, Hayakawa, Keisuke Hayakawa.

— Vous m'avez reconnu, n'est-ce pas ? Je portais des lunettes et une moustache postiche. En fait... Mais d'abord, voudriez-vous me faire entrer dans la chambre ? Je vous en prie.

Il semblait sur le point de s'effondrer. Michiko hésita. Faire entrer un jeune homme dans sa chambre alors qu'il faisait encore nuit... Une jeune fille qui se respectait ne pouvait pas se permettre ce genre de choses.

— Je vous en supplie, je n'en peux plus...

Keisuke, chancelant au sens propre du terme, se rattrapa à Michiko. Elle recula précipitamment. Ma foi, à ce point d'épuisement, même si je le laisse entrer chez moi, il n'est guère en état de tenter quoi que ce soit.

— Bon, entrez.

Elle tourna la clef, tira la porte et le fit passer.

— Ah ! Merci ! Excusez-moi... juste un instant...

Keisuke entra en titubant et, avisant le lit dans la pièce, poussa un soupir.

— Juste un moment, est-ce que je pourrais user... me reposer là... et je pars tout de suite...

— Oui, si vous voulez.

— Vous... vous êtes quelqu'un de bien, vous... Ses paroles devenaient incohérentes ; il bascula sans plus de commentaire sur le lit et se mit aussitôt à ronfler avec ardeur.

— Mais qu'est-ce que c'est que ce type ?

Michiko le contemplait : elle était moins irritée que stupéfaite.

— Oh ! Lève-toi !

Hijikata ouvrit un œil en maugréant.

— Quelle heure est-il ? C'est déjà le matin ?

— On n'a pas le temps de traîner, dépêche-toi de te lever !

Jôkichi était déjà habillé. Hijikata se leva péniblement en se frottant les yeux.

— Mais qu'est-ce qui se passe ? Il n'est pas huit heures !

— On a été pris de vitesse !

— Quoi ?

— On s'est fait avoir ! Quelqu'un nous a raflé tous les diamants !

Sous le coup, Hijikata émergea de son sommeil.

— On les a raflés, mais alors...

— Oui ; je ne sais pas qui a fait le coup, mais toute la collection a été volée ; je viens d'avoir un coup de fil du patron.

— Et merde ! Mais qui a pu faire ça !

— Est-ce que je sais... ! Mais dans l'histoire, le fils du patron se retrouve à l'hôpital.

— Il a été abattu ?

— Il paraît qu'il s'est pris une bonne dose de gaz anesthésiant et qu'il est toujours inconscient.

— C'est moche !

— Allons faire un tour à l'hôpital...

— Est-ce que c'est bien prudent ?

— Il y aura sûrement plein de journalistes ; on ne nous remarquera pas.

— Evidemment. Bon, je me prépare.

— Fais vite ; le patron doit être dans tous ses états.

— Les enfants ne cessent jamais d'être un souci pour leurs parents !

— On voit que c'est un connaisseur qui parle !

Lorsqu'ils arrivèrent à l'hôpital, il était déjà près de neuf heures. C'était un hôpital de province. Le bâtiment principal de deux étages n'était pas très grand et semblait presque submergé par la mer de voitures qui l'avait encerclé. Fidèles à leur (mauvaise) habitude, tous deux se faufilèrent par une porte dérobée et se retrouvèrent dans un couloir où s'alignaient les portes des chambres de malades.

C'était un désordre et une agitation que même un hôpital militaire aurait désavoués. Les journalistes et les caméras couraient dans tous les sens à la poursuite des gardes gazés qui, semble-t-il, avaient repris connaissance. Jôkichi interrogea une infirmière et apprit que Hayakawa était toujours inconscient, mais que ses jours n'étaient pas en danger.

— Il faut espérer qu'il ne lui restera pas de séquelles au cerveau, avait-elle ajouté en les quittant.

Tous deux échangèrent un regard sombre.

— Si ça se produit... murmura Hijikata ; mais il fut coupé par Jôkichi :

— Arrête, ne parle pas de malheur !

— Ce serait terrible pour le patron.

— Evidemment, c'est quand même son fils.

— Tout de même, ceux qui ont fait ça sont de vrais salauds !

— Parfaitement d'accord : c'est parfaitement indigne d'un cambrioleur qui se respecte.

Il était par certains côtés particulièrement démodé.

— Bon ; mais où est le patron ?

— Voilà une bonne question !

— Il y a une petite pièce par là ; on va voir ?

Ils longèrent le couloir, se retrouvèrent devant une porte sur laquelle était inscrit bureau de la direction.

— Qu'est-ce que c'est que ça ? Il vaut mieux filer.

Ils s'apprêtaient à rebrousser chemin quand deux hommes arrivant d'un pas rapide les firent sursauter. Au premier coup d'œil, ils reconnurent des policiers. Mais ceux-ci passèrent devant Jôkichi et Hijikata plaqués contre le mur sans leur accorder la moindre attention, et s'engouffrèrent dans le bureau du directeur.

— Ouf ! J'ai eu chaud ! souffla Hijikata en regardant la porte fermée.

— Je n'ai pas aimé leur expression.

— Pourquoi ?

— C'est le genre d'expression qu'ont les flics quand ils vont arrêter un coupable.

— Vraiment ? On jette un œil ?

— Oui.

Ils s'approchèrent à pas de loup, Hijikata tourna doucement la poignée de la porte et l'entrouvrit. Ils reconnurent immédiatement une voix qui leur était familière, celle de Kayoko.

— Mais enfin, qu'est-ce que ça veut dire ? Elle était un peu irritée : Mon fils est dans un état grave ! On ne peut pas voir ça plus tard ?

— Non, c'est impossible, dit un des policiers.

— En fait, nous venons d'avoir une information de l'hôtel...

— Laquelle ?

— Nous avons appris qu'une femme de chambre avait trouvé du matériel ayant sans doute un rapport avec le cambriolage dans une chambre : une corde, une lampe de poche, un couteau...

— Alors, dépêchez-vous d'attraper le client de cette chambre. Pourquoi perdez-vous du temps à me raconter tout ça ?

— Madame Hayakawa – ce matériel a été trouvé dans votre chambre.

— Quoi, dans ma chambre ?

Kayoko était de toute évidence abasourdie. Jôkichi et Hijikata aux aguets derrière la porte échangèrent aussi un regard surpris. Il y eut un bref silence, puis Kayoko reprit d'une voix normale :

— Si je comprends bien ce que vous dites : vous pensez que j'ai neutralisé mon fils en le plongeant dans le coma pour voler les bijoux.

— Nous, nous ne pensons rien, répondirent les policiers d'une voix neutre. Simplement, nous avons reçu du commissariat la consigne de rester avec vous jusqu'à l'arrivée du commissaire principal.

Hijikata poussa Jôkichi du coude. Tous deux s'éloignèrent de la porte.

— Que faire ? dit Hijikata d'un air sombre.

— Comment ça, que faire ?

— Le patron va être arrêté !

— C'est pas encore dit.

— Mais...

— Voyons. C'est quand même bizarre. Le patron n'avait pas de raison d'avoir ce matériel dans sa chambre, n'est-ce pas ? Celui qui a volé les diamants a dû monter un piège pour qu'elle soit accusée.

— Alors, c'est quelqu'un qui sait à quoi s'en tenir au sujet du patron.

— Il doit être du milieu – une vraie pourriture !

— Si elle est arrêtée, on risque de découvrir sa véritable activité.

— Alors, que faire ?

— Ils ne sont que deux pour le moment. On y va et on arrache le patron de leurs griffes ?

Jôkichi, effaré, fixa Hijikata. Ces mots dans la bouche de Hijikata, qui était contre toute violence, avaient de quoi surprendre. Mais, il parlait sérieusement, cela ne faisait aucun doute. Il ne pensait ni aux risques qu'il courait ni à la façon de procéder : sa seule pensée était de se précipiter au secours de Kayoko.

— Je comprends ce que tu ressens... Jôkichi posa une main sur l'épaule de Hijikata : Mais si on fait ça, les choses ne feront qu'empirer. La police nous traquera sans répit. Pour le moment, il vaut mieux ne pas s'en mêler – d'accord ? Mais on va attraper le coupable nous-mêmes et l'obliger à rendre les diamants. Comme ça, on vengera aussi le fils du patron.

— Oui, je comprends, ça marche, approuva Hijikata.

— Pour le moment, mieux vaut ne pas rester ici. Filons !

Ils longèrent de nouveau le couloir au petit trot, sortirent de l'hôpital par une porte de derrière. Trois voitures de police arrivaient à cet instant, toutes sirènes hurlantes.

2

— M. Kunimiya est actuellement en conférence ; puis-je vous demander votre nom ?

Katsumi ne put s'empêcher de sourire en entendant la douce voix d'hôtesse de l'air à l'autre bout du fil.

— Saori ? Ça va ?

— Pardon ? Ah, c'est vous, l'autre jour...

— L'homme de l'agence de détectives.

— Pourquoi ne m'avez-vous pas téléphoné ? Elle avait pris une petite voix boudeuse.

— J'étais trop pris par ma mission pour votre patron.

— Où êtes-vous, là ?

— Dans un hôtel, au bord d'un lac.

— Comme c'est romantique ! J'ai compris, vous êtes avec une femme !

— Ne dites pas de bêtises. Est-ce que je vous téléphonerais comme ça si j'étais avec une femme ?

— Ah, non, bien sûr.

— Au fait, je vous avais demandé un service, l'autre fois.

— Oh ? Quoi donc ?

Katsumi poussa un soupir.

— Je vous avais demandé de me tenir au courant des mouvements de mes concurrents...

— Ah oui, c'est vrai. Excusez-moi, j'avais complètement oublié. Mais... euh... à l'heure actuelle, nous n'avons pas encore eu de nouvelles de cette affaire, non.

Elle avait changé de ton, sans doute parce qu'une personne était entrée dans le bureau. Pendant quelques instants, elle continua seule à placer de temps à autre un « oui » ou un « non », puis Katsumi entendit un soupir de soulagement.

— L'espion attitré du patron était entré dans mon bureau.

— Je vous cause bien du tracas, dit Katsumi en riant. Dites-moi, il n'y a vraiment rien de nouveau ?

— Non. Ah, si, juste une fois.

— De la part d'une femme ?

— Comment avez-vous deviné ?

— Un sixième sens... Cette femme, vous l'avez déjà vue ?

— Oui, et j'ai plutôt l'œil pour ça.

— Quel genre de femme était-ce ?

... Le doute était plus que permis. Katsumi reposa le combiné et retomba sur le lit. La description fournie par l'œil de lynx de la secrétaire correspondait trait pour trait à la femme qui se faisait appeler Akiko Hatanaka.

Pourquoi l'avait-elle entrepris ? Pourquoi lui avait-elle dit que Tachibana était son mari ? Et était-elle encore en vie ?

Il n'y avait guère qu'une chance sur cent. La rame qu'il avait projetée quand il était au fond de l'eau noire s'était prise entre l'hélice et le gouvernail du hors-bord. La rame s'était brisée comme un fétu et les morceaux s'étaient éparpillés dans l'eau. Katsumi, qui s'était prudemment éloigné, avait sorti la tête hors de l'eau et avait pu voir le hors-bord déstabilisé virer à tous bords, puis filer droit vers la côte, et s'y écraser dans un craquement assourdissant. Il avait cherché quelque temps Akiko à la surface et sous l'eau, puis il avait renoncé et regagné la rive de son hôtel. Elle n'avait pas réapparu.

Qu'était-il advenu d'Akiko ? S'était-elle noyée ? Avait-elle rejoint l'hôtel vip à la nage ?

Et si cette femme était une tueuse à gages engagée par Kunimiya et dont Tachibana était la cible ? Auquel cas, elle avait pu faire croire à Katsumi que Tachibana était son mari pour qu'il ne l'abatte pas lui-même, et elle s'était servi de lui pour approcher Tachibana. Le pilote du hors-bord pouvait donc très bien être un complice d'Akiko. Comment aurait-il pu savoir qu'Akiko et Katsumi traverseraient le lac ce soir-là, si elle ne l'en avait pas informé elle-même ? Le hors-bord avait clairement visé Katsumi. Akiko avait peut-être deux objectifs : Tachibana et Katsumi. Kunimiya avait très bien pu prévoir de faire tuer Tachibana par Katsumi et ensuite Katsumi par Akiko. C'était une façon assez courante de s'assurer de la discrétion d'un homme de main. Mais Akiko était devenue gourmande. Elle avait voulu s'occuper elle-même de Tachibana. C'est pourquoi Katsumi, devenu inutile, avait été attaqué sur le lac.

Présentée ainsi, l'histoire se tenait.

Mais Akiko avait-elle réussi à éliminer Tachibana ? Katsumi n'avait fait qu'entrevoir le milliardaire, mais cela lui avait suffi pour sentir que ce n'était pas quelqu'un dont on se débarrasse aisément. Ce n'était pas une question de gardes du corps. Tachibana lui-même n'était pas un client ordinaire ; il devait être difficile de le prendre en défaut.

En matière de contrat, il y avait les cibles sur lesquelles on tirait sans se poser de question une fois qu'on les avait dans la ligne de mire, et celles pour lesquelles il fallait faire taire une voix intérieure qui vous disait que ce n'était pas bien. En ce qui concernait Tachibana, Katsumi commençait à s'apercevoir qu'il entrait dans la deuxième catégorie des cas de conscience.

Il alluma la télévision. Si Tachibana avait été descendu, il serait le sujet principal des informations.

« … De nombreuses forces de police se sont rendues à l'hôtel vip… »

L'entrée de l'hôtel vip apparut à l'écran. Katsumi se raidit. Elle l'avait donc fait ? Mais la suite des nouvelles lui apprit qu'il s'agissait du vol des diamants, et il se sentit soulagé. Elle ne l'avait donc pas doublé…

Il entendit ensuite que Masami, chargé de la surveillance, avait été emmené inconscient à l'hôpital, et son expression s'assombrit à nouveau. Quel abruti, il aimait donc tellement ses diamants qu'il voulait mourir avec, ou quoi ? Et il injuria copieusement son petit frère, signe qu'il ne se sentait pas la conscience tranquille.

Toujours à croire qu'il fait mieux que les autres ; ça va le doucher un peu.

Il décida de passer un coup de fil à l'hôpital.

Michiko finit son petit déjeuner et retourna à sa chambre. Keisuke dormait toujours allégrement.

— Mais jusqu'à quand va-t-il continuer à jouer les parasites ? soupira-t-elle. Bon, je prendrais bien ma douche...

Elle était bien passée un instant sous l'eau froide quand elle avait dû se lever d'urgence, mais il lui manquait sa douche chaude. C'était devenu un besoin, sinon elle ne se sentait pas complètement d'attaque.

— Oui, mais... Michiko examina Keisuke avec circonspection. Il dormait profondément. Il y avait peu de chance qu'il se réveille. Elle songea un instant à le secouer et à le faire sortir, mais sa présence était malgré tout une occasion idéale pour le faire parler de différentes choses, et notamment des lunettes et de la moustache postiche ; il serait quand même désolant de ne pas l'interroger. Maintenant que Hamamoto comptait sur elle pour enquêter, il n'était pas question de laisser passer quoi que ce soit qui puisse avoir quelque intérêt.

— Il n'y a pas de risque, c'est sûr... Faisons vite, pendant qu'il ronfle. Michiko entra dans la salle de bains, se déshabilla à toute vitesse et tourna le robinet de la douche.

Keisuke faisait un cauchemar : il était en train de se noyer dans une immense baignoire. Deux policiers s'approchaient à la nage. A leur vue, il s'affola et se mit à nager lui aussi. Il ne faut pas qu'ils m'attrapent, fuyons ! Le sort de la famille repose sur mes épaules ! Soudain, il fut happé par une chute d'eau – une chute ? non, une douche ! une énorme pomme de douche, d'où coulait une véritable cataracte d'eau. Impossible de respirer ! S'il essaie de respirer, il aspire de l'eau, il suffoque ! Frappé par l'eau qui surgit avec une pression terrible, il s'enfonce ! Il doit s'échapper ! Allez ! Courage !... Mais tandis que son cerveau réagissait, son corps se laissait doucement couler. Au secours ! A l'aide !

— A... l'aide...

A force de se retourner, Keisuke tomba du lit. Sa chute le réveilla.

— J'ai rêvé...

Le temps que les brumes du sommeil se dissipent, il comprit la raison de son rêve. Il y avait un bruit de douche dans la salle de bains, bruit qu'il avait entendu dans son sommeil.

— La douche ? Quelqu'un l'utilise ?

Les chambres d'hôtel se ressemblent beaucoup. Keisuke, encore à moitié endormi, se croyait dans sa propre chambre.

— J'ai dû oublier de refermer le robinet...

Il se leva, les jambes un peu molles ; il se dirigea vers la salle de bains et – ouvrit la porte.

— ... Pardon !

Keisuke referma la porte – cinq bonnes secondes après.

Mais oui, il n'était pas dans sa chambre ! Il secoua la tête. Qui venait-il de voir ? Michiko Asari ? Bien sûr, c'était sa chambre, il était donc normal qu'elle y prenne une douche. Oui mais... mais pourquoi donc était-elle nue ?

— Je suis trop bête ! C'est normal !

Michiko était nue dans la salle de bains, quand il avait ouvert la porte ; donc il l'avait vue nue.

— Oui, je l'ai vue, aucun doute, je l'ai vue ! Il hocha la tête vigoureusement ; puis, il avala sa salive avec peine : la situation était devenue dramatique. Cet endroit était son seul refuge, et il s'y comportait en voyeur ! Tout lui revint à l'esprit. Le corps de Tsunoda, le vol des bijoux. S'il était chassé d'ici, il n'avait nulle part où aller.

— Oh, c'est terrible... Comment vais-je m'en sortir ?

Il s'était pris la tête dans les mains quand la porte de la salle de bains s'ouvrit.

— Michiko ! Pardonnez-moi ! J'étais à moitié endormi, je…

Keisuke s'arrêta là. Michiko, écarlate, s'était enroulée dans une serviette de bain et toisait Keisuke avec une expression terrifiante ; une expression si démoniaque qu'on n'aurait pas dit la même fille.

— Oh vous !… commença-t-elle d'une voix frémissante, et elle jeta de toutes ses forces le savon qu'elle tenait dans la main droite. Le tir était remarquable. Atteint en pleine tête, Keisuke poussa un cri et tomba assis par terre.

— Sortez ! piaula Michiko.

Piaulement est un terme adapté – c'était un cri hystérique et aigu.

— Dehors, sale voyeur !

Keisuke, pressant d'une main l'endroit où l'avait heurté le savon, hésita un instant, puis resta assis.

— Attendez ! Michiko, je vous en prie ! Laissez-moi rester ici ; j'ai une bonne raison, c'est une question de vie ou de mort.

— Dehors ! Tout de suite ! Si vous ne sortez pas, j'appelle un garde.

— Michiko, je n'ai pas fait exprès de regarder, je ne me suis pas rendu compte…

— Je ne veux plus rien entendre ! Je compte jusqu'à trois ; si vous n'êtes pas parti, j'appelle quelqu'un pour de bon.

— Michiko !

— Et ne m'appelez pas comme ça ! Un !

— S'il vous plaît, écoutez-moi !

— Deux !

— Il n'y a que vous sur qui je puisse compter…

— Trois !

Michiko sans perdre un instant alla au téléphone, décrocha et composa le numéro.

— Allô ? C'est moi, Michiko. Pouvez-vous m'envoyer quelqu'un de disponible ? Oui, immédiatement. S'il vous plaît.

Keisuke restait sans force, assis par terre. Michiko le toisa d'un regard glacé.

— Vous pouvez encore filer.

— Je n'ai nulle part où aller.

Il avait perdu toute énergie. C'en était fini. A-Dieu-vat... Michiko, son étoile, le traitait avec froideur, c'en était trop. Il avait perdu son soutien moral.

— Ce n'était pas la peine d'appeler un garde, dit Keisuke d'une voix morne.

— Mais vous ne partez pas !

— Non, ce n'est pas ce que je voulais dire. Keisuke sourit faiblement : Il aurait mieux valu appeler un policier ; il doit y en avoir plein dans les parages.

— Et pourquoi ?

— En ce moment, je suis sûrement recherché comme suspect d'un meurtre.

Michiko crut avoir mal entendu.

— Quoi ?

— Ce sera un succès pour vous, il y aura peut-être des titres dans les journaux : *Une jeune fille, Michiko, a permis l'arrestation d'un criminel !*

Michiko pensa qu'il était devenu fou.

— Mais qui donc avez-vous tué ?

— Ce n'est pas moi qui l'ai tué. Mais personne ne me croira. C'est un voisin de chez nous qui est mort, et son cadavre portait mes lunettes et ma fausse moustache. L'assassin est sans doute un humoriste !

Un rire nerveux l'envahit et lui secoua tout le corps. Il enfouit son visage dans ses mains. Quand le rire cessa, Keisuke laissa échapper un profond soupir.

— Tout est bien fini... Dans ma famille, ils avaient pourtant tous un bon fonds...

Michiko le regardait avec une expression mélangée... On frappa à la porte.

— Vous avez appelé, mademoiselle ? demanda une voix.

Michiko allait ouvrir, quand elle se retourna vers Keisuke. Il gardait les yeux fixés droit devant lui, comme distrait. Après une hésitation, elle entrouvrit la porte en laissant la chaîne.

— Excusez-moi ! Maintenant ça va. Ce n'était rien, une erreur ; excusez-moi encore.

Quand elle eut fermé la porte, elle rencontra le regard étonné de Keisuke.

— Et maintenant, expliquez-moi tout ça.

— Michiko !

— Mais pendant que je vais m'habiller, tournez-vous de l'autre côté. Si vous vous retournez, si peu que ce soit, cette fois-ci je n'aurai pas de pitié.

Au cinéma, pour faire comprendre que quelqu'un revient à lui, l'écran laisse entrevoir dans un premier temps une image floue qui devient progressivement nette, mais c'est inexact : quand on reprend conscience, l'image que l'on a devant soi est tout de suite nette.

— ... Maman ! dit Masami, quand il vit sa mère près de lui.

— Comment te sens-tu ?

— Euh... Ça va.

Masami inclina légèrement la tête, puis demanda :

— Maman, et les diamants ?

— Ne pense pas à ça. Il faut te reposer.

— Les diamants ? Ils ont été volés, hein ?

Il était prêt à se lever. Kayoko avoua à contrecœur :

— Mm... oui.

— Tous ?

Kayoko opina en silence. Masami respira profondément.

— Ce n'est pas de ta faute, Masami.

— J'étais le responsable de la sécurité. C'est moi le responsable.

— Et alors ? Il y a des choses qu'un être humain, quel qu'il soit, ne peut empêcher.

On frappa doucement à la porte de la chambre. Kayoko alla ouvrir.

— Vous êtes la mère de Hayakawa, n'est-ce pas ?

— Oui.

— Je suis Ômori, de la préfecture de police.

— Chef !

Masami tenta de se relever.

— Oh ! je vous en prie, restez couché.

Ômori s'approcha du bord du lit.

— Ça va ?

— Oui… Chef, je vous demande pardon.

— Reposez-vous d'abord tranquillement. Inutile de vous faire du souci.

— Mais…

— Allons, ces diamants sont si connus qu'il sera impossible de les écouler. Les voleurs finiront par être coincés.

— J'ai failli à ma tâche. Ma responsabilité…

— Personne n'a failli. Maintenant, la seule chose à laquelle il vous faut penser, c'est à vous soigner.

— … Oui.

— La police est un métier où on risque sa vie, mais ça ne veut pas dire la perdre sous n'importe quel prétexte. Si on n'est pas vivant, on ne peut pas non plus passer les menottes aux gangsters. C'est compris ?

— Oui.

— Je reviendrai… Horita se faisait du souci.

— Voulez-vous lui transmettre mes meilleures salutations ?

Après avoir échangé des politesses avec Kayoko, Ômori sortit de la chambre, et tomba sur un homme en costume marron, debout dans le couloir.

— Mais c'est Hamamoto !

— Ça faisait bien longtemps.

— Sûr ! Vous n'avez pas changé.

— Ni vous non plus, Ômori.

— Oh moi, je suis déjà complètement vermoulu, dit-il en riant.

— Si on allait prendre un café ?

— Vous vous occupez de cette affaire de vol de diamants ? demanda Ômori.

Ils étaient dans un café proche de la sortie de l'hôpital.

— Non, je ne m'occupe que des meurtres.

— Les meurtres aussi se sont succédé ces temps derniers.

— Encore ce matin, on a trouvé un hors-bord écrasé contre un quai du lac. Le pilote a été tué sur le coup.

— Ce n'est pas un accident ?

— Le gouvernail avait été cassé. Et il y avait les débris d'une barque sur le lac...

— Une collision ?

— Mais, dans la journée, les touristes s'en seraient rendu compte. En soirée aussi, il y a pas mal d'amoureux qui font une promenade en barque. L'accident a dû se passer très tard dans la soirée.

— Si tard que l'hypothèse du simple accident paraît plus qu'étrange...

— Et les passagers de la barque, que sont-ils devenus ? Se sont-ils noyés ? Vivent-ils encore ? Mais ce qui est encore plus intéressant, c'est le mort du hors-bord.

— Une vieille connaissance ?

— C'était Aoyama.

— Aoyama ? Eiichi Aoyama ?

— Lui-même. Il avait une certaine réputation dans le milieu, comme tueur.

— J'en ai entendu parler aussi. Il travaillait bien avec une complice ?

— Oui. Ils faisaient toujours leurs contrats en couple. La femme s'appelait Aki, c'était une jolie fille.

— Elle est probablement dans les parages.

— C'est à peu près sûr.

— Mmm.

Ômori hocha la tête, comme pour dire qu'il n'y comprenait plus rien.

— Ça commence à sentir le brûlé, sur ce lac.

— Oui, plutôt... D'abord le vol des diamants, ensuite ces assassinats, il y a quelque chose derrière tout ça...

— Très certainement. Il court un bruit selon lequel la mère de Hayakawa serait soupçonnée du vol des bijoux. Est-ce vrai ?

— A prendre avec des pincettes. Il paraît qu'on a découvert une corde et d'autres objets bizarres, mais franchement, est-ce qu'on laisserait ce genre de choses dans sa propre chambre d'hôtel ? Non, ça ne me plaît pas.

— Y a-t-il encore quelque chose d'autre ?

— Les deux assassinats ; tous les deux ont été rapportés à la police ; une voix impossible à identifier. J'ai l'impression que c'est un coup monté. Et je pense que si on ne bouge pas, « il » va se manifester.

Hamamoto termina son café tranquillement.

— Vous n'avez pas envie de revenir à Tôkyô ? lui demanda Ômori.

— Les grandes villes m'ennuient.

— Pourquoi ?

— Les délits n'y sont ni plus ni moins que de la boucherie ; on ne rencontre pas de beau crime bien conçu.

Du côté de l'enquête aussi, l'organisation est trop vaste, il n'y a pas de place pour un travail individuel. Non, les grandes villes ne sont pas faites pour moi.

— Parce que vous croyez que les beaux crimes bien conçus, ça existe ?

— Bien sûr ! Il y a de la beauté dans un crime minutieusement préparé. L'acte d'un criminel de génie est une œuvre d'art. Je rêve d'être confronté à un crime original. Si retentissante que soit une affaire, elle ne m'intéresse pas si elle est trop simple. Mais, récemment, je n'ai guère eu l'honneur de rencontrer ce style de crime pour moi exceptionnel.

— Vous êtes un drôle de type, dit Ômori en riant.

3

Keisuke avait tout raconté.

Les secrets de sa famille, les tenants et aboutissants de l'affaire en cours : tout. Puis, il écarta les mains de son visage.

— Voilà, c'est tout. Faites comme vous voulez. Vous pouvez tout dire à la police, je ne ferai rien pour vous en empêcher. Tout est vrai de A à Z.

Inutile de dire que Michiko était sans voix. Est-ce que ça pouvait exister, des choses pareilles : une mère voleuse, un grand frère tueur à gages, le cadet avocat, la fille escroc, le petit dernier policier... Est-ce que ça pouvait vraiment exister, une famille comme ça ? Mais Michiko croyait en l'histoire de Keisuke. Il avait mis dans son récit une forte conviction, une réelle sincérité.

La réalité dépasse la fiction ! Etait-ce dans une publicité à la télévision qu'elle avait entendu cette phrase ?

— Vous ne me croyez pas, bien sûr, c'est normal. On pourrait bien me mettre dans un asile. D'ailleurs, moi, je me sentirais mieux. J'aurais le droit d'ignorer ce que maman est en train de voler ou quel individu mon grand frère projette d'assassiner.

Michiko regarda fixement Keisuke dans les yeux pendant quelques instants. Peut-être était-ce naïveté, mais elle pensait qu'on pouvait deviner l'âme à travers le regard de l'autre. Les yeux de Keisuke reflétaient une détresse sans fond, et on n'y lisait aucune tentative de provoquer la pitié de Michiko.

— Ce garçon dit la vérité, jugea-t-elle.

Elle se leva du canapé, alla au téléphone et décrocha.

— Allô, c'est moi, Michiko. Je voudrais le service de chambre: un petit déjeuner complet, s'il vous plaît.

Elle raccrocha et, souriant à Keisuke qui n'y comprenait plus rien:

— Vous devez avoir faim, dit-elle.

— Est-ce que c'est bien prudent de manger si vite ? dit Michiko, un peu interloquée.

— Oh oui, j'ai une faim de loup. Je me sens peut-être soulagé ?

— J'aurais peut-être dû commander pour deux, dit-elle en riant.

— On aurait jasé.

— Pas de risque, on sait que j'ai gros appétit.

— C'est parce que vous êtes jeune ; d'ailleurs, vous n'êtes pas du tout grosse.

— Arrêtez... ! dit-elle en rougissant.

— Oh, excusez-moi ; ce n'est pas ce que je voulais dire.

Michiko regarda Keisuke s'emparer du dernier sandwich.

— Vous aimez vraiment beaucoup toute votre famille, n'est-ce pas ?

— Oh oui, depuis que mon père est mort, nous nous soutenons tous.

— Vous souvenez-vous de votre père ?

— Non... Mon frère aîné s'en souvient un peu ; à cause de son travail, il voyageait beaucoup, et on ne le voyait presque pas à la maison.

— Ça a dû être très dur pour votre mère.

— Oh oui... Quand on pense que c'est pour nous qu'elle s'est lancée dans ces activités, il est difficile de le lui reprocher.

— Bien sûr ; on peut voler des œuvres d'art sans user de violence ; et quel plaisir ce doit être, d'obliger les riches à racheter leurs propres biens, après les avoir volés !

— Vous êtes bien détective ?

— Oui, mais privé ; je n'ai aucun lien avec la justice.

— Mais c'est honteux, ça ! Tous deux rirent ensemble.

— Et puis votre famille, du point de vue légal, est délinquante, c'est indéniable, mais du point de vue... comment dire, de la qualité humaine, elle est très bien. Et ça, c'est formidable.

— Formidable ou pas, disons que ça se discute...

— Votre mère, par exemple, eh bien je suis sûre que je l'aimerais beaucoup.

— Ce que vous venez de dire me fait vraiment plaisir.

— Sortons le plateau dans le couloir.

Michiko emporta le plateau vide et le posa dehors, près de la porte, puis elle prit une inspiration.

— Et maintenant, comment agir ?

— C'est vrai. L'affaire prend une telle ampleur, je ne sais plus ce qu'il faut faire.

— En réalité, il y a plusieurs affaires. Deux meurtres et le vol des diamants. Comme dit le commissaire Hamamoto, il semble vraiment que ces affaires soient liées entre elles.

— C'est tout de même bizarre.

— En quoi ?

— Pour installer les bouteilles de gaz dans la salle d'exposition, il a fallu assassiner le journaliste, Shimano. Ce n'est pas maman qui a fait le coup. Maman déteste la violence. A la rigueur, si c'est vraiment nécessaire, elle assommerait quelqu'un, mais un assassinat, jamais.

— Alors...

— Vraiment, j'en arrive à être persuadé que le voleur des diamants n'est pas ma mère.

— Pourtant, les cadavres ont été retrouvés tous les deux chez votre sœur...

— Ça aussi, c'est bizarre. En tout cas, ma sœur ne s'y trouvait pas. Quelqu'un les a tués tous les deux, m'a assommé et a averti la police. Ce n'est certainement pas mon grand frère, et ma mère n'aurait pas fait ça non plus.

Michiko eut tout d'un coup une inspiration :

— Dites, attendez un peu... Shimano était amoureux de votre sœur ?

— Sous son apparence de lycéenne.

— Quoi qu'il en soit, on a trouvé son cadavre chez elle, donc elle est suspecte, n'est-ce pas ?

— Oui, bien sûr...

— Ensuite, l'autre, comment s'appelait-il, déjà ?

— Tsunoda.

— Ah oui ; pour celui-là, c'est bien vous qui êtes devenu le suspect numéro un ?

— Oui.

— Ensuite, les diamants ont été volés. Si les soupçons se portent sur votre mère...

— ... Oui, nous n'avons rien fait, pourtant tout nous accuse.

— Voilà. Est-ce que le but de la manœuvre n'est pas là ?

— C'est-à-dire ?

— C'est très astucieux. L'assassin vole les diamants, pour ce faire, commet deux crimes, et fait porter le chapeau à toute votre famille.

— Autrement dit, si nous nous sommes tous retrouvés ici, c'est parce que nous sommes tombés dans un piège ?

— Vous ne croyez pas ? Vous avez réussi à vous échapper, et votre sœur se trouvait par le plus grand des hasards dans la chambre de Tachibana, mais sinon vous seriez tous les deux en garde à vue à l'heure qu'il est.

— C'est sûr... Mais pourquoi notre famille... Et comment connaîtrait-on les histoires de ma famille ?

— A part vous, il y a bien des gens qui connaissent les histoires de votre famille ?

Keisuke se prit la tête dans les mains. Michiko avait certainement deviné juste. Mais qui donc aurait pu agir ainsi ?

— Ah ! Et il y a Masami : comme les diamants ont été volés, il va sûrement considérer que c'est sa faute.

— Vous pensez qu'il sera renvoyé ?

— Oh, ce ne serait pas si grave... Le problème, c'est lui, il va croire que la seule chose à faire c'est de se suicider, ou quelque chose dans ce goût-là.

— Vraiment ?

— Hélas, c'est sûr. Et Katsumi est sans doute venu parce qu'on lui a demandé de tuer Tachibana. Tachibana n'est sûrement pas un homme sans histoire.

— Pourquoi ?

— Mon frère ne tue que des traîtres qui font partie ou ont fait partie d'organisations liées à la mafia. Quelle que soit la somme promise, il ne tirerait jamais sur un homme d'affaires sans problèmes.

— Alors, Tachibana cache quelque chose...

— Peut-être que là aussi, on a tendu un piège à Katsumi... Quand je pense que Mika est depuis deux nuits chez ce Tachibana ! Et zut ! Qu'est-ce que je peux faire ?

Michiko médita quelques instants :

— Dites, qu'en pensez-vous ? Si j'arrivais, d'une façon ou d'une autre, à faire venir votre sœur ici, est-ce qu'on ne pourrait pas essayer d'y voir un peu plus clair ensemble ?

Keisuke réfléchit. Elle poursuivit :

— Voyez-vous, en ce moment, s'il y a une personne de votre famille qui se trouve dans les parages, c'est votre sœur. Commençons donc par là.

— Michiko, je ne peux pas vous laisser faire ça.

— Pourquoi ?

— Ça risque d'être dangereux.

— Je suis le détective de l'hôtel. Ça fait partie de mon travail.

Keisuke prit la main de Michiko. Michiko n'essaya pas de se dégager mais blottit sa main dans celle de Keisuke.

— Vous êtes... quelqu'un de bien, dit-il.

— Vous n'avez pas encore un petit peu autre chose à me dire ? sourit-elle, rougissante. Bon, ne bougez pas d'ici. Je vais demander qu'on ne me dérange pas et qu'on ne fasse même pas le ménage. Vous allez vous ennuyer, mais prenez patience.

Elle se leva.

— Bon ; si j'apprends quelque chose, je viendrai vous le dire.

— Je vous en prie. Merci.

Quand Michiko eut quitté la pièce, Keisuke s'installa confortablement sur le canapé. Il avait l'impression d'être dans un rêve. Il peut paraître bizarre de sentir en soi un grand bonheur quand on est recherché pour meurtre, mais, à cet instant, Keisuke était vraiment ce qu'on peut appeler un homme heureux.

— Qu'est-ce qu'on va faire, maintenant ? demanda doucement Mika.

— On va bien trouver quelque chose.

— Et ce cadavre dans la salle de bains...

— Je demanderai à mes gardes de nous en débarrasser quand il fera nuit. Ils m'obéissent et sont capables de tout. Ils se sont fait avoir par cette femme la nuit dernière, et ce sera un vrai plaisir pour eux de faire le ménage.

— C'était une tueuse à gages ?

— Oui. Elle a déjà éliminé un de mes gardes, qui s'était laissé surprendre parce que c'était une femme.

— Vous l'avez échappé belle.

— Grâce au service de chambre.

— ... Dites. Quand me le direz-vous ? Qui êtes-vous ?

— Mais je suis Ichiro Tachibanagen.

— Pourtant...

— Je le suis, et je ne le suis pas.

— Vous vous moquez de moi ! Elle tourna la tête, l'air vexé.

— Absolument pas. Quand le moment sera venu, je te dirai tout.

— Quand ?

— Très bientôt, dit-il, et il changea de sujet : Ce commissaire Hamamoto, je le trouve bien curieux. Il prétend qu'on a trouvé un cadavre chez toi.

— Je ne vois vraiment pas de quoi il peut s'agir, dit-elle honnêtement.

— Je te crois ; s'il y a des choses qu'on ne peut pas se confier l'un à l'autre, ça n'a pas d'importance ; d'accord ?

— Oui.

Mika posa doucement sa tête sur l'épaule de Tachibana. Elle avait été soulagée quand, de la pièce voisine, elle avait entendu que Hamamoto n'avait pas prononcé son nom.

Pour Tachibana, elle n'était que Mikkie, diminutif que lui avaient donné ses amis étudiants. Mikkie avait été son nom durant tout le temps de ses études. Tachibana l'avait accepté sans poser de question.

On frappa à la porte et le jeune secrétaire entra. Lorsqu'il les vit tous les deux côte à côte sur le canapé, il détourna les yeux et s'éclaircit la gorge.

— Excusez-moi.

— Qu'est-ce qu'il y a ?

— C'est au sujet du vol des diamants ; un représentant de la compagnie d'assurance souhaiterait vous rencontrer.

— Ah bon ? Il paraît difficile de refuser.

Tachibana hésita un peu.

— Réservez-nous une table au restaurant, il va bientôt être midi.

— Bien, monsieur.

Le secrétaire sortit et Tachibana se leva.

— Bon, il faut que je me change.

— Est-ce que ce ne serait pas plus prudent de rester ici ?

— Non, non, mes gardes du corps m'accompagnent, ne t'inquiète pas.

— Mais…

— Ne t'en fais pas. Mais toi, il vaut mieux que tu ne sortes pas. La police ne viendra pas ici. Promis ?

— Oui, je reste.

— Faisons monter quelque chose à manger pour toi.

— Ici ? Mais dans la salle de bains…

— Ça te coupe l'appétit, bien sûr. Mais un peu de patience, allez, courage.

— D'accord, mais revenez vite !

— Bien sûr.

Tachibana se vêtit d'un élégant costume trois pièces, déposa un léger baiser sur la joue de Mika et sortit.

Dans le couloir, Michiko croisa Tachibana escorté de ses gardes du corps, et elle se retourna pour le suivre un instant des yeux. Allait-il déjeuner? Cela tombait bien. Elle décrocha le téléphone intérieur le plus proche, dans le couloir...

Mika était nerveuse ; elle feuilleta les revues qu'elle avait sous la main ; elle alluma la télévision, mais il restait beaucoup de temps avant l'heure des nouvelles. La suite dans laquelle elle se trouvait était peut-être luxueuse, mais, seule avec le cadavre emballé dans un sac plastique, elle ne se sentait pas à l'aise. Et elle s'interrogeait : qui donc était ce cadavre qu'on aurait découvert chez elle ? Ce commissaire n'avait sûrement pas parlé en l'air. Cette fois, l'affaire avait vraiment pris une tournure catastrophique. Assassinats et vol de diamants. Mika pouvait estimer qu'on l'avait devancée en ce qui concernait les diamants, mais elle n'en éprouvait nul dépit. Elle avait rencontré Tachibana, et pour elle cela avait bien plus d'importance.

Elle sursauta : le téléphone sonnait. Il ne faut pas répondre, se dit-elle, personne n'est supposé être ici. Mais le téléphone continuait à sonner. Quelqu'un, semble-t-il, connaissait sa présence ici. Après avoir longuement hésité, elle prit lentement le combiné et le porta à son oreille.

— Allô ?

Elle entendit la voix d'une jeune fille :

— C'est mademoiselle Mika Hayakawa, n'est-ce pas ?

Mika reposa le combiné en hâte. Quelqu'un sait qui je suis, et où je suis !

Le téléphone sonna à nouveau. Tandis que la sonnerie retentissait, Mika reculait tout en fixant l'appareil, comme s'il allait bondir.

Michiko abandonna finalement et reposa le combiné. Sans aucun doute, Mika était là. N'y avait-il pas un moyen de l'extraire de cette chambre ? Si elle frappait à la porte sans préambule, l'autre ne lui ouvrirait pas.

— Il doit y avoir un moyen, un bon moyen...

A court d'idées, Michiko arpentait le couloir ; en passant devant le local de la lingerie, elle entendit des voix : les femmes de chambre échangeaient les derniers potins.

Le mot « police » avait été prononcé clairement, et Michiko prêta l'oreille.

— On ne l'a pas encore arrêtée, mais ça ne saurait tarder.

— C'est vraiment horrible, son propre fils !

— Oui, elle l'a blessé gravement, et elle a volé les diamants ; c'est un vrai démon !

— Je n'arrive pas à y croire, personnellement.

— Dis tout de suite que je mens.

— Non, ce n'est pas ça, mais...

— C'est sûr et certain ! Je l'ai vu de mes propres yeux : une corde, une lampe de poche, il y avait même un poignard !

— Pas de revolver ?

— Bien sûr que si ! A quoi peut servir un tel attirail, si ce n'est pour un cambriolage ?

— Oui, mais alors, pourquoi la police ne l'a-t-elle pas arrêtée tout de suite ?

— Ce que tu peux être bête ! Bien sûr qu'il y a une raison.

— Laquelle ?

— Il y a un plus gros poisson derrière tout ça. Ils veulent le découvrir.

— Ah bon !

Michiko apparut dans l'embrasure de la porte :

— Excusez-moi, vous parliez bien de cette affaire...

— Comment ! Mais c'est moi qui l'avais acheté ! s'exclama Keisuke.

Michiko ouvrit des yeux ronds.

— Vous ?

— Oui. Mais... il n'y avait pas de revolver.

— J'ai l'impression que la femme de chambre a ajouté le revolver pour corser l'histoire. Mais pourquoi donc aviez-vous acheté tout ça ?

Keisuke expliqua comment il avait voulu que ce matériel soit découvert dans l'hôtel et comment il espérait ainsi faire renforcer les mesures de surveillance et amener sa mère à renoncer à son projet.

— Et quand je vous ai quittée et que je suis revenu dans ma chambre, le sac s'était évanoui.

— Mais qui peut bien l'avoir volé ?

— Le vrai criminel, sûrement ; il a voulu faire porter le chapeau à maman, l'animal !

— Et nous voilà dans la situation que vous vouliez justement éviter.

— C'est tout de même extraordinaire. Comment a-t-il pu savoir que j'avais acheté ça ? Keisuke se creusait la tête.

— Quelqu'un a dû vous espionner.

— J'avais fait très attention pourtant... Evidemment, il ne doit pas être trop difficile de me prendre en défaut, ajouta-t-il avec franchise.

Il n'ignorait pas que porter un jugement objectif sur soi-même est une qualité.

— Attendez un peu ! dit Michiko. Il est important de toujours tout vérifier, même ce qu'on croit être évident. Ma chambre est disposée comme la vôtre ?

— Oui.

— Où aviez-vous rangé ce fameux sac ?

— Dans la penderie, derrière ce rideau.

— Ici ?

Michiko ouvrit le rideau de la penderie. Keisuke bondit du canapé.

— Ce sac !... C'est ce sac !

Michiko regarda le sac que Keisuke, effaré, désignait.

— Qu'est ce que vous racontez ? Ça, c'est le sac à linge sale pour la blanchisserie.

— Comment ?

Keisuke s'approcha et examina attentivement le sac. Il était de la même couleur et de la même taille que le sac de toile de lin qu'il avait acheté, mais il était beaucoup moins rêche, et en regardant mieux, on distinguait la marque de l'hôtel vip et le numéro de la chambre.

— Ça alors ! C'est incroyable ! Ils se ressemblent tellement !

— On met le linge à laver dedans, et le service de l'hôtel le prend et le rend après vingt-quatre heures.

— Oui, mais ça coûte une fortune, aussi moi je ne m'en suis pas servi... Mais ils se ressemblent, c'est tout de même incroyable !

Keisuke prit le sac et s'apprêta à l'ouvrir.

— Arrêtez ! s'exclama Michiko, soudain devenue toute rouge. Elle le lui arracha des mains : Il y a des sous-vêtements.

— Ah, euh, excusez-moi ! Keisuke, qui avait rougi également, baissa la tête. J'ai fait ça sans penser...

— Est-ce vrai ?

— Oui, c'est vrai, croyez-moi !

— Bon, ça va. Mais ils se ressemblent vraiment tellement ?

— Oui, à première vue ils sont exactement pareils.

Michiko fronça les sourcils :

— Dites-moi, c'est quand vous êtes sorti pour déjeuner qu'il a disparu, n'est-ce pas ?

— Oui, pendant que nous déjeunions.

— Alors, si ça se trouve… C'est sûrement ça !

— Quoi ?

— Ce sac, vous l'aviez bien laissé ici, comme ça ?

— Oui.

Les yeux de Michiko brillèrent.

— C'est exactement à l'heure où vous êtes sorti pour déjeuner que la femme de chambre ramasse les sacs de linge sale. Vous comprenez ? Elle sort les sacs de chaque chambre et les entasse sur un chariot. Il est très probable que, si elle a vu à l'endroit habituel un sac identique aux sacs à linge sale, elle ne se sera pas posé de question et l'aura pris comme les autres, en pensant que c'était à laver.

— Alors, le sac n'aurait pas été volé… Mais c'est quand même bizarre, pourquoi l'a-t-on retrouvé dans la chambre de ma mère ?

— Là est le problème. Mais selon toute probabilité, il a bien été pris par erreur. Attendez ! Je vais demander directement à la femme de chambre chargée de ramasser les sacs.

Michiko, pleine d'entrain, bondit hors de la chambre.

— Je suis absolument confus de vous déranger une nouvelle fois dans votre travail, dit Katsumi avec une politesse exagérée.

— Pardon ? Oh, c'est vous ! A l'autre bout du fil, Saori avait un rire étouffé. – Quel sérieux !

— Est-ce que M. le président a terminé sa conférence ?

— Eh bien, en fait il est parti.

— Parti ?

— Oui, c'est assez bizarre.

— Que se passe-t-il ?

— Il avait l'air très nerveux. Il a demandé qu'on prépare la voiture et il est parti en toute hâte.

— Où est-il allé ?

— Je ne sais pas bien. D'habitude il me donne ses coordonnées, mais là, il ne m'a même pas répondu quand je les lui ai demandées. J'ai juste entendu quelque chose quand il a téléphoné pour commander la voiture. Il a dit « Je vais à l'hôtel vip ». C'est bien l'endroit où on a volé toute une collection de diamants ?

Kunimiya arrivait. Après avoir raccroché, Katsumi réfléchit. Normalement, un commanditaire se tient le plus éloigné possible de l'endroit où se trouve la personne qu'il veut faire tuer, pour se réserver un alibi. Et Kunimiya, lui, se rendait sur les lieux.

— Ça ne me plaît pas.

Kunimiya cachait quelque chose. Katsumi regarda sa montre : deux heures de l'après-midi. Kunimiya était en voiture ; il serait là aux environs de six heures.

— Je vais vérifier par moi-même.

Katsumi ferma les rideaux et entreprit de nettoyer son revolver.

La nuit tombait doucement sur le lac. Les lumières des hôtels et des villas en bordure du lac se reflétaient en scintillant dans l'eau.

A la conférence de presse, la police dut reconnaître que l'enquête n'avait pas encore fait de progrès notables. Et, en ce qui concernait les deux crimes, on sut seulement qu'un portrait-robot du suspect était en cours de réalisation. Les journalistes repartirent en grommelant que c'était un peu maigre pour sortir un article.

— Comment te sens-tu ?

Kayoko examina le visage de Masami.

— Ça va bien maintenant. Ce n'était pas grand-chose, la rassura-t-il.

— Ouf ! Pendant quelque temps, je me suis vraiment demandé si tu ne continuerais pas à dormir pendant un an. Mais c'est vrai que tu as toujours du mal à sortir du lit.

— Oh, maman, ce n'est pas vrai ! dit-il en riant.

— Ah, j'aime mieux te voir comme ça !

— Pour moi, c'est bien fini... Je ne pourrai plus rester dans la police.

— Mais qu'est-ce que tu racontes, tu vas pouvoir retravailler tout de suite.

— Je vais sans doute être révoqué.

— Ne dis pas n'importe quoi. Chacun a ses propres limites. Ce n'est pas parce qu'on n'est pas un héros qu'il faut tout voir en noir.

Masami ne dit rien et baissa les yeux. Kayoko se leva.

— Bon, je reviendrai demain. Maintenant, repose-toi bien.

— Oui, maman.

— Au revoir.

Kayoko quitta la chambre, et Masami se mit à contempler fixement le plafond. Il avait toujours la tête lourde, mais il se sentait nettement mieux.

— Je suis un bon à rien... laissa-t-il échapper dans un gémissement.

Il avait surmonté le choc éprouvé lorsqu'il avait recouvré ses esprits, mais le sentiment de sa responsabilité dans ce vol lui restait et il estimait devoir expier d'une façon ou d'une autre. Subir un tel échec, et justement lors sa première grande mission...

Quelle attitude adopter quand il retournerait au commissariat ? Un policier qui s'était laissé surprendre et endormir au gaz ! Inutile de se faire des illusions, la carrière policière lui était fermée à tout jamais. Pour Masami, c'était la fin du monde.

— Je n'ai plus qu'à mourir, se dit Masami d'une petite voix.

— S'il vous plaît…

Michiko héla une jeune fille qui s'apprêtait à ouvrir la porte d'un logement du personnel.

— Oui ?

— Vous êtes bien Mlle Yasuko Suganuma ?

— Oui…

Elle avait environ vingt ans. C'était une jeune fille bien en chair, non pas l'obésité malsaine d'une fille de la ville, mais la robuste corpulence d'une fille élevée à la campagne, avec des joues rouges comme des pommes.

— Ah ! Je vous cours après depuis ce matin. Vous me connaissez ? Je suis Michiko Asari, de l'hôtel.

— Oui, je vous ai vue souvent…

— Je voudrais vous demander quelque chose. Vous avez un peu de temps ?

Yasuko Suganuma jeta un œil inquiet à Michiko, mais finalement ouvrit la porte. « Entrez, je vous en prie », et elle entra elle-même. C'était un petit studio de célibataire, sans décoration et avec un ameublement sommaire.

— Vous êtes chargée de ramasser le linge dans les chambres, n'est-ce pas ?

— Oui.

— Il y a quelque chose que je voudrais vous demander… Dans les sacs à linge sale que vous avez ramassés hier, n'y avait-il pas un sac qui ne contenait pas de linge sale ?

— Non, dit la fille d'un air apeuré, sans regarder Michiko. Elle n'avait certainement pas l'habitude de mentir.

— Vous savez, ce sac, il ressemblait vraiment à un sac de linge sale, et il était difficile de le distinguer du premier coup d'œil. Il était placé à l'endroit où se trouvent les sacs de linge, c'était donc normal de se tromper. Je vous en prie, dites-moi la vérité. C'est vraiment très important.

Yasuko Suganuma resta quelques instants la tête basse, l'air gêné, enfin, elle releva les yeux et regarda Michiko.

— Euh... vous ne direz rien à mon chef? S'il vous plaît.

— Bien sûr, je vous le promets. Je ne veux absolument pas vous accuser de quoi que ce soit, c'est pour une tout autre raison que j'ai besoin de savoir.

— Alors, voilà: hier, j'ai porté les sacs que j'avais ramassés à la buanderie, au sous-sol. C'est là que je m'en suis rendu compte. Comme il ressemblait beaucoup aux autres, je l'avais pris par erreur...

— Qu'est-ce que vous en avez fait?

— J'ai voulu le rapporter, mais je ne me souvenais pas dans quelle chambre il était, et il n'y avait pas moyen de le rendre. Et si j'en avais parlé au chef, j'en aurais entendu de toutes les couleurs... J'étais terriblement ennuyée.

— Oui, alors qu'avez-vous fait?

— J'étais toute bête dans le sous-sol avec ce sac à la main quand est arrivé M. Fukuchi.

— M. Fukuchi?

— Oui. Il est toujours si gentil, j'ai pris mon courage à deux mains et je lui ai raconté. Alors, M. Fukuchi m'a dit de lui confier le sac...

— Et vous le lui avez donné?

— Oui. Il m'a dit que le client qui ne retrouverait pas son sac viendrait certainement réclamer à la réception, et qu'il le lui rendrait avec des excuses.

— Et M. Fukuchi l'a emporté?

— Oui, c'est ça.

Comment le sac emporté par Fukuchi s'était-il retrouvé dans la chambre de Kayoko Hayakawa? Il y avait assurément quelque chose de suspect chez ce Fukuchi...

Tsunoda avait été assassiné. Et avant lui, Shimano. Pourquoi? Mais pourquoi donc?

Mika, pâle comme un linge, reposa le journal. Où le portrait-robot du suspect en fuite ressemblait trait pour trait – à qui ? à son grand frère Keisuke.

Après tout, aurait-il vraiment… ?

Apparemment, il se trouvait là au moment de l'assassinat de Shimano. Ce qui signifiait que Keisuke savait. Il connaissait la vie cachée de Mika. Mais ce n'était pas une raison pour les tuer l'un et l'autre !

— Ça ne va pas ?

Tachibana s'assit à côté de Mika et passa son bras autour de ses épaules.

— Si, si…

Il jeta un coup d'œil au journal.

— C'est quelqu'un que tu connaissais ?

— Non, même pas de vue.

Tachibana regarda Mika dont le visage s'était figé.

— Bon, alors, n'y pense plus. Reste ici et attends qu'on retrouve l'assassin.

— Oui, mais, ici, je ne vous gêne pas ?

— Sûrement pas. J'aimerais même que tu ne me quittes plus.

Moi aussi, j'aimerais ne plus le quitter, pensa Mika. Mais un sombre passé semblait poursuivre Tachibana, et cela inquiétait la jeune fille.

Elle s'approcha de la fenêtre.

— Encore une fois, la nuit est tombée…

C'est alors que le téléphone sonna ; Tachibana décrocha rapidement. On aurait dit qu'il attendait cet appel.

— Ici Tachibana. Oui, je savais que vous veniez. D'accord, j'arrive.

— Où allez-vous ?

— Ne t'en fais pas, je reste dans l'hôtel ; quelqu'un que je connais est arrivé ; je dois juste lui rendre une petite visite.

— Faites attention.

Tachibana longea le couloir et entra dans l'ascenseur, accompagné d'un garde. Il en descendit au dixième étage, entreprit de trouver une certaine chambre. Il la découvrit sans peine : un homme, aussi imposant qu'une armoire à glace, montait la garde, immobile, devant la porte.

— Tachibana.

L'homme inclina la tête et frappa deux coups longs et un bref. La porte s'entrouvrit ; un œil scrutateur apparut dans l'entrebâillement, examina Tachibana, puis la porte s'ouvrit complètement. Tachibana entra et un homme qui se tenait de dos à l'autre bout de la pièce, face à la fenêtre, se retourna vers lui.

— De quoi s'agit-il ? demanda Tachibana en s'asseyant sur le canapé.

— De quoi s'agit-il ? Mais c'est plutôt à moi de vous le demander ! s'exclama Kunimiya, visiblement irrité.

— Pourquoi êtes-vous en colère ? Tachibana semblait déconcerté. Votre plan ne fonctionne pas ?

— Ne me parlez pas de mon plan !

— Les diamants ?

— Voilà le problème.

— Le problème ? Mais vous avez les diamants et moi je touche l'assurance. C'est bien ce qui était convenu, non ?

— Convenu, oui. Sauf que je n'ai pas les diamants !

Tachibana ouvrit des yeux ronds.

— Comment ça ?

— Tout a été parfaitement bien préparé ; ce qui n'a pas été si simple... On a réussi à se procurer le carton d'invitation d'un journaliste, on avait même sorti de l'asile le mari de cette actrice pour préparer le terrain, mais quand mes hommes sont entrés, les diamants étaient déjà envolés.

— C'est incroyable !

— Ça, c'est à moi de le dire !

— A quoi bon vous mettre en colère contre moi ? J'ignorais tout de votre plan.

— Oui, je sais ; mais quelqu'un nous a doublés !

— Vous vous êtes fait avoir... J'ai également quelque chose à vous demander.

— Quoi donc ?

— Hier soir, j'ai reçu la visite d'une tueuse.

Kunimiya se mordit les lèvres.

— Oh..., il est dangereux d'être riche.

— Parce que ce n'est pas vous qui l'avez envoyée ?

— Moi, pourquoi est-ce que j'aurais...

— Bon, ça va. Mais si c'est le cas, faites-moi le plaisir d'abandonner ce genre de projet.

Kunimiya s'assit sur le canapé, l'air renfrogné.

— Voyons plutôt ce que nous pouvons faire maintenant.

— Ne vous en faites pas, je vais vite faire le ménage.

Le garde du corps lui adressa un petit sourire. Mika se força à répondre par un sourire identique. Il s'occupait du cadavre sans paraître plus ému qu'un déménageur transportant un carton de vaisselle. Il avait l'air d'un joyeux drille, ce qui la détendit un peu.

Elle entendit quelques claquements dans la salle de bain, puis le garde sortit en poussant une grande malle munie de roulettes.

— Ça se monte en un clin d'œil.

— Ce doit être lourd ? dit Mika pour oublier son propre malaise.

— Non, il n'y a rien !

— Rien ?...

— Rien de lourd, je veux dire. Autrefois, il m'est bien souvent arrivé de transporter des corps dont les pieds étaient pris dans le béton : ça, c'est lourd.

Mika ne put s'empêcher d'avaler sa salive avec difficulté.

— Ah oui… bien sûr.

— Bon. Avec mon collègue, on va emporter le colis en bas et on revient. Il n'y aura plus personne dans le couloir. Ça va aller ?

— Oui, je ne sortirai pas.

— Très bien. On revient tout de suite.

Tout en poussant la malle d'une main, le garde sortit en sifflotant.

J'ai déjà entendu cet air-là quelque part, se dit-elle. Ah oui, c'est *On ira tous au paradis*. Pourquoi Tachibana est-il obligé de s'entourer de ce genre de personnages ? Est-ce qu'il suffit d'être riche pour que les ennuis commencent ?

Tachibana traînait évidemment derrière lui un passé ténébreux. Mais elle se sentait cependant attirée par lui.

On frappa à la porte. C'est lui ! songea-t-elle. Elle se précipita puis s'arrêta brusquement. Non, si c'était lui, il n'aurait pas frappé. Elle ne devait donc surtout pas bouger.

— Mika ! Ouvre ! Je sais que tu es là, Mika !

Cette voix ? Non, ce n'était pas possible !

— Keisuke !

Mika se rapprocha de la porte. Il continuait de frapper.

— Dépêche-toi d'ouvrir ! Si on me trouve, j'aurai des problèmes. Mika !

Elle hésita un instant, puis lui ouvrit. Keisuke se dépêcha d'entrer, referma derrière lui.

— Mika…

— Keisuke…

Ils restèrent face à face pendant un moment, sans pouvoir dire un mot.

— Cela fait un moment que je guettais. J'ai d'abord vu Tachibana partir, puis les deux gardes… C'était l'occasion ou jamais. Ils emportaient une malle ?

— Oui…

— Qu'est-ce qu'il y a, dans cette malle ? Elle était désagréablement grande.

Keisuke inspecta du regard le salon.

— On n'y aurait pas mis un cadavre, ou quelque chose comme ça, par hasard ?

— Si, c'est ça.

— Bien sûr, je me doutais..., commença-t-il, mais soudain il comprit ce qu'il venait de dire et d'entendre, et peu à peu ses traits se décomposèrent.

— Eh, Keisuke !

— Oui, Mika. Dis, c'est vraiment un cadavre ?

— Oui.

— Un vrai ? Un corps vivant ? Non, un corps vivant n'est pas le mot, mais je veux dire – complètement un cadavre ?

(S'attendait-il à de la viande hachée ?)

— Oui, mais...

— Oh, Mika ! Toi ! Mais dans quelle histoire t'es-tu embarquée ? Keisuke saisit sa sœur aux épaules : Vols, assassinats, cadavres... Pourquoi donc es-tu entrée dans ce circuit ? Que s'est-il passé ?

— C'était une tueuse à gages ! Une femme tueur à gages, tu comprends, qui est venue pour l'assassiner. Mais c'est elle qui est morte.

— Et qui l'a tuée ?

— Ça...

— C'est Tachibana ? Ou ses gardes du corps ? Ou... toi ?

— Non, ce n'est pas moi !

— Alors, c'est Tachibana ? C'est bien lui ? dit-il d'une voix presque aiguë.

— Mais il n'avait pas le choix. C'était de la légitime défense !

— Alors, pourquoi n'appelle-t-il pas la police ? Pourquoi est-ce qu'il charge ces individus de se débarrasser de la malle ?

Mika aussi s'énerva.

— Il a des raisons ! De bonnes raisons ! Et quelqu'un comme toi ne peut pas le comprendre !

— Idiote !

Keisuke, hors de lui, gifla sa jeune sœur. Mika en eut le souffle coupé. Tout en posant sa main sur sa joue, elle se reprit, lança à son frère un regard meurtrier, mais, tout à coup, ses yeux se remplirent de larmes.

— Keisuke !

Elle se jeta contre la poitrine de son frère.

— J'ai peur… J'ai peur, Keisuke… Moi-même, je ne comprends pas où j'en suis !

— Mika ! Tu n'as rien à faire dans ce genre d'endroit. Il suffit de mettre un doigt dans l'engrenage et on ne peut plus en sortir : c'est un monde où la vie des gens est une simple marchandise, et on finit comme tout à l'heure, emballé dans une malle et jeté au fond du lac. Tu vois, Mika, il y a longtemps que je sais que tu utilises nombre d'identités pour manipuler toute une kyrielle d'hommes.

— Keisuke…

— Mais je t'ai laissé faire. Parce qu'en toi il y avait toujours ces valeurs humaines fondamentales. Mais ici, dans ce milieu, cadavres ou meurtres ne t'ébranlent pas ; ton sens moral est comme anesthésié. Un de ces jours, tu deviendras comme ces hommes qui attendent devant la porte de Tachibana.

Mika se détacha de Keisuke et s'effondra sur le canapé.

— Mika, un journaliste nommé Shimano et Tsunoda ont été assassinés dans le pavillon que tu as loué. Le sais-tu ?

— Oui.

— Et c'est moi qui ai trouvé les corps. Pour Shimano, j'ai eu le temps d'emporter le cadavre, mais pour Tsunoda, c'était trop juste.

— Je... je me suis demandé si ce n'était pas toi qui les avais tués.

— Oh !

— Enfin, je me le suis juste demandé. Tu n'aurais pas été capable de faire ça, bien sûr.

— Non, je n'en aurais pas eu le courage.

— Ce n'était pas ce que je voulais dire...

— Ne t'en fais pas, de toute façon je suis plutôt froussard.

— Keisuke... Mika ne put s'empêcher de rire.

— Bon, allons-y.

— Où ça ?

— Tu rentres d'abord directement à Tôkyô. Ensuite, tu pourras partir quelque part en voyage. Pour le reste, laisse-moi faire.

— Non, je ne peux pas.

— Pourquoi ?

— Parce que... je veux rester ici. Mika baissa la tête.

— Mika !

— J'aime cet homme.

— Cet homme ?

— M. Tachibana. Je l'aime vraiment. Je ne peux pas m'éloigner de lui.

Keisuke regarda sa sœur fixement dans les yeux. Elle parlait sérieusement – et du fond du cœur.

— Et zut ! marmonna Keisuke en s'asseyant sur le divan.

Amour et diamants

1

— Où se cacher pour mourir ?

Masami tenta de se redresser, mais il dut rester quelques instants immobile, luttant contre l'étourdissement qui s'était emparé de lui. Il subsistait encore quelques traces du gaz somnifère. Une nausée l'envahit de nouveau, puis disparut tandis qu'il s'efforçait de ne pas bouger.

— Bon, s'encouragea-t-il lui-même, et il se leva du lit. Il s'habilla lentement, regarda sa montre. Il était presque dix heures.

Il semblait à Masami que certaines heures n'étaient pas tout à fait convenables pour mourir, comme quatre heures de l'après-midi, par exemple, ou neuf heures du matin. A neuf heures, un employé se rend au bureau, à quatre heures, c'est la pause-café : autant d'événements qui ne peuvent s'allier à une mort tragique. Toujours dans ce sens, dix heures du soir – l'heure du film dramatique à la télévision – ne convenait-il pas davantage pour s'embarquer dans un voyage sans retour ? Mais trêve de considérations inutiles. Masami rassemblait maintenant toutes ses forces pour ouvrir la porte de sa chambre.

Juste à côté de cette porte, un gendarme assis sur une chaise piquait un somme. Il avait sans doute été placé là pour veiller à la sécurité de Masami…

— En effet, on se sent drôlement en sécurité ! ironisa Masami. Il eut soudain une idée et entrouvrit la veste du gendarme, toujours profondément endormi et la bouche grande ouverte. Sous un pan de la veste se cachait un revolver. Un revolver – voilà l'arme idéale pour couronner la mort d'un policier. *Un policier se suicide en se précipitant sous un train, Un policier se jette dans la rivière* : non, cela ne sonnait pas aussi bien que *Une mort dramatique ! L'agent Hayakawa prend ses responsabilités et se tire une balle dans la tête.*

Masami dégagea avec mille précautions le revolver… qui ne vint pas sans quelque résistance. Mais le gendarme devait être épuisé de fatigue ; il ne se réveilla pas.

— Excusez-moi, estima-t-il correct de lui souffler. Il glissa l'arme dans sa ceinture et la cacha sous sa veste. Il ne pouvait s'empêcher de songer que ce gendarme rencontrerait quelque problème à s'être ainsi laissé prendre son arme, et il se sentait bien un peu coupable. Mais puisque ce n'était ni pour un meurtre, ni pour un cambriolage, il compatirait certainement à son suicide et lui pardonnerait. Peut-être même enverrait-il des fleurs à son enterrement.

Masami avait désormais choisi le moyen pour en finir. Restait à fixer l'endroit. Là non plus, il ne pouvait élire n'importe quel lieu. Il était impensable de faire ça à l'hôpital ; même dans les environs, ce ne serait pas convenable. Non, vraiment, la mort était une affaire personnelle qu'il fallait s'offrir en solitaire dans un endroit tranquille. Certes, on se trouvait dans une petite ville au bord d'un lac et les endroits isolés ne manquaient pas. Mais un suicide sur la grève risquait de laisser croire que c'était un chagrin d'amour qui l'avait conduit à cet acte.

Masami avait donc quitté l'hôpital et marchait lentement dans la ville endormie. Il était déjà de nature à se tracasser pour le moindre petit détail du quotidien, aussi, le soin qu'il apportait à régler les circonstances de sa mort n'avait rien de surprenant.

— Tiens, là-bas, c'est l'hôtel VIP, remarqua soudain Masami, alors qu'il se trouvait face à une avenue qui au loin s'enfonçait dans l'obscurité. Mais oui ! Voilà l'endroit ! Le vol s'était produit dans cet hôtel et là était le lieu idéal pour mettre fin à ses jours : d'une part, on comprendrait aussitôt qu'en se suicidant il avait reconnu sa responsabilité dans l'affaire, d'autre part, il y serait tranquille pour faire ce qu'il avait à faire.

— Bon ! Sa décision était prise. Masami prit le chemin de l'hôtel vip. En voyant son pas alerte, personne n'aurait pu se douter qu'il marchait vers sa mort.

Un peu plus loin derrière lui, une silhouette qui se dessinait dans l'obscurité lui emboîta le pas.

Voilà qui était tout à fait déplaisant. Dissimulé derrière un buisson, Katsumi épiait les gardes du corps de Tachibana en train de charger une malle dans le coffre d'un break. Il esquissa une grimace. Cela ne ressemblait pas à un bagage ordinaire. Compte tenu de la taille de la malle et de la façon dont elle était manipulée, il augura qu'elle contenait un corps. Il n'y avait pas là matière à s'étonner particulièrement. La question était plutôt : le corps de qui ?

Katsumi avait bien une idée mais répugnait à se l'avouer. Akiko Hatanaka. Quel était son vrai nom ? Peu importe, pour le moment il s'agissait peut-être de la femme qu'il avait connue sous ce nom-là. Si, frappée par le hors-bord, elle avait péri noyée, son corps ou quelqu'une de ses affaires seraient remontées à la surface. Si elle en avait réchappé, elle lui aurait donné de ses nouvelles. Or, elle n'avait pas réapparu et n'avait donné aucun signe de vie… Katsumi pensait qu'Akiko était de mèche avec le pilote du hors-bord, il était persuadé qu'elle avait organisé sa propre agression. Sinon, elle n'aurait pas attendu de la sorte tête baissée. Dès que le bateau s'était retourné, elle avait disparu. Cela aussi faisait très certainement partie de son plan.

Mais, curieusement, cette idée ne parvenait pas à mettre Katsumi en colère contre elle. Il avait été roulé, mais ne se sentait pas le droit de lui jeter la pierre. Si, réellement, elle était une tueuse professionnelle, il était naturel qu'elle use de ruses de ce genre. Cela ne faisait aucun doute : elle avait monté ce coup avec l'aide de son complice, et tout avait commencé lors de sa première chute dans l'eau. Ce piège avait certainement eu pour but d'empêcher Katsumi de tuer lui-même Tachibana. Elle y avait réussi… Mais Ichiro Tachibanagen vivait. Autrement dit, c'était elle qui était morte.

C'est dommage, songea-t-il. Etait-ce là uniquement un hommage, une pensée adressés un collègue malheureux ? Non, pas seulement. Des sentiments confus l'agitaient. Naguère, il n'aurait éprouvé que de la colère d'avoir été piégé. Et il aurait ricané en apprenant que ce collègue avait échoué, et il aurait pensé que c'était mérité. Mais Katsumi était maintenant d'une tout autre humeur.

Le corps de cette femme qui s'était donnée à lui en paiement de la location de la chambre : là était la réalité. La réalité était ce corps frémissant sous ses caresses et arqué au sommet du plaisir. Le tueur est un animal solitaire. Si Akiko avait monté ce stratagème pour approcher Katsumi, ce n'était peut-être pas seulement pour le neutraliser, mais peut-être également parce qu'elle avait été attirée par lui en tant qu'homme. Et elle était venue à lui non en tant que tueuse mais en tant que femme…

Alors même qu'il avait failli y laisser sa vie, Katsumi regrettait qu'elle ait échoué.

Cette malle... Ne pouvait-il vérifier son contenu ?

Après l'avoir hissée à l'arrière du break, les gardes du corps échangèrent quelques mots avec l'homme assis au volant, puis rentrèrent à l'hôtel. Katsumi dégaina son revolver ; il attendit que la silhouette des gardes ait complètement disparu de son champ de vision. La voiture fit entendre un bruit de moteur et démarra lentement. Quand Katsumi jugea que les gardes ne pouvaient plus le voir, il bondit hors du massif de buissons. Il se précipita à la suite du véhicule et s'accrocha à la fenêtre du conducteur.

— Arrête la voiture !

Son revolver était pointé sur la tête du chauffeur. Le garçon n'opposa pas de résistance et stoppa la voiture. Katsumi s'écarta de deux ou trois pas.

— Descends ! ordonna-t-il.

C'était un assez jeune homme : il devint livide et sortit, complètement atterré.

— Tourne-toi !

Le garçon tourna le dos à Katsumi, posa les mains sur le toit de la voiture. Katsumi s'approcha de deux pas et le frappa de la crosse de son revolver. Il s'écroula.

Forcer le couvercle de la malle fut un jeu d'enfant. La femme y était. Son corps avait été bizarrement contorsionné pour l'y faire entrer. Mais elle n'était plus en mesure de se plaindre de l'inconfort. Katsumi l'avait pressenti, mais il sentit sa gorge se serrer à lui faire mal.

Il devait tuer Tachibana. Pour Katsumi, ce n'était même plus une question de travail.

— Non ! J'ai pas envie ! Je ne veux pas, répétait obstinément Mika.

— Tu feras ce que je te dis, c'est compris ? La situation n'est pas si facile, lui rétorqua Keisuke d'un ton déterminé. Notre voisin a été assassiné dans le pavillon que tu loues. Le police va forcément s'intéresser à votre relation.

— Mais j'ai passé tout mon temps ici !

— C'est encore pire. Tu n'avais pas besoin de faire cette besogne toi-même, il suffisait que Tachibana en charge ses gardes du corps.

— Mais je n'ai pas fait ça !

— Moi, je te crois. Mais ce n'est pas dit que la police te croie. Devenus amants, vous voilà complices pour faire éliminer Tsunoda par les gorilles de Tachibana, parce qu'il s'accroche à toi : voilà ce que pensera la police. Et si, là-dessus, elle découvre ta double vie, elle va se régaler.

Voyant sa sœur troublée, Keisuke remua un peu le fer à l'endroit sensible.

— ... Si tu restes indéfiniment dans cette pièce, on risque d'accuser Tachibana d'avoir intentionnellement caché un témoin important.

— Tu crois ?

— C'est sûr. Je suis avocat stagiaire. C'est le genre de choses que je sais.

Mika poussa un profond soupir et se cacha la tête. Keisuke posa les mains sur ses épaules.

— Si tu aimes vraiment ce Tachibana, je n'ai pas l'intention de m'y opposer. Tu es majeure et tu sais ce que tu fais. Mais maintenant – et justement pour cette raison –, tu ne peux pas rester ici. Tu comprends ?

— Oui.

— Bon ; alors, dépêchons-nous avant que les gardes ne reviennent.

Tandis qu'il la pressait, on entendit frapper à la porte. Ils sursautèrent. Keisuke se précipita et colla l'œil au judas. C'était Michiko ! Il ouvrit.

— Alors, c'était bien là que vous étiez ! dit Michiko en le foudroyant du regard. Je me demandais où vous aviez bien pu aller.

— Vous tombez bien. Eh ! Mika ! Il alla chercher Mika et, la tenant près de lui : C'est ma petite sœur. Est-ce que vous pourriez la prendre dans votre chambre ?

Michiko en eut le souffle coupé.

— Euh... Oui... Mais que se passe-t-il ? Et M. Tachibana ? Et les terreurs du couloir ?

— Ils ne sont pas là en ce moment. Je vous confie ma sœur.

— Oui. Moi aussi, j'ai trouvé deux ou trois choses intéressantes...

— Vous me direz ça après. Nous n'avons pas le temps. Ces types risquent de revenir d'un moment à l'autre.

— D'accord. Bon, allons-y.

— Ne t'inquiète pas, Mika. Elle est jeune mais c'est une détective hors pair. Si tu vas dans sa chambre, tu seras en sécurité.

— Et toi, Keisuke ?

— Moi, je reste ici. A mon avis, Tachibana n'ira pas me dénoncer à la police.

— Mais...

— Remets-t'en à moi. Allez, partez vite !

Quand Mika et Michiko furent parties, Keisuke inspecta la grande pièce. Il avait décidé d'avoir une conversation d'homme à homme avec Tachibana dès son retour. En tant que frère aîné de Mika, il ne pouvait pas assister, impuissant, au malheur de sa sœur. Il fallait que Tachibana fasse le premier pas pour se séparer d'elle. Voilà ce qu'il avait l'intention de lui dire.

Pour le moment, il avait complètement oublié les soupçons de meurtre qui pesaient sur lui, aussi bien que Michiko et le souvenir de sa nudité... Pour l'instant, il n'était plus qu'un grand frère uniquement préoccupé du bonheur de sa sœur.

Mais il y avait de fortes chances pour que les gardes qui transportaient le gros colis reviennent avant Tachibana. Ils pourraient bien jeter un œil dans la pièce. Et s'ils le trouvaient, il aurait des ennuis. Il lui fallait un endroit où se cacher temporairement.

Comme il est de règle dans une suite royale, une grande penderie à portes coulissantes était encastrée dans le mur. Keisuke l'ouvrit et aperçut une rangée impressionnante de costumes, pardessus et smokings, apparemment tout neufs, dont la seule vue lui arracha un soupir.

— Rien que pour un costume comme ça, mon salaire du mois y passe, c'est sûr.

Quoi qu'il en soit, on devait pouvoir se cacher aisément dans ce genre de placard.

Il s'y glissa et referma la porte coulissante. Il se retrouva dans l'obscurité totale, excepté un léger rayon de lumière qui filtrait d'une fente à hauteur de ses pieds.

— Allons au fond, au cas où…

Il se baissa pour passer sous les vêtements pendus et s'assit le dos appuyé contre le mur.

Mais qui était donc ce Tachibana ? Milliardaire en pétrodollars, gangster, tueur, play-boy… Il devait y avoir autre chose derrière cette façade tapageuse. Si Mika avait été ainsi séduite, c'était certainement parce que cet homme était différent de sa réputation.

Sa main toucha quelque chose. Un sac… encore ce sac à linge sale ? Mais celui-ci avait une consistance inhabituelle. Au fond, on sentait quelque chose de dur. Keisuke hésita un instant. Puis il l'ouvrit et y plongea la main. Il sentit tout au fond un autre sac ; il le saisit et le souleva. Il pesait un bon poids.

— Qu'est-ce que ça peut être ?

Il le posa à l'endroit où filtrait un rai de lumière et tenta de voir ce qu'il contenait…

— Quoi ? Ça alors ! Il déglutit avec peine. Dans la faible lueur, « ça » avait un éclat éblouissant. Des diamants…

Il renversa le sac d'une main tremblante. Une coulée étincelante en ruissela et s'amoncela sur la moquette… Des solitaires, des rivières, des bracelets… C'étaient certainement les diamants volés dans la salle d'exposition !

— Mais… pourquoi ici ?

Keisuke se rassit dans son coin et, sans y porter la main, se mit à contempler les diamants, fasciné.

— Bon, je vais vous laisser. (Tachibana se leva tranquillement.) Ça ne vous dérange pas ?

— Pourquoi donc êtes-vous si pressé ? demanda Kunimiya d'un ton plein de sous-entendus.

— Je ne suis pas particulièrement pressé. Mais avons-nous encore quelque chose à nous dire ?

— Le fait que nous n'ayons pas volé les diamants n'a pas l'air de vous surprendre particulièrement…

Tachibana haussa les épaules.

— Ça, c'est votre problème. Tant que je touche le remboursement de l'assurance… Quant à vous, vous n'avez qu'à retrouver celui qui a fait le coup et récupérer les pierres.

— C'est un bien triste programme, ça, monsieur Tachibana.

— Triste, si on veut… Tachibana sourit ironiquement : C'est ce qui était prévu dès le départ : à vous les diamants, à moi l'assurance.

— Est-ce que par hasard ce ne serait pas l'assurance… et les diamants ?

Un ange passa. Tachibana sentit que les gardes du corps de Kunimiya s'étaient discrètement mis en place pour bloquer le passage derrière son siège.

— Vous voulez dire que je vous aurais doublé ? Qu'est-ce qui vous fait dire ça ?

— Vous ne trouvez pas que le minutage était trop parfait ? Après l'explosion des bouteilles de gaz, il n'a fallu qu'un quart d'heure à mes hommes pour pénétrer dans la salle d'exposition. Comme il fallait compter environ quinze minutes pour que le somnifère soit chassé par la climatisation, ils ont attendu ce temps dehors. Même s'ils ont encore attendu cinq minutes avant d'entrer, celui qui a profité de ces cinq minutes pour voler les diamants était drôlement au courant du fonctionnement des bouteilles et de leur temps d'effet. De plus, il a soigneusement refermé les casiers et remis en place les housses. Franchement, monsieur Tachibana, qui pensez-vous capable de faire ça, à part vous...

— Et si vous arrêtiez cette plaisanterie ? l'interrompit Tachibana d'un ton calme mais coupant. Qu'est-ce qui vous permet de dire que je connais jusqu'aux plus petits détails de votre plan ? Je n'ai eu pratiquement aucun contact avec qui que ce soit, depuis que je suis rentré au Japon. Je n'ai pas pu rencontrer cette personne. Et moi aussi, j'ai quelque chose à vous dire. Vous m'aviez promis qu'il n'y aurait pas de violence. C'était ma condition pour participer à l'affaire, mais vous avez éliminé ce journaliste, Shimano, pour récupérer son carton d'invitation. Si j'avais pu imaginer cela, je n'aurais pas travaillé avec vous.

Le sang montait à la tête de Kunimiya ; il dévisageait Tachibana avec hargne. Celui-ci continuait :

— Pour moi, il s'agit d'un pari où je joue ma vie. Vous croyez que j'irais m'amuser à ce genre d'entourloupe ? C'est plutôt chez vous que le secret a transpiré. Commencez donc par faire une petite enquête de votre côté...

Tachibana se leva tranquillement et se dirigea vers la porte. Les gardes de Kunimiya lui barrèrent le chemin. Tachibana se tourna vers lui.

— Demandez à ces deux-là de s'écarter, dit-il.

Kunimiya hésita ; il se mordillait les lèvres. Puis, comme pour signaler qu'il abandonnait, il leva la main à l'intention de ses gardes : « Laissez-le sortir », ordonna-t-il. Le barrage s'ouvrit à gauche puis à droite, et Tachibana se dirigea calmement vers la porte.

— Vous avez pris une sage décision, dit-il, la main sur la poignée. Si vous aviez été moins raisonnable, les conséquences auraient été désagréables.

Il ouvrit la porte. Le garde du corps de Tachibana se tenait juste derrière, impassible, une main glissée sous le pan de sa veste.

— On dirait que votre molosse fait un petit somme, dit Tachibana, et il ferma la porte avec un léger salut.

— Merde ! cracha Kunimiya quand il fut parti. Le téléphone sonna. – Oui, ici Kunimiya. – Où êtes-vous maintenant ? – Quoi ? Dans la salle d'exposition ? – Ah bon. Ça ne fait rien, s'il ne se tue pas lui-même, faites-le. Je vous verserai un complément.

— D'accord, je devrais pouvoir m'arranger pour que cela ressemble à un suicide. Mais ce sera un peu plus cher, il s'agit d'un policier.

L'homme reposa le téléphone intérieur et courut sans bruit jusqu'au bout du couloir qui menait au salon Fuji. Il poussa la porte entrouverte et inspecta du regard la salle obscure. Près de la fenêtre, un homme se tenait le dos tourné et regardait dehors. Un léger grincement de la porte fit sursauter Masami qui se retourna.

— Qui est là ?

Sans répondre, l'homme marcha jusqu'au bout de la pièce. Lorsqu'il arriva dans la clarté de la lune qui filtrait par la fenêtre, Masami observa attentivement son visage ; il poussa alors un soupir de soulagement.

— J'ai été surpris, vraiment. C'était vous, commissaire Hamamoto ?

2

La collection de diamants de Tachibana dans la chambre même de Tachibana... Keisuke eut l'impression d'être en plein cauchemar. Qu'est-ce que cela signifiait ?

Tachibana aurait volé lui-même sa propre collection de diamants ? Mais dans quel but ?

— Bien sûr ! Pour toucher l'assurance.

Keisuke était un futur avocat. Ce genre de raisonnement était à sa portée. Mais enfin, pourquoi un milliardaire en pétrodollars déjà nanti d'une fortune colossale aurait-il couru ce risque ?

Son frère aîné Katsumi projetait de tuer Tachibana. Cet homme cachait donc quelque chose. Il n'était sûrement pas le milliardaire dont parlaient les médias. La situation était certainement beaucoup plus complexe.

Soudain, Keisuke perçut l'avantage qu'il pourrait tirer de sa découverte. Non pas qu'il eût formé le projet de prendre les diamants et de filer. Bien sûr, il avait besoin d'argent. (Son salaire au cabinet Ikeo était minable, et ses frais d'hôtel avalaient ses dernières économies – mais cela suffisait ! Il devait cesser de toujours répéter les mêmes récriminations.) Quoi qu'il en soit, même en envisageant qu'il file avec les diamants, il ne saurait comment les écouler. S'il tentait maladroitement de les fourguer quelque part, il risquait fort de se trouver derechef logé aux frais du gouvernement en tant que voleur de bijoux. Non, se disait plutôt Keisuke, avec ses diamants en main, je pourrais peut-être amener Tachibana à se séparer de Mika.

Il devait prendre les diamants et attendre Tachibana. Keisuke n'avait pas encore réfléchi à la folle audace qu'il y avait à défier un homme dont un seul des gardes suffisait à anéantir trois hommes comme lui.

C'est alors que la porte s'ouvrit.

— Ayez l'œil, hein ?

Il entendit la voix de Tachibana s'adressant à ses gardes. Puis la porte se referma.

— Je suis rentré. Où es-tu ? appela Tachibana.

Dans le placard, Keisuke se dépêchait de remettre les diamants dans le sac. Il entendit deux ou trois fois Tachibana ouvrir et refermer des portes.

— Où es-tu ? Mikkie !

Le surnom de Mika. La poitrine de Keisuke se serra soudain.

— Mika ! C'est pour toi ; c'est parce que je pense à ton bien…

Il entendit Tachibana ouvrir la porte du couloir et questionner les gardes. Les gardes semblaient fournir des réponses embarrassées. Bientôt, la porte se referma et Tachibana se mit à arpenter à pas lents la grande pièce.

Bon. C'est le moment. Je vais sortir et lui fourrer le sac de diamants sous le nez. Il prit une profonde inspiration et bondit sur ses pieds. Ce faisant, il avait oublié qu'il se trouvait dans une penderie. Il était accroupi juste sous la barre métallique à laquelle étaient suspendus les cintres. Keisuke était légèrement plus grand que la barre : sa tête la heurta violemment.

— Ouch ! Un cri lui échappa et il perdit l'équilibre. Il tenta de se rattraper à la porte coulissante du placard qui, ébranlée, sortit de son rail. Et, plaqué à la porte, il s'écroula avec elle au milieu de la pièce. Malgré les violents élancements qui battaient dans sa tête, il réussit finalement à se remettre debout, pour se retrouver nez à nez avec Tachibana qui le contemplait avec stupeur ; les gardes alertés par le bruit se précipitèrent.

— Qu'est-ce que c'est que ça ?

Tachibana avisa le sac de diamants que Keisuke tenait à la main.

— Sans doute un rat d'hôtel.

— Il a réussi à s'introduire en douce.

La grosse main d'un garde saisit Keisuke au poignet et le lui tordit. Le sac tomba à terre. Tachibana le ramassa prestement.

— Tu as regardé dedans ?

— Euh, je..., commença Keisuke, mais la douleur de son poignet lui arracha un cri.

— Qu'est-ce qu'on fait ?

Tachibana soupira :

— S'il a regardé, on n'a pas le choix.

— Bon, je m'en occupe.

Keisuke blêmit.

— Attendez, je ne suis pas un voleur !

— Dépêche-toi ! Tu préfères que je t'endorme ici ?

— J'ai à vous parler ! Je...

La pogne d'airain du garde atteignit Keisuke en plein estomac, et dans un grognement de douleur il perdit conscience. C'était, semble-t-il, devenu une habitude chez lui de s'évanouir dès qu'il recevait un coup.

— Emmenez-le.

Lorsque les gardes furent partis en emportant Keisuke, Tachibana posa le sac de diamants sur la table. Puis il prit le téléphone et composa un numéro intérieur.

— C'est moi. Quelqu'un vient à l'instant d'essayer de prendre ce que tu sais. Non, tout va bien. Mais il vaut mieux faire vite. D'accord, je t'attends.

Il allait raccrocher quand : « Hein ? Ah oui, moi aussi je serai heureux de te revoir », répondit-il en souriant, puis il raccrocha tranquillement.

— Comment faire…

Michiko était indécise. Elle se tenait devant les portes fermées de l'ascenseur. Sur le bandeau lumineux des étages, les chiffres défilaient : 9… 8… 7… pour enfin indiquer – 2. C'était le parking. Catastrophe ! Ils allaient très certainement l'emmener quelque part en voiture.

Mika avait eu l'idée d'aller voir ce qui se passait dans les appartements de Tachibana. Tandis qu'elle approchait, elle avait vu les deux gardes traîner par les bras Keisuke inerte. Effrayée, elle s'était rencognée à l'abri de la porte la plus proche. Les portes du couloir avaient un renfoncement d'environ trente centimètres et formaient ainsi une sorte d'alcôve.

Keisuke semblait inanimé. Si, du parking, une voiture le conduisait quelque part, il lui serait impossible de le suivre. Michiko appuya sur le bouton pour appeler l'ascenseur. Elle n'avait pas le temps de prévenir la sécurité de l'hôtel ou la police. Justement, une cabine d'ascenseur arrivait. Oui, mais, toute seule, que pouvait-elle faire ? Elle se voyait mal attaquer les gorilles de Tachibana à main nue et les envoyer au tapis. Il y avait bien le poste de contrôle de la sécurité au sous-sol, mais il se trouvait loin de l'ascenseur. Quand les portes de l'ascenseur s'ouvrirent, un homme de trente-sept ou trente-huit ans, l'air énergique, en sortit. Il semblait bien musclé. Michiko réagit aussitôt et inconsciemment lui saisit le bras.

— Je vous en prie.

— Quoi ?

— Il est en danger de mort ! Venez avec moi, s'il vous plaît ! Toute seule, je ne peux rien faire !

— Vous devriez alerter la police.

L'homme ne semblait guère surpris.

— Je n'ai pas le temps. Ils vont sûrement l'emmener hors du parking !

Michiko crut un instant que l'homme allait se dégager et l'envoyer promener. Mais il ne dit qu'un mot :

— Bon.

Il entraîna Michiko dans l'ascenseur et appuya sur le bouton du deuxième sous-sol.

— Merci, dit Michiko.

L'homme demanda, à titre de renseignement :

— Ils sont combien, à s'occuper de lui ?

— Deux. Mais ce sont des gros. Ce sont les gorilles de M. Tachibana.

Une étincelle brilla dans les yeux de l'homme. Mais Michiko ne la vit pas…

La situation est tout de même curieuse, pensait Katsumi en regardant la jeune fille qui suivait fixement des yeux la progression de l'ascenseur sur le tableau, juste au-dessus des portes. Il avait accompagné cette fille parce que sa prière avait vraiment semblé urgente, et parce qu'elle était plutôt mignonne. Et voilà qu'il s'agissait des gardes de Tachibana, qui de surcroît emmenaient quelqu'un au sous-sol.

— Qui est le garçon ?

La fille hésita un instant.

— C'est… mon petit ami.

— Ah.

L'ascenseur s'arrêta enfin au deuxième sous-sol. Sur le mur en béton, une flèche indiquait la direction du parking.

En la suivant, on débouchait dans l'immense garage souterrain.

— Où ont-ils bien pu aller…

— Silence !

Katsumi tendit l'oreille. Dans ces lieux, les bruits et les voix résonnent toujours plus fort. On entendit une voix d'homme qui parlait à quelqu'un.

— Otez vos chaussures, souffla Katsumi.

— Hein ? réagit inconsciemment Michiko.

— Plus bas. Le bruit de vos chaussures résonne.

— Ah. Ah oui.

— Venez.

Ils laissèrent leurs chaussures sur place et avancèrent tous deux en se faufilant à l'abri des piliers de soutènement et des grosses voitures de luxe.

— Ça n'y est pas encore ? Dépêche-toi ! dit une voix.

— Encore un peu, répondit une autre venant de l'arrière d'une Ford noire.

Katsumi et Michiko se cachèrent un peu plus loin, derrière une voiture trois places, et observèrent discrètement la scène. Un garçon apparemment inanimé était étendu sur le sol et, penché sur lui, un homme de forte carrure tenait quelque chose qui ressemblait à un tuyau de caoutchouc. De l'endroit où était Katsumi, on ne distinguait guère le visage de l'homme allongé, caché par l'ombre de la voiture.

— Mais qu'est-ce qu'il lui fait ? murmura Michiko.

— Avec le tuyau de caoutchouc, il envoie les gaz d'échappement de la voiture dans la bouche du garçon évanoui.

— Alors...

— Il meurt d'asphyxie. Ça ne prendra pas dix minutes.

Michiko perdit toute couleur.

— Il faut faire quelque chose !

— Du calme. Compte tenu des hommes à qui nous avons affaire, la seule façon raisonnable d'agir est de les faire fuir.

— Les faire fuir, eux !

— Pourquoi pas, c'est simple.

Katsumi quitta l'abri et courut se cacher derrière un gros pilier en béton. Ce faisant, il avait soigneusement repéré l'emplacement de l'alarme d'incendie. Il sortit son briquet de sa poche, l'alluma et maintint la flamme à l'aplomb du capteur. Au bout de quelques secondes, une sirène stridente se mit à hurler à travers tout le parking.

Les gros bras allaient forcément s'affoler. Ils essaieraient de filer en vitesse. La question était de savoir ce qu'ils feraient du garçon à terre. Le laisseraient-ils là ? Ou l'achèveraient-ils rapidement avant de s'enfuir ? Ils n'auraient de toute façon pas le temps de l'emporter. Katsumi ne se sentait pas particulièrement le devoir de porter secours à ce garçon, mais il était content de pouvoir venger Akiko Hatanaka des gardes de Tachibana. Lorsque la sirène entra en action, il retourna en courant auprès de Michiko, à l'abri de la voiture. Comme prévu, les deux hommes se consultèrent. Puis, l'un d'eux se dirigea en courant vers la sortie du parking, tandis que l'autre qui était resté en arrière sortait un couteau de sa veste.

— Il va le tuer ! ne put se retenir de crier Michiko. Katsumi n'avait aucune envie de sortir son arme devant elle, mais il était difficile de laisser le garde du corps tuer le garçon. Juste avant que le garde, penché sur sa victime, ne lui tranche la gorge, la balle du revolver de Katsumi transperça la main qui tenait le couteau. Le bruit de la détonation se mêla aux hurlements de la sirène. Le garde détala dans la direction qu'avait prise l'autre, tout en protégeant sa main blessée.

Katsumi regarda Michiko. La jeune fille, les yeux écarquillés, regardait le revolver dans la main de Katsumi.

— J'ai sauvé votre petit ami, dit Katsumi en rangeant son arme. Alors, vous ne dites rien, compris ?

— Oui ! affirma simplement Michiko.

Elle n'était pas terrifiée au point de se répandre en promesses de silence. Katsumi le comprit ainsi.

— Alors, je vous laisse.

— Je n'oublierai jamais... votre bonté.

Katsumi retourna rapidement vers l'ascenseur, un sourire aux lèvres. On entendait plusieurs personnes arriver en courant.

— Ma bonté ?... Il ignorait que c'était la vie de son frère qu'il venait de sauver. Il prit l'ascenseur jusqu'au rez-de-chaussée.

Michiko suivit des yeux cet homme étrange jusqu'à ce qu'il eût disparu, puis elle se précipita vers Keisuke.

— Keisuke ! Courage !

Elle le secoua ; avec un grognement, Keisuke ouvrit les yeux.

— Ouf ! Comment vous sentez-vous ?

— Ça va... Où suis-je ? Ce bruit ? Ça casse les oreilles !

— Qu'est-ce que vous racontez ?

Michiko était proche du fou rire.

— Vous êtes déjà sur pied ?

Hamamoto se tenait maintenant à côté de Masami, devant la baie vitrée.

— Oui, je vous remercie.

— Est-ce qu'il n'aurait pas mieux valu rester encore un peu à l'hôpital ?

— Mais non, je suis complètement rétabli.

Et puis, pensa Masami, comme je vais mourir, ce serait jeter l'argent par les fenêtres que de payer encore des frais d'hôpital.

— Qu'êtes-vous venu faire ici ?

— Eh bien... Je me disais que j'aimerais bien voir..., répondit Masami évasivement.

— Quelle malchance, cette affaire.

— Non... Tout est de ma faute.

— Mais non. Personne ne vous reproche rien.

— J'étais responsable de la sécurité ici. Si un vol a été commis, c'est que j'ai failli à ma mission.

— Peut-être bien. Mais vous avez failli y laisser votre vie. Tout le monde compatit. Cela ne vaut pas la peine de se mettre martel en tête.

Masami prit un ton solennel.

— Je ferais mieux de mourir.

— Ne dites pas de bêtises, répondit Hamamoto sur un ton sévère. A quoi cela vous servirait-il, de mourir ?

Masami ne répondit pas. Hamamoto laissa passer quelques instants.

— C'est pour mourir que vous êtes venu ici ?

Masami tressaillit.

— C'est donc bien ça. Hamamoto poursuivit : Je respecte votre sens de la responsabilité, mais je ne peux pas approuver cette idée de mourir.

— Ne m'en empêchez pas, s'il vous plaît. Comment pourrais-je rentrer à Tôkyô sans perdre la face ?

Hamamoto ricana intérieurement. T'empêcher de mourir ? Mais le plus tôt sera le mieux.

— Je comprends votre sentiment. Mais il ne justifie tout de même pas votre volonté de mourir.

Hamamoto était un vétéran de la police. Il était sûr de son jugement des hommes. Celui-ci était primaire et têtu. Avec ce genre d'hommes, il suffisait de les contredire pour qu'ils maintiennent obstinément leur décision.

— Si ! A survivre dans une honte perpétuelle, je préfère une mort purificatrice.

— Mais, même si – c'est une simple supposition, n'est-ce pas –, même si vous êtes jugé responsable dans cette affaire et qu'on vous demande votre démission...

— Vraiment, vous le pensez ? le coupa Masami.

— Qu'est-ce que je pense ?

— Eh bien... Vous pensez vraiment que je vais être révoqué ?

— Je ne sais pas, moi...

— Alors, raison de plus. Si je dois être révoqué, je préfère encore la mort avec un honneur intact.

— Une mort honorable ? Pff... L'honneur, voilà de quoi rire ! Les gens accordent moins d'importance à un policier qui combat réellement le crime au péril de sa vie qu'aux séries télévisées. Ce qui émeut vraiment les masses, c'est l'enlèvement d'un enfant ou l'assassinat d'une petite fille. Mais la mort d'un policier, ça n'intéresse personne. Une mort honorable, hein ? Mais qu'est-ce que ça signifie ? C'est tout simplement une mort inutile. Alors, autant vivre. Et puis, tant qu'à vivre, autant en avoir les moyens. Et...

— Monsieur Hamamoto, si vous étiez à ma place, que feriez-vous ?

Hamamoto sursauta en entendant la question de Masami.

— Moi ? Eh bien, oui. Si c'était moi – pas de doute, je me tuerais.

— Ah bon !

— Mais moi, je suis un vétéran. Et je suis célèbre. Ceci explique cela. Vous, vous êtes encore jeune. C'est normal de faire des erreurs. Ça ne vaut pas la peine de mourir.

— Non, le poids d'une responsabilité est le même, qu'on soit vétéran ou encore jeune ! protesta Masami, l'air buté. Maintenant que je sais que dans ma situation vous feriez la même chose que moi, je me sens apaisé. Un tout petit doute me gênait : je voulais savoir si le suicide n'était pas une sorte de fuite... Mais maintenant, je suis complètement rassuré.

— Ça m'ennuie que vous le compreniez comme ça...

Bien, il ne va plus lui falloir longtemps pour se tuer, se félicita intérieurement Hamamoto.

3

Quand, derrière la porte ouverte, Mika aperçut Tachibana, elle n'y tint plus.

— Ah, c'est vous ! s'exclama-t-elle, et elle se précipita dans ses bras.

— Toi... Tu es revenue !

— Oui, je suis revenue. Pardonnez moi, je ne vous quitterai plus ! Jamais !

— Allez, entre.

Tachibana ferma la porte et guida Mika jusqu'au canapé. Il avait le cœur lourd. A l'heure qu'il était, le garçon qui se trouvait là quelques instants auparavant devait être mort. Il n'avait pas voulu le tuer. Mais il n'avait pas eu le choix ! C'était le prix de sa propre survie !

— Vraiment, pardonnez-moi, je...

— Non, ne dis rien.

Tachibana caressa la joue de Mika.

— Même si tu pars, je n'ai aucun droit de te retenir. Mais j'étais triste.

— Je vous aime...

Leurs lèvres se joignirent avec passion. Mika s'abandonna à la flamme violente qui montait en elle.

— Prenez-moi... tout de suite !

Ils n'eurent pas le temps d'aller dans la chambre. Comme deux adolescents, ils firent l'amour précipitamment, sur le canapé. Malgré cela, Mika se sentit comblée. Elle éprouvait une sensation, inconnue jusqu'à présent, d'extrême bien-être ; elle se sentait au bord du vertige...

— Parlons un peu...

— De quoi ?

— De qui je suis.

— Qui que vous soyez, peu importe. Même si vous êtes un parrain de la mafia !

— Je ne suis pas quelqu'un d'aussi important ! dit Tachibana en riant.

Tous deux se réajustèrent et se rassirent sur le canapé.

— Pour commencer, le dénommé Ichiro Tachibanagen n'existe pas.

— Vous voulez dire que… c'est un pseudonyme ?

— Non, ce n'est pas tout à fait ça non plus. En fait, on pourrait dire qu'il s'agit plutôt du nom d'une entreprise.

— Comment ? Mika était perdue.

— Par exemple, pour une société, on parle de la société X, usine de Y. En l'occurrence, le nom de la société était « Ichiro Tachibanagen ».

— Je ne comprends pas.

— C'est-à-dire qu'Ichiro Tachibanagen est une entreprise secrète dont les actionnaires fondateurs sont des financiers et hommes d'affaires japonais. Cette société a acquis des champs de pétrole au Moyen-Orient et fait des profits énormes. Mais ses actionnaires ne souhaitaient à aucun prix que ces profits soient connus. Ils voulaient qu'ils restent des capitaux secrets à l'étranger. C'est pourquoi ils ont inventé ce mystérieux roi du pétrole, Tachibana. Ensuite, ils ont transmis aux médias des informations selon lesquelles Tachibana était le propriétaire de ces immenses intérêts. Bien sûr, les médias, quelle que soit l'étendue de leurs recherches, étaient dans l'impossibilité de cerner sa véritable identité, du fait que l'homme n'existait pas. Au point que certains commençaient à se douter qu'il n'existait effectivement pas et qu'il se cachait quelque chose derrière tout cela… Et c'est là qu'on m'a engagé. Moi, pour certaines raisons, je ne pouvais pas rentrer au Japon, et j'accomplissais toutes sortes de travaux dangereux au

Moyen-Orient. Je ne les parais peut-être pas, mais j'ai plus de soixante ans.

— Non, vous faites jeune.

— C'est sans doute parce que j'ai beaucoup risqué ma vie. Quoi qu'il en soit, en tant qu'Ichiro Tachibanagen, j'ai dirigé avec succès ces activités au Moyen-Orient. Ce qui n'est pas vraiment un exploit, puisque le pétrole jaillit quand ça lui plaît. Mon travail consistait aussi à fournir aux journalistes venus sur place les informations les plus plausibles. J'étais une marionnette qui agissait selon les consignes, mais ce n'était pas un mauvais travail. C'est également à la demande des actionnaires que j'ai collectionné les diamants. Les prix fluctuent peu, et on peut les négocier discrètement. Le pétrole était devenu peu sûr ces derniers temps.

— Peu sûr, comment ça ?

— Là-bas, il y avait des manifestations populaires, et le risque de nationalisation brutale des champs de pétrole devenait imminent. Les investisseurs se sont affolés. Si les profits accumulés jusque-là devaient être perdus, quelle catastrophe ! C'est pourquoi on m'a demandé de rapporter tous les diamants au Japon.

— C'est donc pour cela que vous êtes rentré ?

— En réalité, en tant que personnage fictif, il aurait été impossible de me faire rentrer au Japon, mais les actionnaires sont tous de gros bonnets. Un mot bien placé ici et là, et tout s'est passé sans problème.

— Donc, vous êtes rentré en rapportant les diamants.

— C'est ça. Pour me les faire voler.

— Quoi ?

— Tu ne comprends pas ? Comment pourrait-on répartir une collection de diamants aussi célèbres entre les investisseurs ? Si le secret d'Ichiro Tachibanagen venait à être connu, le fisc et le ministère des Affaires étrangères ne laisseraient pas passer l'affaire. Et puis là-bas aussi, on avait pas mal trafiqué.

— C'est pourquoi il fallait dans un premier temps qu'ils soient volés...

— Voilà. Cela peut paraître bizarre de se voler soi-même ses propres biens, mais cela permet de les distribuer ensuite librement.

— Alors ? Vous saviez qu'ils allaient être volés ?

— Bien sûr. Et ils ne me servaient plus à rien. Au départ, ces hommes m'avaient promis qu'ils voleraient les diamants et que je pourrais disparaître de la circulation en empochant l'argent de l'assurance. Mais je n'étais pas naïf au point de leur faire confiance. Pour eux, j'étais plus dangereux que de la dynamite, et j'étais sûr qu'ils me réduiraient au silence. Ça n'a pas manqué.

— Cette tueuse...

— Oui. C'est un certain Kunimiya qui a été chargé du vol, mais on dirait que le contrat comprenait aussi mon élimination.

— Quelle lâcheté...

— L'un dans l'autre, ça se vaut. As-tu compris pourquoi je t'avais dit que je n'avais plus beaucoup de temps devant moi ? Je pouvais être tué, et même si moi je survivais, Ichiro Tachibanagen disparaissait de toute façon.

Mika soupira. C'était une histoire si surprenante : il était difficile de tout assimiler d'un coup. C'était comme si on lui racontait quelque chose qui se serait passé à l'autre bout du monde.

— Alors, quel est votre... vrai nom ?

— Mon nom à moi ? Moi, je...

La porte s'ouvrit. Un des gardes fit irruption, le souffle court.

— Que se passe-t-il ?

— Il s'est échappé. Voilà, nous...

— Doucement !

Tachibana laissa Mika sur le canapé et emmena le garde à l'écart.

— Qui était ce garçon ?

— Je ne sais pas.

— Ah bon ? Bien. Encore un peu de courage. Demain, nous lèverons le camp.

— Bien, monsieur.

A Mika qui attendait, l'air inquiet, Tachibana sourit gentiment.

— Qu'est-ce que c'était ?

— Juste un petit malentendu. Il serait préférable que tu t'en ailles.

— Mais je ne veux pas !

— Ne t'en fais pas. Demain, je quitte l'hôtel pour un endroit sûr. Juste pour ce soir, il vaut mieux que tu prennes une autre chambre.

— Mais…

— Je vais demander à mon secrétaire de t'accompagner : pourrais-tu demander une chambre, rien que pour ce soir ? Je t'en prie.

— Bien. Mais rien que pour ce soir, c'est sûr ?

— Tu es mignonne.

— Je suis une femme, je ne suis pas mignonne, dit Mika, et elle l'embrassa.

Puis elle sortit, accompagnée par le secrétaire. Elle se sentait profondément désolée envers Keisuke et cette jeune fille, Michiko, mais il n'y avait rien à faire, son cœur était bien pris. Elle suivrait Tachibana n'importe où. Mais au fait, elle ne savait toujours pas son vrai nom…

— Qu'est-ce que ça veut dire ?

La voix à l'autre bout du fil était glaciale.

— Euh, non, voilà... (Kunimiya essuya la sueur qui lui coulait du front.) Juste un petit contretemps...

— Un contretemps, hein ? Vous savez à qui vous parlez ?

— Oui, oui, bien sûr.

— Les diamants, à l'heure qu'il est, où sont-ils ?

— Eh bien, heu...

— Ils devaient être livrés ici cette nuit. On commence à penser, ici, qu'il y en a certains qui ne tiennent pas leurs engagements.

— Donnez-moi un délai, s'il vous plaît ! Je vous promets que vous les aurez demain sans faute.

— Demain à quelle heure ?

— A... euh... avant la nuit...

Il y eut quelques instants de silence.

— ok, dit enfin l'interlocuteur. Si vous ne respectez pas le délai, vous en subirez les conséquences.

— Euh... oui.

On raccrocha à l'autre bout du fil.

— Merde !

Kunimiya jura, puis vint s'effondrer sur le canapé. S'il ne récupérait pas les diamants d'ici demain, c'était la fin, au sens propre du terme. Il allait à la mort.

— Qui donc a pu escamoter ces diamants ? D'où a-t-il pu sortir, celui-là ?

Soudain, Kunimiya haussa les sourcils.

— Eh, mais, si ça se trouve...

Excité, il bondit sur ses pieds, ouvrit la porte et appela ses gardes.

— Ecoutez-moi. Parmi les personnes qui traînent dans cet hôtel, s'il en est une capable de me jouer ce mauvais tour, ce ne peut être que Kayoko Hayakawa ! Allez me la chercher en vitesse !

— Quand j'étais petit, j'étais terriblement peureux. A vrai dire, maintenant encore. C'est pourquoi j'ai voulu devenir policier. Pour protéger les faibles. Protéger les faibles de la violence injustifiée. J'ai pensé que le seul moyen était de devenir policier. Ma famille y était férocement opposée, mais j'ai brisé cette résistance et je suis devenu policier. Je ne l'ai pas une seule fois regretté, croyez-moi.

— C'est magnifique, répondit Hamamoto, agacé.

Quitte à se suicider, autant le faire rapidement, pensait-il. Masami s'était lancé dans d'interminables histoires du passé et ne semblait absolument pas décidé à en finir. Bien sûr, il était difficilement envisageable de lui dire : « Et si vous vous dépêchiez d'en finir ? » pas plus que « Excusez-moi, j'ai un rendez-vous ».

— Et voilà ce qui est arrivé. Au bout du compte, je n'étais peut-être pas fait pour devenir policier, n'est-ce pas, dit Masami avec nostalgie.

— Ça, peut-être...

— Mais estimer que l'on est fait ou non pour quelque chose, c'est du « résultisme », vous ne trouvez pas ?

— Mmm...

— En matière de résultat, il est clair que quelqu'un qui a obtenu de bons résultats est fait pour ce qu'il fait, mais, si ça se trouve, il y a des gens qui n'ont obtenu aucun bon résultat et qui, pourtant, sont faits pour ce qu'ils font, n'est-ce pas ?

— Eh bien...

— Je pense que c'est aussi une question de chance ou de malchance. Ceux qui tombent par hasard sur la grosse affaire, et ceux qui achèvent leur vie sans jamais l'avoir rencontrée... D'un côté ils deviennent célèbres, de l'autre ils finissent dans l'anonymat. Mais si, d'un côté comme de l'autre, ils ont fait tout leur possible, je pense qu'en tant que policiers, ils sont tous formidables. Est-ce que je n'ai pas raison ?

— Pour ça, c'est sûr...

— Moi aussi, j'ai vraiment fait tout ce que je pouvais. Mais au bout du compte, j'ai échoué. Mon grand frère me l'avait dit : Cette responsabilité est trop lourde pour toi. Et en vérité, il avait raison...

Est-ce qu'enfin on y était ? se dit Hamamoto quand Masami cessa de parler pour regarder fixement par la fenêtre. Masami se retourna.

— En fait, ça s'est passé il y a quelque temps, alors que je venais d'être intégré dans la police ; et...

Oh non ! Zut !

— Mais où est-elle donc allée ? dit Michiko. La jeune fille se tenait au milieu de sa chambre. Je lui avais pourtant dit de rester ici.

Keisuke hocha la tête.

— Elle y est retournée.

— Hein ?

— Elle est repartie chez ce type.

— Vraiment !

— Eh oui, ce ne peut être que ça. Mika aime vraiment Tachibana.

— Pourtant...

— J'utilise votre téléphone.

Il décrocha et composa un numéro.

— Où appelez-vous ?

— Dans la chambre de Tachibana, qui voulez-vous que j'appelle ?

— Vous êtes sérieux ?

— Bien sûr. Ah, c'est monsieur Tachibana, n'est-ce pas ?

— Et vous-même ?

La voix à l'autre bout du fil était parfaitement calme. Sale assassin !

— Je vous ai rendu visite, il y a quelques minutes.

— Mais qui êtes-vous donc ?

— Vous ne trouvez pas que c'est très mal, d'essayer d'assassiner des gens dont on ignore l'identité ?

— Qu'est-ce que vous voulez ?

— Je suis le grand frère de « Mikkie ».

— De quoi s'agit-il ?

— Est-ce que ma petite sœur est là ?

— Non, en ce moment, elle n'est pas ici.

— C'est vrai ?

— Oui. Et vous, vous êtes son grand frère... C'est vrai ?

— Nous sommes frère et sœur de naissance.

— Alors, je me suis mal conduit.

— Merci de le dire. Vous êtes trop bon.

— Mais vous aviez ce sac à la main...

— Ah oui, je voudrais vous en parler également. Si je viens tout de suite vous voir, ça ne vous dérange pas ?

— Bien sûr que non, je vous attends.

Lorsqu'il raccrocha, Michiko le considérait avec stupeur.

— Mais vous êtes tombé sur la tête ? Vous venez d'échapper de justesse à la mort, et vous avez l'intention de retourner vous faire assassiner ?

— Mais non, ça ne se produira plus. Et puis, qui ne risque rien n'a rien. A tout de suite.

— N'y allez pas ! Ou bien, emmenez avec vous un garde de la sécurité ou un policier.

— Il vaut mieux qu'ils n'entendent pas la conversation que nous allons avoir. Ne vous inquiétez pas. J'ai tant de fois échappé à la mort qu'une de plus ou de moins...

— Idiot ! Vous ne savez pas ce qu'est vraiment la mort !

— Je suis touché que vous vous fassiez du souci pour moi, mais je dois y aller.

— Vous voulez jouer les braves ! Vous êtes stupide. Un brave ne fait pas n'importe quoi.

— Je ne suis pas brave, sourit amèrement Keisuke. En ce moment, j'ai réellement la chair de poule. Mais si je ne le fais pas, je ne pourrai pas sauver ma sœur sans lui faire du mal. N'est-ce pas ? C'est ma sœur.

Michiko soupira: elle était vaincue.

— Dites-moi.

— Oui ?

— Si je vous embrassais, cela vous donnerait un peu de courage ?

— Ça, c'est sûr.

Michiko posa ses lèvres sur celles de Keisuke. Tous deux s'enlacèrent étroitement et ce fut un long baiser...

— Cela m'a effectivement donné du courage.

— Revenez-moi vite.

— N'ayez crainte. Je n'ai pas encore touché mon salaire de ce mois.

— Je vous donnerai quelque chose de bien mieux.

— Quoi ?

— Si... si vous revenez sain et sauf, je me donnerai à vous.

— Oh...

— C'est vrai. Parce que je vous aime.

Keisuke essaya de se marcher sur le pied gauche avec le pied droit pour vérifier qu'il ne rêvait pas.

— Aïe ! Qu'est-ce que vous faites ?

— Oh, pardon. C'est mon pied que je voulais toucher. Mais je vois que ce n'est pas un rêve.

— Bien sûr.

— Je vais revenir, sans faute. Et alors, vraiment ?...

— Vrai de vrai.

— Je vous aime.

Leurs lèvres se joignirent à nouveau. Puis, dans un élan d'enthousiasme, Keisuke bondit hors de la chambre, s'emmêla les pieds et boula dans le couloir.

— Ça va ?

— Euh... j'ai voulu faire... un peu trop vite.

Vaguement inquiète, Michiko suivit des yeux la silhouette qui s'éloignait d'un pas vif.

4

Hamamoto était à bout de nerfs.

— C'est vraiment une étrange chose que la vie.

Masami s'était maintenant lancé dans des réflexions philosophiques.

— Ah. La vie est si éphémère. On meurt, et c'est fini. La mort survient si facilement.

Bon, il commençait à évoquer la mort.

— Une voiture qui vous écrase ; un échafaudage d'où tombe quelque chose quand vous passez. Le train dans lequel vous êtes monté par hasard qui a un accident... En fait, on pourrait presque dire que le plus étonnant est de pouvoir vivre quelque temps...

C'est bien vrai, et raison de plus pour te dépêcher de mourir !

— A ce sujet, il y a quelqu'un que je connais qui...

Ce type ! Non, mais il se moquait de lui ! Inconsciemment, Hamamoto glissa la main sous son veston.

— Ah, c'est vrai. Je vous ai fait perdre trop de temps. Excusez-moi de m'être ainsi laissé aller. Mais d'avoir pu vous parler de la sorte, je me sens vraiment soulagé.

Hamamoto, lui aussi, se sentait soulagé.

— Non, mais non... ce n'est rien.

— Malgré tout, c'est très étrange.

— Quoi donc ?

— Eh bien, voyez-vous, en exprimant de la sorte tout ce qui m'étouffait, je ne sais pas pourquoi, mais... je n'ai plus envie de mourir.

— Pardon ?

— Oui, vraiment, c'est lâche de mourir. C'est décidé : je vais vivre, et j'attraperai ce criminel de mes propres mains ! Monsieur Hamamoto, merci de tout cœur. C'est à vous que je le dois. Bon, je retourne de ce pas à l'hôpital.

Stupéfait, Hamamoto regarda Masami se diriger vers la porte du fond, puis il reprit ses esprits.

— Eh ! Pas si vite !

— Qu'est-ce qu'il y a ?

— Cela m'ennuierait que vous partiez.

— Pourquoi ?

Hamamoto dégaina son revolver.

— Je voudrais que vous mourriez ici.

C'était maintenant au tour de Masami d'être interloqué.

— Qu'est-ce que... C'est une plaisanterie ?

— Mais non, ce n'est pas une plaisanterie. Vous vous agitez pour rien.

— Alors, vous désirez vraiment que...

— Oui. Et vous ne serez pas le premier. Le journaliste Shimano et votre voisin Tsunoda, c'est moi qui les ai abattus.

— Mais pourquoi donc ?... Pour de l'argent ?

— Pour ça aussi, opina Hamamoto. Mais peut-être surtout pour combattre l'ennui, pour tuer le temps.

— Pour tuer le temps ?

— Oui. J'ai été chargé de tant d'affaires criminelles que j'en ai perdu le goût. La seule chose que j'ai apprise, c'est la stupidité humaine. Des coupables qu'on découvre tout de suite, qu'on arrête sur-le-champ, qui avouent dans l'heure... J'aurais souhaité rencontrer de temps à autre un criminel auquel je puisse me mesurer sérieusement, mais c'était là un espoir insensé...

— Et c'est pourquoi...

— Un peu comme un critique littéraire à qui il viendrait l'envie d'écrire un roman. Comme le chef-d'œuvre qu'il aimerait tant lire ne paraît jamais, il en arrive à se dire que le plus simple est de l'écrire lui-même. De la même façon, voyez-vous, j'en suis arrivé à ressentir l'envie de tuer, pour voir. J'ai voulu tenter l'expérience personnellement, je voulais savoir si l'assassinat était réellement difficile, si on était tellement rongé par les scrupules. Mais rien de tout cela : ma conscience n'a pas fait entendre le moindre chuchotement...

La peur envahit soudain Masami qui blêmit.

— Si vous tirez d'où vous êtes, on ne croira pas au suicide.

— Peu importe. Personne n'ira me soupçonner. Je suis un policier d'élite, et j'ai toute la confiance du commissaire principal et de la préfecture. Qui croirait que j'ai commis un crime ? Personne ne pourrait seulement l'imaginer, à moins de le voir de ses propres yeux.

— Vous l'avez dit. C'est exactement ça ! intervint soudain une vois à l'entrée.

Hamamoto sursauta.

— Qui est là ?

— C'est moi, Hamamoto, jette ton arme !

La porte d'entrée s'ouvrit doucement, et Ômori apparut, revolver au poing.

— Chef ! Masami ouvrit de grands yeux ronds.

— Quand j'ai appris que vous aviez disparu de l'hôpital, je vous ai cherché partout. A la réception de l'hôtel, on m'a dit que quelqu'un qui vous ressemblait était entré, et je suis venu voir : juste au bon moment. Hamamoto, dépêche-toi de lâcher cette arme !

Masami eut soudain la présence d'esprit de braquer le revolver qu'il avait glissé dans sa ceinture. Hamamoto regarda l'une et l'autre arme, puis eut un petit rire.

— Echouer pour ça, vraiment...

— Non ! cria Ômori quand il vit Hamamoto pointer le revolver contre sa propre tempe. Mais le coup partit, et la balle transperça la tête de Hamamoto.

— Quoi ? Elle n'est pas dans sa chambre ? hurla Kunimiya dans le téléphone. Cherchez-la ! C'est sûrement Kayoko qui a les diamants. Compris ? Et si vous ne la trouvez pas, mettez la main sur un de ses enfants. Après, on pourra faire chanter l'oiseau. C'est ça, mais pour le moment, j'ai besoin d'elle vivante. De toute façon elle fait concurrence, il faut la faire disparaître.

Kunimiya claqua plus qu'il ne reposa le combiné du téléphone.

— Merde, tous des incapables...

— Vous me cherchez ? dit soudain une voix près de la porte.

Kunimiya tressaillit.

— Vous...

Katsumi, adossé à la porte d'entrée, toisait Kunimiya.

— Moi aussi, je suis un Hayakawa. Quand vous m'avez demandé de tuer Tachibana, votre argument était donc un piège...

— Mais non ! C'est-à-dire que...

— Cessez votre cinéma ! Racontez-moi plutôt un peu. Pourquoi voulez-vous mettre la main sur ma sœur, ma mère, ou encore sur mes frères ?

Kunimiya fit mine de se lever. Un revolver muni d'un silencieux apparut comme par enchantement au poing de Katsumi.

— Racontez-moi. Quand vous avez dit « elle fait concurrence », qu'est-ce que vous entendiez par là ?

— Parce que môssieur ne sait rien ?

— Comment ça, rien ?

— Que la mère de môssieur est une trafiquante spécialisée dans les objets d'art. Elle est toujours là pour me couper l'herbe sous le pied quand un objet m'intéresse. A coup sûr, c'est elle qui a les diamants de Tachibana.

— Ensuite ?

La voix de Katsumi était totalement neutre.

— La petite sœur de môssieur est un vrai escroc. Elle va d'homme en homme sous diverses identités. Vous ne le saviez pas ?

— Ensuite ?

— Ensuite ?... Mais l'occasion était vraiment trop belle. Question d'en faire déguster un peu à ta maman. Et môssieur est bel et bien tombé dans le panneau. Et les deux petits frères et la petite sœur aussi. A l'heure qu'il est, tous les Hayakawa sont réunis dans cet hôtel. J'ai engagé des gens pour que vous disparaissiez tous : tués ou accusés de meurtre... On dirait juste qu'il y a eu quelques problèmes... Au moins, le petit dernier, lui, doit maintenant refroidir dans la salle d'exposition du deuxième étage.

Sans un mot, Katsumi appuya sur la détente.

— S'il vous plaît, séparez-vous de ma sœur, dit Keisuke. Le monde dans lequel vous vivez ne peut que la rendre malheureuse !

Tachibana regardait intensément Keisuke.

— Quel amour fraternel ! Je vous envie.

Keisuke avait d'abord craint que les gros bras ne fassent irruption pour lui régler encore une fois son compte, mais, au fur et à mesure qu'il parlait, il reprenait confiance et son courage grandissait.

— J'ai l'impression que ma sœur vous aime vraiment, et c'est pourquoi, à plus forte raison, il faut que vous vous sépariez d'elle. Comprenez-vous ?

— Moi aussi, j'aime votre sœur, dit Tachibana. C'est peut-être une passion de vieillard, j'en éprouve de la honte, mais... je l'aime profondément. Je voudrais que vous compreniez cela. D'accord, on ne peut pas vraiment dire de moi que j'ai toujours suivi le droit chemin, mais en tant qu'homme, il n'est pas dans ma nature de faire quoi que ce soit que je puisse me reprocher.

— Je pense à ma sœur, uniquement à elle. Pour être clair, je me moque de votre solitude et de la vie que vous menez. Ma sœur ne peut pas être heureuse en vous aimant. C'est la seule chose que je vois.

C'est alors qu'on frappa à la porte.

— On dirait que j'ai de la visite. Excusez-moi, mais pourriez-vous patienter un peu ?

— Oui, bien sûr.

Tachibana conduisit Keisuke dans la chambre et referma la porte derrière lui. Un visiteur ? Qui pouvait bien lui rendre visite à une heure pareille ? s'interrogea Keisuke. Jetons un coup d'œil.

Et, tandis que Tachibana ouvrait la porte donnant sur le couloir, Keisuke entrebâilla légèrement celle qui séparait la chambre du salon.

— Entre !

Tachibana s'effaça pour laisser passer son visiteur. Keisuke retint de justesse le cri de stupeur qui fusait en lui. Le visiteur qui s'avançait était sa mère, Kayoko.

— Ça fait un bail, n'est-ce pas, Kayoko ?

— Eh oui ! Dis donc, tu as pris de l'âge, chéri.

— Mais c'est superbe ! s'extasia Kayoko en dispersant les diamants sur la table. Il lui a fallu si peu de temps pour voler tout cela dans les casiers ?

— Non seulement cela lui a pris peu de temps, mais il a refermé les casiers, et les a même recouverts soigneusement. Il est très méticuleux.

— Comment s'appelle-t-il, déjà ?

— Il est dans cet hôtel sous le nom de Fukuchi. L'engager a été un peu délicat. Il a fallu faire jouer les relations. Mais ça n'a pas été le plus difficile…

— Laisse-moi faire, pour les diamants. Tu n'as pas à t'inquiéter, je m'arrangerai pour que ce soit discret.

— S'il te plaît.

— Tu as des chances d'être payé par l'assurance ?

— De bonnes chances. Mais certainement pas tout de suite.

Kayoko remettait lentement les diamants dans le sac.

— … Ce n'est peut-être pas le bon moment pour en parler, mais… pourquoi as-tu disparu jusqu'à maintenant ?

Tachibana – Tetsuo Hayakawa – sourit.

— Parce que j'avais été lâche.

— Lâche ?

— Quand le navire a coulé, j'ai sauté à l'eau, en oubliant qu'il y avait encore des membres de l'équipage à bord. En tant que capitaine, c'était impardonnable. J'ai finalement été secouru par un bateau de pêche qui passait – mais plutôt que d'affronter les attaques que ne pouvait manquer de s'attirer un capitaine qui avaient fui ses responsabilités, j'ai jugé préférable de mourir pour devenir un héros. Jamais je n'aurais pu imaginer que Tamura raconterait ce tissu de mensonges dans sa déposition pour échapper aux conséquences de son propre crime. L'épreuve a dû être terrible pour toi ; je ne sais comment te demander pardon.

— Non, c'est du passé, maintenant.

— Quelques années plus tard, j'ai rencontré Tamura dans un port au Moyen-Orient. C'est là que j'ai entendu cette histoire pour la première fois. Je suis devenu fou de rage et je l'ai jeté à l'eau.

— Tu l'as tué ?

— Ce n'était pas mon intention, mais c'est effectivement ce qui est arrivé. Il y avait là un Japonais qui avait assisté à la scène et, comme il me tenait, j'ai été forcé d'obéir à ses instructions. C'était un des investisseurs dont je t'ai parlé.

— Hier, quand j'ai eu de tes nouvelles, la surprise a manqué me tuer. Je trouvais bien que les photos dans les journaux te ressemblaient, mais de là à imaginer...

— Et moi, j'ai été drôlement surpris quand j'ai appris que tu faisais du trafic d'objets d'art volés !

— La réponse du berger à la bergère !

— Tout juste !

Tous deux rirent.

— Mais tu n'y es pas allé avec le dos de la cuillère ! dit Kayoko. Prendre l'argent de ce beau monde...

— Ils avaient l'intention de me tuer. Rien ne m'oblige à les plaindre.

— Tu as raison. Mais maintenant, que penses-tu faire ?

Tetsuo haussa les épaules.

— Nous quittons l'hôtel demain. Mes gardes du corps sont tous des hommes sûrs. Quand j'aurai touché l'argent de l'assurance, je pense que je trouverai un moyen pour retourner au Moyen-Orient.

— Au Moyen-Orient ?

— J'y ai beaucoup d'amis, et compte tenu des circonstances, il faudrait que je sois immortel pour vivre au Japon, et encore...

— Dis, mon chéri.

— Oui ?

— Pourquoi ne me confies-tu ces diamants que tu as volés au péril de ta vie ?

— Au moins comme rachat de mes fautes. Hier, quand je t'ai vue à l'hôtel, j'ai pensé que c'était un appel du Ciel. Jusqu'alors, j'avais abandonné tout espoir de savoir ce que vous étiez devenus, toi et les enfants.

— En fait d'appel du Ciel, c'était plutôt l'appel du diamant.

— Exact. (Tetsuo Hayakawa eut un léger rire.) Est-ce que tout le monde va bien ?

— Oui.

— Grâce à toi.

— Ce serait tout de même bien que tu viennes les voir, ne fût-ce qu'une fois, non ?

— Oh... j'ai horreur du mélo.

— Attends, j'ai justement une photo qu'on a prise à l'occasion du Nouvel An.

— Montre !

— La voilà.

Kayoko sortit la photo de son sac et la lui tendit. Tetsuo la contempla longuement.

— Alors ? Tu ne dois plus les reconnaître ?

— Ah... cette jeune fille... c'est Mika ?

— Oui, elle fait vraiment femme, maintenant.

— Là, c'est Katsumi, Keisuke...

— Le dernier, je l'ai appelé Masami. Cette photo, tu la veux ?

Après un temps :

— Oui, tu me la donnes ?

— Volontiers.

— Ne dis pas aux enfants que Tachibana, c'est moi.

— Si tu le souhaites vraiment.

— Je t'en supplie.

Kayoko attrapa le sac de diamants.

— Bon. Quand les acheteurs se manifesteront, je te ferai signe.

— Non, ce n'est pas la peine.
— Pourquoi ? Nous étions convenus moitié-moitié.
— Prends tout. Il y a aussi la part des enfants.
— Mais non ! Tu n'es pas tout seul. Il y a aussi tout ceux qui t'accompagnent ; tu y penses ? Je te tiendrai au courant.
— D'accord.
— La prochaine fois, nous pourrons parler tranquillement.
— Ah... C'est une bonne idée.
— C'est promis ?
— Est-ce bien prudent ? De les emporter comme ça ?
— Rien à craindre. C'est parce que je les emporte comme ça que personne ne peut soupçonner quoi que ce soit.
— J'ai l'impression que pour ce genre de travail, tu n'as plus rien à apprendre.
— Bon.
— Oui...

Keisuke entendit la porte se refermer.

Il n'avait aucune envie de croire un seul mot de ce qu'il venait d'entendre. C'était un cauchemar, ou il avait assisté un feuilleton télévisé, parce qu'on avait oublié d'éteindre le poste. Oui, c'était ça.

Il sortit de la chambre. Tetsuo Hayakawa se tenait debout au milieu de la pièce, pétrifié. Il tourna lentement la tête et regarda Keisuke.

— Keisuke, n'est-ce pas ?

Keisuke opina sans rien dire.

— Vous pouvez rire... « En tant qu'homme, il n'est pas dans ma nature de faire quoi que ce soit que je puisse me reprocher. » Oui, il y a de quoi rire...

Tetsuo paraissait avoir vieilli d'un seul coup.

— Keisuke.
— Oui.

— Je vais écrire deux lettres. Une pour votre mère, et une, d'Ichiro Tachibanagen, pour Mika. Veux-tu les leur faire parvenir ?

— Oui.

— J'écris qu'atteint d'une maladie incurable, mes jours sont comptés. C'est pourquoi j'y mets un terme moi-même.

— ... Papa.

Tetsuo Hayakawa laissa flotter un léger sourire sur ses lèvres.

— Voilà un mot que je n'avais pas entendu depuis longtemps. Assure-toi que les deux lettres arrivent bien séparément.

— Compris.

— Et puis... Fais-m'en la promesse. Jamais tu ne dévoileras à qui que ce soit les secrets dont tu as eu connaissance.

— Je le promets.

— Merci. J'écris ces lettres tout de suite, attends un peu.

— Oui.

Keisuke s'assit sur le canapé et regarda son père penché sur le bureau en train d'écrire. Tiens, il fait déjà nuit noire, pensa-t-il.

Sans un mot, Katsumi avait appuyé sur la détente. Il y eut un sifflement aigu ; sur le canapé, le corps de Kunimiya eut un bref sursaut, puis ne bougea plus.

Katsumi ne prit pas le temps de réfléchir aux paroles de Kunimiya. Il bondit hors de la chambre, n'eut pas la patience d'attendre l'arrivée de l'ascenseur, s'élança dans l'escalier qu'il dévala d'une traite. La cage d'escalier pendant ce temps montait devant lui, comme dans un film accéléré.

— Masami... Je t'interdis de mourir ! murmurait-il comme une prière. Il enfila le couloir du second étage. A l'angle, il aperçut un rassemblement de gens, tout au fond, juste devant l'entrée de la salle d'exposition. Il s'arrêta net : la police, des caméras, des journalistes... Est-ce que c'en était vraiment fini de Masami ? Il eut une brève sueur froide. Mais...

— Ne gênez pas les opérations ! Laissez passer, rangez-vous !

Une voix familière au timbre aigu dominait le brouhaha général. Il s'en était tiré... Katsumi ne put réprimer un soupir de soulagement.

Tandis qu'il l'observait, Masami, qui déployait tous ses efforts pour canaliser la foule des journalistes, prit soudain conscience de sa présence.

— Katsumi ! Mais c'est Katsumi ! Et il le rejoignit en courant : Mais qu'est-ce que tu fais ici ?

— J'ai su que tu avais été victime d'une agression au gaz, et je suis arrivé aussi vite que j'ai pu. Tu es remis ?

— Oui, comme tu vois.

Masami fit saillir ses biceps tant qu'il put, mais la modestie du résultat fit pouffer de rire Katsumi.

— Le principal, c'est que tu sois sain et sauf.

— Merci, Katsumi. Tu m'as fait plaisir, vraiment.

Katsumi regarda s'éloigner Masami qui disait avoir encore à faire, et pensa curieusement : « Notre famille est tout de même la meilleure. »

Kunimiya avait dit que sa mère était une voleuse et sa sœur un escroc. On ne peut certes pas dire que Katsumi n'en avait pas ressenti un certain choc. Mais, assez curieusement, il estimait maintenant que cela n'avait pas tant d'importance. Peut-être était-ce une voleuse, mais elle était surtout et avant tout sa mère ; quant à sa sœur, elle restait sa sœur. Au-delà de ce qu'il avait appris, il y avait ceci : la qualité humaine de la famille Hayakawa... comment dire ? – vous réchauffait le cœur...

Michiko attendait sans bouger, assise sur le lit. Cela faisait maintenant longtemps. Est-ce que tout se passait bien ? Et si, une nouvelle fois, il se retrouvait transporté comme un paquet... A cette seule pensée, elle ne tenait plus en place. Elle tentait de se raisonner : puisque Keisuke le lui avait dit, il valait mieux qu'elle attende sagement.

Serait-elle finalement tombée amoureuse de ce garçon qui avait si peu confiance en lui et, par certains côtés, se montrait plutôt naïf ? Michiko n'avait jusqu'ici guère senti vibrer en elle de fibre maternelle, mais à considérer la tournure des événements, elle se demandait si elle ne se trompait pas sur sa vraie nature.

Quelle était donc cette bêtise qu'elle avait proférée : « Si vous revenez vivant, je me donne à vous. » Elle ne pensait pas se dédire, bien sûr... Mais qu'allait-il se passer ? S'il rentrait sain et sauf...

Elle s'était levée pour la énième fois, et regardait la nuit au-dehors, debout devant la fenêtre. On tambourina soudain à la porte : « Oui ! » Elle se précipita pour ouvrir : Keisuke se tenait devant elle. « Vous êtes revenu ! » s'écria-t-elle, et elle se précipita à son cou.

Puis elle recula de quelques pas pour le regarder, et s'inquiéta. L'expression hagarde de Keisuke avait quelque chose d'effrayant.

— Que s'est-il passé ?

Keisuke entra sans répondre et s'effondra sur le lit. Il semblait totalement épuisé.

— Il s'est passé quelque chose ?

Keisuke serra doucement la main de Michiko dans les siennes et la regarda longuement ; il régnait au fond de son regard quelque chose de misérable.

— Ne me demandez rien, je vous en supplie.

— Très bien. Mais vous vous sentez bien ?

— Oui. Ça va.

Il sortit deux lettres de sa poche et les posa sur la table.

— Madame m'a fait demander ? interrogea Fukuchi à l'entrée de la chambre.

— Je vous en prie, entrez, monsieur Fukuchi. Je sais que vous êtes très occupé, excusez-moi.

Kayoko lui désigna aimablement de la main le canapé vide.

— Je ne veux pas abuser de votre temps.

— Pas du tout ; c'est le moindre de nos devoirs à nous, personnel hôtelier, de répondre aux désirs de ceux qui nous honorent de leur clientèle !

— Je voulais simplement vous remettre ceci.

Kayoko posa un sac de toile apparemment assez lourd sur la table.

— De quoi s'agit-il ?

— Ce sont les diamants de M. Tachibana. Ce monsieur étant décédé, il ne pourra récupérer l'assurance des bijoux volés. Aussi, veuillez considérer qu'ils sont à vous et à ses gardes du corps.

Fukuchi cligna des yeux deux ou trois fois.

— Il était convenu que ceci vous était donné. Sur ce point, il n'y a pas eu à ma connaissance de changement ?

— Dans ce cas, vous avez travaillé pour rien.

— Ce travail n'a pas été réellement sans salaire. M. Tachibana était un homme remarquable. Je considère pour ma part qu'avoir travaillé sous ses ordres est une récompense suffisante.

Kayoko regarda Fukuchi au fond des yeux.

— Je puis donc accepter ceci avec votre accord ?

— Oui. Ceci appartient à madame.

— Merci.

— Non, c'est peu de chose.

Fukuchi se leva.

— Veuillez m'excuser, je suis obligé de partir car j'ai du travail.

Il avait atteint la porte lorsque Kayoko le rappela :

— Je peux vous poser une simple question ?

— De quoi s'agit-il ?

— Il y avait tellement de casiers à bijoux. Comment avez-vous fait pour tout ouvrir aussi vite ?

— J'étais en possession des clefs.

— Des clefs ?

— Sous prétexte de vérifier que les diamants étaient bien en sécurité, M. Tachibana avait exigé de contrôler toutes les serrures lui-même. A cette occasion, il a pris l'empreinte des clefs... Cela a été très simple.

Kayoko opina lentement.

— Evidemment... Monsieur Fukuchi ?

— Oui ?

— J'aimerais bien que nous travaillions ensemble, une fois ou l'autre.

Pour la première fois, un sourire non professionnel flotta sur les lèvres de Fukuchi.

— A vrai dire, j'avais pensé la même chose. Et il allait partir, quand soudain il fit volte-face : Ah oui, je dois vous présenter mes excuses au sujet de quelque chose.

— Quoi donc ?

— J'avais dissimulé ce matériel de professionnel dans votre chambre.

— C'était vous ?

— Oui, je voulais embrouiller la police...

— Mais pourquoi ma chambre ?

— La façon d'être de madame m'avait paru suspecte.

Après le départ de Fukuchi, Kayoko regarda longuement l'enveloppe ouverte sur la table, puis finalement une ombre de sourire éclaira son visage.

— Quoi ?

— Patron, vous parlez sérieusement ? s'écrièrent en chœur Jôkichi et Hijikata.

— Tout ce qu'il y a de plus sérieux. Et pour certaines raisons. Pour vous, ce sera donc un travail... pour mes beaux yeux. J'en suis consciente, mais vraiment, je voudrais que vous le fassiez.

Jôkichi et Hijikata se consultèrent du regard.

— Bon, c'est d'accord, dit Jôkichi. Du moment que c'est le patron qui le demande, je suis prêt à faire n'importe quoi.

— Merci.

Comme Hijikata ne disait rien, Jôkichi le relança :

— Et toi, qu'est-ce que tu en dis ?

Hijikata se rembrunit.

— Inutile d'en faire un plat. Je suis simplement en train de réfléchir au moyen le plus rapide de réaliser l'opération.

Kayoko leur fut vraiment reconnaissante de leur attitude. Mais bien sûr, elle n'en dit rien...

— On opère quand ? demanda Jôkichi.

— Pour moi, cette nuit, c'est bon.

— Alors, le plus tôt sera le mieux. Programmons la visite pour ce soir.

— Oh là là ! Qu'est-ce que...

Masami ouvrait de grands yeux.

Autour d'une grande table, à un angle du restaurant du douzième étage, il retrouvait Kayoko, Masami, Keisuke et Mika, tous les quatre ensemble.

— Comment se fait-il que vous soyez là, tous les quatre ?

— Nous avons tous accouru parce que nous nous inquiétions pour toi, dit Kayoko. Bon, maintenant, dînons.

— Tu t'es bien débrouillé, Masami, lui dit Katsumi. Pas de doute, tu pourrais faire un grand policier.

— Merci…

— Bon. Ce dîner est une récompense après tant de peines ; alors, pas de régime aujourd'hui !

Masami était ému ; il se sentait presque au bord des larmes. Mais il avait la larme facile.

Katsumi tournait lentement son verre de vin. Les secrets de chacun dans cette famille, se disait-il, oublions-les. Où que nous soyons, quoi que nous fassions, nous resterons unis…

Quant à Mika, elle voyait au fond de son verre, telle une obsession, l'image de Tachibana. « Plus longtemps à exister. » Comment se faisait-il qu'elle n'eût rien deviné quand elle l'avait entendu prononcer ces mots. Peut-être était-ce mieux ainsi… Il était mort sans souffrir. Et elle conservait en elle son souvenir. Voilà qui était déjà bien… et mieux que rien…

Keisuke se sentait le cœur incroyablement léger. Ils étaient tous morts : Hamamoto, Kunumiya, et aussi « Ichiro Tachibanagen ». Sans aucun doute, la vérité allait être enterrée doucement avec le temps, sans que personne ne s'en avise. C'était là la meilleure solution. Mais ces quelques jours avaient été terribles : combien de coups avait-il pris !

— C'est moche qu'on n'ait pas retrouvé les diamants, dit Masami tout en mastiquant un morceau de bifteck.

— Il ne faut pas parler la bouche pleine, Masami, le rappela à l'ordre sa mère. Et puis, ils vont peut-être réapparaître tout d'un coup. C'est ça, la vie !

Ce soir, Jôkichi et Hijikata allaient s'introduire dans la salle d'exposition pour remettre les diamants en place, et demain matin, il y aurait de nouveau de l'agitation…

— Oh, Keisuke, regarde !

Mika avait remarqué Michiko Asari qui approchait. Keisuke sentit sa poitrine battre à grands coups.

— Oui !

— Nous sommes tous prêts.

— Ah oui… Je vais faire les présentations…

Michiko eut un choc lorsqu'elle se trouva face à Katsumi.

— Voici maman, mon grand frère Katsumi, mon petit frère Masami ; vous connaissez ma sœur. Je vous présente Michiko Asari.

Katsumi se dérida franchement.

— Voulez-vous déjeuner avec nous ?

— C'est une bonne idée ; ajoutons une assiette…

On appela le garçon pour que soit installé un couvert supplémentaire, et Michiko prit place, dans les formes.

— Merci de votre accueil, salua-t-elle.

— Allons, vous pouvez prendre vos aises, dit Kayoko. C'est un des charmes de la famille Hayakawa, voyez-vous, que de n'être pas trop à cheval sur les principes.

Achevé d'imprimer
sur les presses de la Nouvelle
Imprimerie Laballery
58500 Clamecy

Janvier 2021

Dépôt légal : juin 1998

N° d'impression : 010589